你应该熟读的
中国古诗

陈引驰

编著

上海文艺出版社

导　言

　　传统中国人的启蒙教育，大多始于古诗，咿呀学语的时候，古诗就浸润到我们的文化血脉里了。清风明月的夜晚，登楼徘徊的黄昏，荒郊古寺的钟声，落花满径的小园，建构了中国人共同的文化乡愁。那一篇篇或绮丽或雄浑，或冲淡或深挚的文字，光华闪耀，穿透历史的烟尘，被一代又一代人琅琅吟诵。

　　然而历史太长，诗作太多，就像繁星满天，让普通读者眼花缭乱，不得其门而入。于是便有了历代林林总总的诗歌选本，编选者旨趣不同，目的不同，编选成书的面貌也就截然不同。明清以来，作为启蒙读物而影响力最大的，无过于《千家诗》和《唐诗三百首》。两书所选多名家名篇，题材多样，颇可帮助普通读者含英咀华，初步领略古诗风貌。不过，从今人眼光看，两书缺憾也显而易见。《千家诗》主要选唐宋律诗和绝句，诗体不可谓全，也不能说都选得精粹。《唐诗三百首》所选自然全是唐诗，诗体齐备，多数确实是脍炙人口的佳作，较《千家诗》更为精审，且选者偏爱盛唐大家，杜甫入选最多，王维、李白紧随其后，他们的作品篇数合起来接近全书三分之一，可以说是一大特色。这两本诗选都将目光集中在唐宋，就整个多姿多彩的中国诗歌史而言，唐诗和宋诗固然是中国诗歌史上的两座高峰，但唐以前和宋以后的篇什也绝非不值一观的。

　　今人的各种诗歌选本多到不可胜计，综合性的通代选本也不罕见，且大多篇幅宏大；过去多年风靡一时的诗歌鉴赏类著作如上海辞书出版社《先秦诗鉴赏辞典》《汉魏六朝诗鉴赏辞典》《唐诗鉴赏辞典》《宋诗鉴赏辞典》《元明清诗鉴赏辞典》系列，自先秦至近代，总计选诗约5000首，配以赏析文章，大大便利了读者对诗歌的阅读和理解。只是宏富的篇幅未必适合普通尤其是入门的读者。

因此，我们起意做一本更适合普通读者尤其是青少年阅读的诗选。我们希望做成这样一本书，可以置于孩子的床头，放在客厅的茶几上，装进旅行途中的背包里，可以在春日的午后，写作业的间隙，通勤的公车和地铁里，翻开来读几页，一整天都会感到生动明亮。

我们从浩如烟海的传统诗歌中先期选出了近700首作品，所选的诗歌范围覆盖了中国古代诗歌史的全体，上起《诗经》，下至清代龚自珍，而后再加汰择，结果唐诗自然成为最重要的部分，全部260余首诗中唐诗近150首，约为整个篇目的60%。借由此书，读者或许能对整个中国古代诗歌的历程有一个最初步的直观认识，而又能读到历来最脍炙人口也真正值得永远记取的诗作。

文辞优美，感发人心，这是我们选取诗歌最主要的标准；适合青少年，可以作为现代中国人最基本的传统诗歌素养和理解，也是我们时时在心中考量的。不论默读还是朗读，这些诗都会让你齿颊芬芳，心动神摇。你会发现，尽管隔了千百年，诗中的场景和情感，与现代人之间并无不可跨越的屏障。《静女》中那个捉弄恋人的调皮可爱的少女，《将进酒》中恣意张扬畅快淋漓的悲欢，《沈园二首》中悲惋缠绵至死不渝的爱恋，都能拨动我们的心弦。当你将这些优美的诗歌熟稔于心，即使此后未必有机缘更多更深地接触古典诗歌的海洋，也至少会拥有与传统诗歌和传统美学的一线心有灵犀。

为让我们的读者尤其是青少年，更直截更亲切地与书中的诗篇相遇，我们力求注释精简，对于诗中的字词语句、名物制度等，只要不影响到对作品整体的理解，便不加注说，以便让读者的注意力集中在对诗歌文本的领会和体悟上。每首诗后的赏析文字，也不取串讲形式，不求全面阐发，仅寻诗中打动人心处，写出我们的感动，希望能帮助读者在读诗时与古人产生共鸣。

书中所选诗歌，都是我们应该熟读的古诗。古诗是中华传统文化的重要篇章，也是传统文化中最深入人心的部分。古诗中有古人的人生和世界，有古人对人生和世界的体验与境界。对青少年而言，这是更高的人生和更纯粹的世界。一篇篇古诗犹如一个个亲切的朋友，只要你肯接近他们，他们就会不吝和你分享他们的人生经验与喜怒哀乐，会帮助你建设你自己的内心修养和人格意志。

让我们一起来熟读这些古诗吧。

陈引驰

2017年3月

目录

1

2

静女

《诗经·邶风》

静女其姝，俟我于城隅。[1]
爱而不见，搔首踟蹰。[2]

静女其娈，贻我彤管。[3]
彤管有炜，说怿女美。[4]

自牧归荑，洵美且异。[5]
匪女之为美，美人之贻。[6]

【赏析】

两千多年前这首描写男女约会的诗，至今读来仍趣味盎然。美丽文静的姑娘在城墙角等我，我满心快活去赴约，但到了会面地点，却不见姑娘踪影。我疑惑而不知所措，抓耳挠腮，"搔首踟蹰"。是发生了什么意外？还是阴晴不定的少女心？躲在一边的姑娘看着我的狼狈相咯咯直笑。"爱而不见，搔首踟蹰"八个字使姑娘的调皮和小伙子的憨厚跃然纸上。

《诗经》：中国最早的一部诗歌总集，涵括了从西周初年到春秋中期（公元前十一世纪至前六世纪）之间约五百年间大约305首诗歌，分为"风"（分十五国风）、"雅"（分大、小雅）、"颂"（分周、鲁、商三颂）三部分，《邶风》《郑风》《秦风》等皆为十五国风之一。
1. 姝：美丽。俟：等。城隅：城墙角。
2. 爱：通"薆"，隐藏。
3. 娈：美。贻：送。彤管：有说是红管笔，有说是红色管状小草。
4. 炜：光彩。说：通"悦"，喜爱。怿：高兴。女：通"汝"，此指彤管。
5. 荑（tí）：荑草。洵：很。
6. 匪：通"非"，不是。女：通"汝"，此指荑草。

此时，姑娘款款走来，送上一支彤管。小伙子发现自己被逗弄却越发欢喜，一场约会因她的活泼而乐趣无穷。小伙子也感染了这份趣味，语带双关地对礼物含蓄地表达心中的爱恋：这彤管光彩照人，很喜欢你的美丽。

　　再次约会，姑娘送我牧场莫草。和这样美丽、活泼又体贴的姑娘来往，时间越久，情感就越热烈。我不由比上次更盛赞礼物：莫草非常漂亮，与众不同，更重要的是，那是美人之贻。从第二章赞美礼物到第三章赞美人，情感逐渐升温。但热烈的赞美仍是含蓄的、温厚的，反显得越发动人。

野有蔓草

《诗经·郑风》

野有蔓草，零露漙兮。[1]
有美一人，清扬婉兮。[2]
邂逅相遇，适我愿兮。

野有蔓草，零露瀼瀼。[3]
有美一人，婉如清扬。
邂逅相遇，与子偕臧。[4]

【赏析】

春晨郊野，春草葳蕤，草叶嫩绿，缀满露珠，在晨曦的照耀下，晶莹清澈。幽静清丽的郊野，一位美丽的姑娘含情不语，翩翩而至，清露般的美目，顾盼流转。蔓草、露珠与少女之间像有某种关联，"婉如清扬"便是点睛之笔，明眸清扬，宛如露珠。春野幽美，丽人如画，男子如何不怦然心动？"邂逅相遇，适我愿兮"，其中有邂逅的惊喜、对美人的惊叹，更有"适我愿"的满足与幸福。

第二章与第一章相似，却略有变化。这变化中的相似是心中对清丽幽静的自然和美人的反复赞叹；而相似中的变化是感情的升温，"零露瀼瀼""婉如清扬""与子偕臧"，音韵浏亮，仿佛心中情感的激荡。仲春时节，男女欢会，四目相对，心领神会，那就一起分享生命中的美好和欢愉吧。

---

1. 漙（tuán）：形容露水多。
2. 清扬：目以清明为美，扬亦明也，形容眉目漂亮传神。婉：美好。
3. 瀼（ráng）：形容露水多。
4. 臧：善，美好。

蒹葭

《诗经·秦风》

蒹葭苍苍，白露为霜。[1]
所谓伊人，在水一方。[2]
溯洄从之，道阻且长。
溯游从之，宛在水中央。[3]

蒹葭萋萋，白露未晞。[4]
所谓伊人，在水之湄。[5]
溯洄从之，道阻且跻。[6]
溯游从之，宛在水中坻。[7]

蒹葭采采，白露未已。
所谓伊人，在水之涘。[8]
溯洄从之，道阻且右。[9]
溯游从之，宛在水中沚。[10]

---

1. 蒹葭：芦苇一类的植物。苍苍：茂盛的样子。下文"萋萋""采采"义同。
2. 伊人：那个人，指所思慕的对象。
3. 溯洄：逆流而上。下文"溯游"指顺流而下。
4. 晞：干。
5. 湄：水和草交接的地方，也就是岸边。
6. 跻（jī）：上升，这里指地势渐高。
7. 坻（chí）：水中的高地。
8. 涘（sì）：水边。
9. 右：迂回曲折。
10. 沚（zhǐ）：水中的小沙洲。

【赏析】

这是一个梦幻的画面。凄冷秋天的清晨，太阳尚未升起，河边芦苇茫茫，苇叶上凝结着浓重的露珠，诗中的主人公来到河边，向着对岸望去，似乎看到了一个身影。他竭尽全力，要过河到对岸那人的身边去。但不论怎样努力，都无法渡过眼前这条河。对岸那人，是那么可望而不可即。

诗采用《诗经》中常见的重章叠唱手法，三章的文字、句式、内容基本相同，只在每章相对应几处的个别词语上略有改动。但正是这几处改动，使诗的情感更加微妙深婉。露水从"为霜"到"未晞"再到"未已"，暗示了时间的推移。道路从"阻且长"到"阻且跻"再到"阻且右"，越来越难行走，可见追寻者为靠近伊人身边所付出的艰辛努力。而宛在"水中央""水中坻""水中沚"的喟叹，暗示了伊人的身影似乎越来越缥缈。

人生之中，总会遇到某些美好的事物，是心中渴求却又可望不可即的，曾经执着地追寻，却终究没有结果，成为令人惆怅的记忆。由此角度来理会，这首诗便具有了更广泛的象征意义。

湘夫人

《楚辞·九歌》

帝子降兮北渚，目眇眇兮愁予。[1]
袅袅兮秋风，洞庭波兮木叶下。[2]

登白薠兮骋望，与佳期兮夕张。[3]
鸟何萃兮蘋中，罾何为兮木上？[4]
沅有茝兮澧有兰，思公子兮未敢言。[5]
荒忽兮远望，观流水兮潺湲。[6]
麋何食兮庭中，蛟何为兮水裔？[7]
朝驰余马兮江皋，夕济兮西澨。[8]
闻佳人兮召予，将腾驾兮偕逝。

筑室兮水中，葺之兮荷盖。[9]

《楚辞》：汉代编定的一部包含战国到汉代的楚地诗歌体式作品的总集，其主体部分是战国时代楚国屈原的作品。《九歌》，一般认为是屈原根据楚地祭祀乐歌改制而成的组诗，包括十一篇，《湘夫人》《山鬼》皆其中篇章。

1. 帝子：指湘夫人。古人称儿女不分性别，作"子"。"帝子"相当于"公主"。渚：水中小块陆地。眇眇（miǎo）：远望不清的样子。愁予：使我忧愁。

2. 袅袅（niǎo）：柔弱不绝的样子。波：生波。

3. 白薠（fán）：近水生的秋草。骋望：纵目而望。佳：美好的人。期：期约。张：陈设。

4. 萃：集。鸟本当集于木上，反说在水草中。罾（zēng）：捕鱼的网。罾原当在水中，反说在木上，表示徒劳。

5. 沅：沅水，在今湖南省。茝（chǎi）：香草名，即白芷。澧（lǐ）：澧水，在今湖南省。

6. 荒忽：不分明的样子。潺湲：水流的样子。

7. 麋：兽名，似鹿。麋本当在山林，却来到庭院。水裔：水边。蛟本当在深渊却来到水边。

8. 皋：水边高地。澨（shì）：水边。

9. 葺：编草盖房子。

荪壁兮紫坛，播芳椒兮成堂。[10]
桂栋兮兰橑，辛夷楣兮药房。[11]
罔薜荔兮为帷，擗蕙櫋兮既张。[12]
白玉兮为镇，疏石兰兮为芳。
芷葺兮荷屋，缭之兮杜衡。[13]
合百草兮实庭，建芳馨兮庑门。[14]
九嶷缤兮并迎，灵之来兮如云。[15]

捐余袂兮江中，遗余褋兮澧浦。[16]
搴汀洲兮杜若，将以遗兮远者。[17]
时不可兮骤得，聊逍遥兮容与。[18]

【赏析】

"袅袅兮秋风，洞庭波兮木叶下。"深秋凄静杳茫的氛围中，帝子降临，目光迢远深情，望着瑟瑟秋风中木叶纷纷落下，意境优美而惆怅。

诗歌书写主人公想望爱人、修建华屋、久等不来后愤而离去。看似悲剧，实为殷切思慕而最终不遇的故事。这样热切悲怨又错过的爱

---

10. 荪（sūn）壁：用荪草饰壁。紫：紫贝。坛：中庭。椒：一种香木。用芳椒涂壁，香气满堂。

11. 橑（lǎo）：屋椽（chuán）。辛夷：木名。楣：门上横梁。药：白芷。

12. 罔：通"网"，编结。薜荔：一种香草。帷：帷帐。擗（pǐ）：掰开。蕙櫋（mián）：以蕙草缀饰的檐际之木。

13. 缭：缠绕。杜衡：一种香草。

14. 馨：能够远闻的香。庑（wǔ）：走廊。

15. 九嶷（yí）：九嶷山神。缤：盛多的样子。

16. 捐：抛。袂（mèi）：衣袖。褋（dié）：内衣。澧浦：澧水滨。

17. 搴（qiān）：拨取，取。汀：水边平地。杜若：一种香草。遗：给予，赠送。

18. 骤得：数得，屡得。容与：悠闲的样子。

情故事常常发生，故尤能引发观者共鸣。

主人公"登白薠兮骋望"，为约会忙到昏黄，却像山鸟集于水萍、渔网张在树上一般徒劳无功。然而心里仍放不下，"荒忽兮远望"，"思公子兮未敢言"。出发去找爱人吧？这荒唐得简直像麋鹿在庭院觅食、蛟龙搁浅水滩。但主人公还是"朝驰余马兮江皋，夕济兮西澨"，义无反顾，日夜兼程，奔向爱人。

到了相会处，主人公在水中盖房，用荷叶做屋顶。华贵美好的装饰物让人目不暇接，奇花异草，色彩缤纷，香气缭绕。这些装饰中有主人公缠绵的情思，更有对未来难以遏制的激动。一切布置就绪，连九嶷山众神都如云而来，爱人却还没来。

汪洋恣肆的铺垫使主人公的失望尤其强烈，极度绝望中，将衣袖和单衣抛向沅江、澧水，并拔起约会之地的香草，来向远方诉说这次赴约不遇的痛苦。

凄静杳茫的意境、缠绵悱恻的情感、执着热烈的追求、忧伤哀怨的氛围，所有这一切互相交织，构成《湘夫人》的独特魅力。

山鬼

《楚辞·九歌》

若有人兮山之阿，被薛荔兮带女萝。[1]
既含睇兮又宜笑，子慕予兮善窈窕。
乘赤豹兮从文狸，辛夷车兮结桂旗。
被石兰兮带杜衡，折芳馨兮遗所思。
余处幽篁兮终不见天，路险难兮独后来。
表独立兮山之上，云容容兮而在下。[2]
杳冥冥兮羌昼晦，东风飘兮神灵雨。
留灵修兮憺忘归，岁既晏兮孰华予。[3]
采三秀兮于山间，石磊磊兮葛蔓蔓。[4]
怨公子兮怅忘归，君思我兮不得闲。
山中人兮芳杜若，饮石泉兮荫松柏。
君思我兮然疑作。[5]
雷填填兮雨冥冥，猿啾啾兮狖夜鸣。
风飒飒兮木萧萧，思公子兮徒离忧。[6]

【赏析】

"山坡上黑黝黝的竹林里，歇着一辆豹车，豹子是赤色的，旁边睡着一匹狐狸，身上却有着金钱斑点。对面，从稀疏的竹子中间望

---

1. 女萝：一种蔓生植物。
2. 容容：云出的样子。
3. 灵修：灵，神；修，远，此指神灵。
4. 三秀：一年三次开花的芝草。
5. 然疑作：信疑交织。
6. 离：通"罹"，遭遇。

去，像一座陡起的屏风，挡住我们视线的，便是那永远深藏在云雾中的女神峰——巫山十二峰中最秀丽，也最娇羞的一个。林中单调的虫声像数不完的波圈，向四面的山谷扩大——'山之阿，山之阿……'一只蝙蝠掠过，坡下草丛中簌簌作响。"这是闻一多对《山鬼》演出的想象——《楚辞》的《九歌》大致都是古代楚地祭神仪式中的乐歌。

祭神的舞台上，饰演山鬼的女巫温柔婉丽，盛装赴约，充满少女般的期待。隐隐约约好像有人在山坳，身披薜荔腰束松萝；眉目含情嫣然一笑，你爱慕我身形美好。我驾着赤豹啊花狸紧跟，辛夷作车啊桂枝为旗，石兰盖顶杜衡作带，折芳花送给情人。开头的"若"字表现了楚地山间长林古木、草木纷披的特点，山鬼穿行显得格外神秘轻盈。

我在幽深的竹林中看不见天，路途艰险啊姗姗来迟。独自站在山巅，云海茫茫脚下流旋。白天阴沉如同黑夜，东风疾吹神灵降雨。为灵修你留下啊快乐不归，天晚了谁让我花容重现。山鬼从迟到焦急、远眺企盼，到甘愿等待、担心憔悴，山鬼的心情越来越被动、落寞。

我在山间采灵芝，山石磊磊啊葛藤蔓生。心怨公子啊不该忘返，或许你想我只是没有空闲。山中人芳草般美好，饮石间清泉啊松柏荫庇。你在想我吗？我又半信半疑。雷声隆隆阴雨绵绵，猿声啾啾夜间长鸣，风声飒飒树叶萧萧，思念公子空自悲伤。对公子的猜测越来越悲观，最后风雨如晦的凄厉场景渲染了郁闷的心情。"徒"字尤其表现款款深情只是一场徒劳无功的浪费，心中凄凉悸悸，如黄叶满地，猿声四起。

垓下歌

项羽

力拔山兮气盖世。时不利兮骓不逝。
骓不逝兮可奈何！虞兮虞兮奈若何！

【赏析】

在秦汉之际，项羽是一位盖世英雄。二十四岁随叔父起兵反秦，二十七岁与刘邦灭秦，自立为"西楚霸王"，分封十八位诸侯王，号令天下。战场上他能将敌人吓得心胆俱裂，韩信在刘邦面前评论项羽时说"项王喑恶叱咤，千人皆废"。他的战场指挥艺术出神入化，不论敌人力量多么强大，几乎战无不胜。巨鹿之战，他破釜沉舟，指挥楚军以一当十，击溃秦朝精锐的长城军，之后又迫降章邯率领的二十万秦军；彭城之战，刘邦率领五十六万大军占领了他的都城，他只率三万骑兵长途奔袭，将刘邦的军队杀得个落花流水。楚汉对峙，只要他出现在战场上，胜利的天平就会倾向楚军。然而刘邦斗智不斗力，派人策反了他的大将英布，派彭越骚扰他的后方，派韩信开辟第二战场。终于在垓下，他被汉军重重包围，走到了命运的终点。这一年，他才三十一岁。

英雄末路，最让人感慨唏嘘。《垓下歌》就是在项羽英雄末路时的一曲悲歌。即便穷途末路，项羽对自己的力量仍充满了自信，他仍要对这个世界宣告他自己的"力拔山兮气盖世"。但时势不利，连他经常骑乘的乌骓马都跑不动了。无论对手多么强大，他从来都无所畏惧，然而"时"即"天时"或"时运"，却是超越人类之上的力量，

项羽（公元前232—前202），名籍，字羽。楚国下相（今江苏宿迁）人。秦末反秦义军领袖，称"西楚霸王"，终为刘邦所败。

任凭何等的英雄都无可奈何，只能接受将要失败的命运。而在生命的最后时刻，最让他放心不下的，是他心爱的女人——虞姬。

这首诗里，有睥睨一切的豪情，有英雄末路的悲情，还有愁肠百结的柔情。这首诗里的项羽，英雄气短，儿女情长。而这也让后世之人，对这位失败的英雄怀抱更多一份同情吧。

大风歌
刘邦

大风起兮云飞扬，威加海内兮归故乡。
安得猛士兮守四方！

【赏析】

项羽曾说"富贵不归故乡，如衣锦夜行"，他最终自刎乌江。而打败他的刘邦做到了衣锦还乡，并且慷慨悲歌一曲《大风歌》。

刘邦比秦始皇小三岁，目睹了秦国风卷残云的灭六国之战，但那与他无关。他的前半生平淡无奇。当秦始皇死后，刘邦迎来了他的时代。在波澜壮阔的秦末战乱中，他曾与项羽并肩作战，而先于项羽入关灭秦。在随后长达四年的楚汉战争中，他屡战屡败，多次命悬一线，死里逃生，但最终笑到了最后。"大风起兮云飞扬"，更多地让我们体会到的是那个波谲云诡的动荡时代，群雄逐鹿，豪杰蜂起，而只有刘邦做到了"威加海内兮归故乡"，成为最后的胜利者。这首诗的前两句，充满了英雄的豪情与自负。然而接下来的一句，却是情绪的一种陡转，不是胜利者的志得意满，而竟是充满了忧虑。这首《大风歌》，正是他刚刚击败反叛的淮南王英布，回军途经故乡，与故乡父老置酒高会时所唱。此时距刘邦登基称帝已有八年，这八年之中，刘邦先后着手处置了他分封的诸多异姓王，包括在楚汉战争中功劳最大的韩信、彭越和英布。翦除异姓王的确稳固了汉王朝，但同时也失去了这几员能够独当一面的大将。现在刘邦还能亲自带兵出征，未来汉王朝再有内忧外患，还有谁能维护王朝的安定呢？最后一句"安得猛士兮守四方"，正是刘邦作为一代枭雄内心深处的忧虑。

唱过《大风歌》，回到长安不久，刘邦就去世了。

刘邦（公元前256—前195），沛丰邑（今江苏徐州丰县）人。西汉开国皇帝。

长歌行

汉乐府

青青园中葵，朝露待日晞。
阳春布德泽，万物生光辉。
常恐秋节至，焜黄华叶衰。[1]
百川东到海，何时复西归？
少壮不努力，老大徒伤悲！

【赏析】

这篇乐府之主旨在劝人惜时，借风物变迁娓娓道来。

前四句表现青春蓬勃。"青青"像是绿色，但又不仅是绿色。"青青子衿，悠悠我心"，"青青河边草"。"青"更单纯、凝静、年轻，所以人最美好的岁月叫"青春"。以"青青"形容葵草，表现园中一派清新萌动，旺盛蓬勃。枝干上鲜洁的露珠正等待朝阳的蒸腾。"待"字表现对未来毫无保留的迎接和企盼，充满期待和不惧艰险的精神。温煦的阳光施予万物德惠恩泽，万物欣欣向荣，充满活力。

然而秋天的到来骤然引起忧患之感，春夏缤纷灿烂的花叶转眼凋败枯萎。盛衰之际犹能看出时间的无情和盛景的可贵。也许有人会说，四季流转，春来花还会再开。但人的时间是单向的，没有循环，正如"百川东到海，何时复西归"，于是时光一去不返的悲哀和花凋叶残的凄凉如愁云惨雾笼罩了读者。此时，"少壮不努力，老大徒伤悲"的警醒便格外有力，如醍醐灌顶。诗歌最后激发出来的"努力"和开头"朝露待日晞"的天真已然不同，展现的是理性的紧迫感。

乐府，秦时已有设置，汉武帝时重建，负责采集民间歌谣或文人的诗来配乐，以备朝廷祭祀或宴会时演奏之用。乐府搜集整理的诗歌，后世就叫"乐府诗"，或简称"乐府"。
1. 焜：枯黄的样子。

饮马长城窟行

汉乐府

青青河畔草，绵绵思远道。
远道不可思，宿昔梦见之。[1]
梦见在我傍，忽觉在他乡。
他乡各异县，展转不相见。
枯桑知天风，海水知天寒。
入门各自媚，谁肯相为言！
客从远方来，遗我双鲤鱼。[2]
呼儿烹鲤鱼，中有尺素书。
长跪读素书，书中竟何如？
上言加餐食，下言长相忆。

【赏析】

古代交通和通讯极不发达，一旦离家在外，不论是由于求学、仕宦或是从军，都将在相当长的时间内不能回家，并且很难保持音信相通。这段时间可能长达数年，甚至十数年。而他们的妻子，将陷入长久的思念和期待之中，于是她们就有了一个称呼——思妇。

这首诗就是采用了思妇的口吻。全诗一共二十句，可以分为三节。前八句是第一节，从思念人在远方的丈夫写起，思念而不得相见，便于梦中相见，可梦终究要醒来，醒来仍然要面对彼此天各一方不知何时才能团聚的现实。前八句连贯而下，既让人感到思妇的思念不可阻断，又让人感到不论思妇做什么，其结局必然是指向不得相见的痛苦。

---

1. 宿昔：昨夜。
2. 双鲤鱼：指信函，古时以刻成鱼的形状的两块木板，将书信夹在里面。

中间"枯桑"四句是第二节，与别人家对比，别人家夫妻团聚，恩恩爱爱，此一家冷冷清清，此一人孤孤单单。连枯桑、海水都能感知气候的严寒，思妇又岂能感受不到独处空房的孤独冷清呢？

最后八句为第三节，写远方的丈夫终于请人捎回书信，书信中写了什么呢？"加餐食"是叮嘱妻子保重身体，"长相忆"是表达对妻子的思念。语言平实的书信，对于长久以来品味着凄清孤苦的思妇来说，无比温暖。

陌上桑

汉乐府

日出东南隅，照我秦氏楼。

秦氏有好女，自名为罗敷。

罗敷喜蚕桑，采桑城南隅。

青丝为笼系，桂枝为笼钩。

头上倭堕髻，耳中明月珠。[1]

缃绮为下裙，紫绮为上襦。[2]

行者见罗敷，下担捋髭须。[3]

少年见罗敷，脱帽着帩头。[4]

耕者忘其犁，锄者忘其锄。

来归相怨怒，但坐观罗敷。[5]

使君从南来，五马立踟蹰。[6]

使君遣吏往，问是谁家姝？

"秦氏有好女，自名为罗敷。"

"罗敷年几何？"

"二十尚不足，十五颇有余。"

使君谢罗敷："宁可共载不？"[7]

罗敷前置辞："使君一何愚！

---

1. 倭堕髻：汉代妇女一种发式，发髻偏在一边，呈坠落状。

2. 襦：短袄。

3. 髭（zī）：嘴上的胡须。

4. 帩头：古代男子束发的头巾。

5. 坐：因为，由于。

6. 使君：汉代对太守的尊称。

7. 谢：这里是"请问"的意思。不：通"否"。

使君自有妇，罗敷自有夫！"

"东方千余骑，夫婿居上头。
何用识夫婿？白马从骊驹，[8]
青丝系马尾，黄金络马头；
腰中鹿卢剑，可值千万余。
十五府小史，二十朝大夫，
三十侍中郎，四十专城居。[9]
为人洁白皙，鬑鬑颇有须。[10]
盈盈公府步，冉冉府中趋。[11]
坐中数千人，皆言夫婿殊。"

【赏析】

仿佛一场洋溢着欢快气氛的独幕喜剧。

罗敷是古时美女的通称，她一出场，便光彩照人。她穿着华丽，提着精美的桑篮，到城南的桑林中采桑。罗敷是如此美丽，一路上吸引了所有人的目光。行人忘了赶路，放下担子，捋着胡须，眼睛一眨不眨地盯着她看；少年人看到罗敷，摘下帽子，希望能够吸引罗敷的注意；田中劳作的人看罗敷看得出神，都忘了手中的活计。诗中始终没有直接描摹罗敷的相貌，可从周围人的眼睛中，读者也足以感受到罗敷无以复加的美丽。

接下来是一位追求者登场："使君从南来，五马立踟蹰。"普通男子看到罗敷，恐怕会自惭形秽，心中仰慕也不敢近前，而这位追求

---

8. 骊驹：黑色的马。
9. 专城：谓一城之主，如太守、刺史之类。
10. 鬑鬑：胡须长的样子。
11. 盈盈：形容缓慢优雅的步态，下文"冉冉"义同。

者身份却不一般，"使君"是对太守的尊称，而在汉代，太守是地方最高级别的长官。这位使君看到罗敷，很直接地派手下去打听罗敷的情况，并向罗敷提出"宁可共载不"的要求。

　　使君一定以为，凭借自己的权势地位，罗敷必会应允，乃至会感到受宠若惊。不料罗敷听到这个要求后，径直走到使君面前，上来便是几句斥责："使君一何愚！使君自有妇，罗敷自有夫！"这几句斥责让罗敷在道德上对太守处在了居高临下的位置，不过罗敷并未就道德方面对太守穷追猛打，而是话锋一转，夸耀起自己的丈夫来。在罗敷的口中，丈夫在方方面面都压倒了使君：威仪比使君更加显赫，仕历比使君更为通达，容貌风度也是使君远不能及的。在光彩照人的罗敷、鹤立鸡群的丈夫的对比下，刚才还自命不凡、不可一世的使君，此时必然是气馁委顿，尴尬得无地自容。

　　当然，我们或许也可以假设，然后追问：如果罗敷的丈夫没有那么出色，会发生什么呢？

上邪

汉乐府

上邪！[1]
我欲与君相知，长命无绝衰。
山无陵，江水为竭，
冬雷震震，夏雨雪，
天地合，乃敢与君绝！

【赏析】

高山夷为平地，长江枯竭，冬天雷声隆隆，夏天大雪纷飞，天塌地陷……

这样一幅世界末日的景象，竟然出自两千年前一名少女的口中。当然，她不是在作宗教预言。她只是陷入了恋爱的狂热之中，正在和她的恋人海誓山盟。她对天发誓，要和恋人相爱，永不分离。并非任何情况都不能将他们分离，她承认还是有一种情况她会和恋人分手，那就是世界末日的到来。但世界末日是不存在的，所以她坚定地说：无论发生什么，都不会和恋人分开，要永远相爱，永远在一起。

表面看上去退一步的誓言，却表达了更为强烈和坚定的情感。

1.上邪（yé）：天啊！邪，同"耶"，感叹词。

行行重行行
无名氏

行行重行行，与君生别离。
相去万余里，各在天一涯。
道路阻且长，会面安可知。
胡马依北风，越鸟巢南枝。
相去日已远，衣带日已缓。
浮云蔽白日，游子不顾返。
思君令人老，岁月忽已晚。
弃捐勿复道，努力加餐饭。

【赏析】

"行行重行行"，"行"的重复像是迈步，一步一步，绵延重复，远行者与送别者之间的距离愈行愈远。"与君生别离"，活着分离或硬生生的分离，因此爆发的痛苦与"行行重行行"的单调构成顿挫的节奏感。"相去万余里，各在天一涯"，相隔万里之遥，我在这端，你在那端。"道路阻且长，会面安可知"，万里之间重叠着无数高山峻岭、深谷桑田，两个极端间交流变得阻碍多艰。

"胡马依北风，越鸟巢南枝"，天各一方，但瞻望故旧的心意未尝稍歇；"相去日已远，衣带日已缓"，因为思念，人逐日消瘦，为伊消得人憔悴。然而"浮云蔽白日，游子不顾返"，游子像被浮云遮蔽的太阳，被谗邪羁绊不归。无望的相思令人衰老，更何况"岁月忽已晚"，时光飞逝，更感悲凉。

离别、相思、衰老纷至沓来，但思妇最终抛开这些，努力加餐饭，继续生活，心态朴实而坚强。钟嵘《诗品》评《古诗十九首》"文温而丽，意悲而远"。本诗尤其表现了忧伤中的温厚与坚韧。

西北有高楼

无名氏

西北有高楼，上与浮云齐。

交疏结绮窗，阿阁三重阶。

上有弦歌声，音响一何悲！

谁能为此曲，无乃杞梁妻。[1]

清商随风发，中曲正徘徊。[2]

一弹再三叹，慷慨有余哀。[3]

不惜歌者苦，但伤知音稀。

愿为双鸿鹄，奋翅起高飞。

【赏析】

高楼上与云齐，与世间保持着距离；楼中人深夜抚琴唱歌，歌声悲苦。歌者是什么人？遭遇了什么伤心事？为什么深夜独自唱歌？

在高楼之下，却有一个听者。他听到了歌声，听懂了歌中的悲伤。他猜测着歌者的身份，他为歌者伤心：心怀悲苦已经非常令人伤心了，没有知音，这悲苦无人诉说，无人理解，更加让人难以承受。

而听者自己，不也是一个伤心人么？他听到悲苦的歌声而产生共鸣，不正因为他自己也遭遇了伤心事么？他深夜独立于楼下听歌，不也是没有知音么？难怪他最后发愿："愿为双鸿鹄，奋翅起高飞。"

可是，高楼中的歌者，并不知晓楼外的听者。听者的心曲，也无从诉达歌者。听者的发愿，恐怕只是再增一重伤心罢了。

---

1. 杞梁妻：据说春秋时期齐国大夫杞梁战死在莒国城下，其妻临尸痛哭，极其悲伤，连城墙都为之崩塌。
2. 清商：乐曲名，声情悲怨。
3. 慷慨：感慨，悲叹。

涉江采芙蓉
无名氏

涉江采芙蓉，兰泽多芳草。
采之欲遗谁，所思在远道。
还顾望旧乡，长路漫浩浩。
同心而离居，忧伤以终老。

【赏析】

"涉江""芙蓉""兰泽""芳草"让人不由想到芬芳馥郁的《楚辞》，"采芳洲兮杜若，将以遗兮下女"，"被石兰兮带杜衡，折芳馨兮遗所思"。南方水汽弥漫，花草纷披，目不暇接，但诗歌中的主人公并非采摘路边的野花，而是慎重地涉江采芙蓉。无论乘船还是蹚水，涉江采芙蓉的过程都充满了诚意。这诚意由"兰泽多芳草"的"多"字巩固下来，在视觉上造成纷繁稠密的效果。此时一个设问使节奏活泼疏朗起来，"采之欲遗谁，所思在远道"。诚挚的深情顿时飞动，空间切换和迢迢远路稀释了之前浓郁交织的感觉。"还顾望旧乡，长路漫浩浩"，设想远方情人的感受，为"远道"更添了家乡遥不可及的忧伤。

所幸这不是一场单恋，而是"同心"。"二人同心，其利断金"，"同心"给人支持、信心和希望。这比"浮云蔽白日，游子不顾返"的失望、"思公子兮徒离忧"的悴悴让人欣慰很多。但"同心"不应当是"愿得一心人，白头不相离"吗？"同心"不应当是"宜言饮酒，与子偕老。琴瑟在御，莫不静好"吗？同心却离居，这同心的欣慰到头来不过是一场更大的徒劳。而且归期无望，这徒劳的忧伤恐怕要终老了。

庭中有奇树

无名氏

庭中有奇树，绿叶发华滋。[1]
攀条折其荣，将以遗所思。
馨香盈怀袖，路远莫致之。
此物何足贵？但感别经时。

【赏析】

鲜花传情致意，该是很早就有的习俗。从庭院中开满花的树上，折下一枝，打算送给自己思念的那个人。这开篇实在平淡到乏味。当然，还有什么，能够比鲜花的芳香美丽，更能代表自己殷切的思念，更能象征彼此的情意呢？

第三联语意却是一转。花竟没有送出，久久置于自己怀袖之中，以至于周身满是花香。为什么没有送出呢？因为两人之间的距离太过遥远了。这可真让人悲伤。但诗人却没有叙写自己的悲伤，而是又一转，转回到自己所折的这枝花上来：隔了那么远的距离，为什么想要送一枝花去？是这枝花十分珍贵吗？不是。只是离别了太久，思念让自己情不自禁了。

折花的举动是平常的，而折花之情思是隽永的。

---

1. 华：同"花"。

迢迢牵牛星
无名氏

迢迢牵牛星，皎皎河汉女。[1]
纤纤擢素手，札札弄机杼。[2]
终日不成章，泣涕零如雨；[3]
河汉清且浅，相去复几许！
盈盈一水间，脉脉不得语。[4]

【赏析】

《诗经》中已写到织女星和牵牛星。《诗经·小雅·大东》中说织女星"不成报章"，说牵牛星"不以服箱"，即织女星不织布，牵牛星不驾车运输。这是在拿织女星、牵牛星的名字做文章，说它们有名无实。而这两颗星之间，在《诗经》时代似乎还没有产生故事。

然而在这里，织女星与牵牛星被人格化了。从人间看，这两颗星又遥远又明亮，隔着银河相对而望，很容易被联系在一起。可能还没有后世民间传说中那么曲折复杂的故事情节，但在本诗中，这两颗星显然已化身为一对被隔离的恋人或夫妻。织女美丽，哀怨，所爱的人就在眼前，但被银河阻隔，不能相聚。

诗写的是天上的织女和牵牛，映衬的却是人间的遗憾和忧伤。

---

1. 河汉女：银河边上的女子，指织女星。河汉：银河。
2. 杼（zhù）：织机的梭子。
3. 不成章：织不成布。章，指布帛上的经纬纹理，这里指布帛。零：落。
4. 脉脉：默默地用眼神或行动表达意愿。

明月何皎皎

无名氏

明月何皎皎，照我罗床帏。
忧愁不能寐，揽衣起徘徊。
客行虽云乐，不如早旋归。[1]
出户独彷徨，愁思当告谁。
引领还入房，泪下沾裳衣。[2]

【赏析】

夜深人静，独处空房，明亮的月光最容易触动人的愁思，让人难以入眠。起身在月夜下徘徊，满怀愁绪却无人可以诉说。

本诗中这个月下徘徊的人的身份很模糊。我们能看到这个人在月光下的一系列动作，却看不清这个人是男还是女。表达游子和思妇的情感，是《古诗十九首》中的两大主题。而本诗，似乎既可以看作是在家的思妇对游子的思念，也可以理解为在外的游子的思归之作。

而不论抒情主人公是游子还是思妇，那个月夜徘徊的身影所透露的孤寂，却如此清晰。

---

1. 旋归：回归，归家。
2. 引领：伸颈，抬头远望。

结发为夫妻

无名氏

结发为夫妻，恩爱两不疑。[1]
欢娱在今夕，嬿婉及良时。[2]
征夫怀远路，起视夜何其？
参辰皆已没，去去从此辞。[3]
行役在战场，相见未有期。
握手一长叹，泪为生别滋。
努力爱春华，莫忘欢乐时。
生当复来归，死当长相思。

【赏析】

新婚燕尔的男女，本应是幸福生活刚刚开始的时刻，却面临着生离死别。因为战争，丈夫被征发从军。他们无法抵抗，也无暇抱怨，夜色就要消失，天一亮就要出发。而这一去，何时回来，能否再回来，都在未定之天。他们能把握的，只有这离别前的一刻，彼此安慰，珍重作别："努力爱春华，莫忘欢乐时。生当复来归，死当长相思。"这一刻，他们希冀保留的，是曾有的欢乐的记忆；至于未来，活着自当归来聚首，如若死别，那生者自会长相思念——还有比这更彻底而强烈的情感表达吗？

---

1. 结发：束发。古代男子年二十、女子年十五束发，表示成年。
2. 嬿婉：欢好貌。
3. 参辰：参和辰，皆为星宿名，此处借指所有星宿。

观沧海

曹操

东临碣石，以观沧海。
水何澹澹，山岛竦峙。
树木丛生，百草丰茂。
秋风萧瑟，洪波涌起。
日月之行，若出其中；
星汉灿烂，若出其里。
幸甚至哉，歌以咏志。

【赏析】

曹操是三国时期当之无愧的第一大英雄。他也这样自视。他曾对刘备说过："天下英雄，唯使君与操耳。"《三国演义》把这句话敷衍成一段"青梅煮酒论英雄"的故事，还让曹操对什么是英雄发表了一番议论："夫英雄者，胸怀大志，腹有良谋，有包藏宇宙之机，吞吐天地之志者也。"虽是小说家言，但这段话非常契合曹操的胸襟与气度。《观沧海》透露的是同样的胸襟和气度。

诗人登上碣石山，看到无比广阔的大海。海中有岛，岛上有山，山的高耸巍峨更显海的阔大。当秋风吹起，海中汹涌起巨大的波涛。这是眼前的实景，已经足够让人震撼了。然而诗人并未就此打住，他仿佛还看到日月星辰都在大海中起落运行。这虽是虚写，是诗人的想象，但实实在在展现了诗人比海更为阔大的胸襟。

曹操（155—220），字孟德。沛国谯县（今安徽亳州）人。汉末政治家、诗人，在当时的战乱中统一北方，造成魏、蜀、吴三国鼎立的格局。

龟虽寿
曹操

神龟虽寿，犹有竟时。[1]

螣蛇乘雾，终为土灰。[2]

老骥伏枥，志在千里；

烈士暮年，壮心不已。[3]

盈缩之期，不但在天；[4]

养怡之福，可得永年。[5]

幸甚至哉，歌以咏志。

【赏析】

悲叹人生短暂、生命易逝，是汉魏以来文学主题之一。曹操这首四言诗的开头两联，便是这一主题的回响。"麟、龟、龙、凤"为中国古代的"四灵"，龟尤以其寿命长久受到人们的崇奉。螣蛇是一种类似龙的动物，具有神通，能够飞翔变化。但不管"神龟"和"螣蛇"怎样地神异，最终都会死亡。诗人这里并非为神龟和螣蛇感伤，他的话里有潜台词，那就是连神龟和螣蛇都有生命终结的那一天，更何况人呢？

既然人的死亡是必然的事情，那么该如何度过这短暂的一生呢？特别是当意识到生命已然进入暮年，也许剩余的时日不多了，一个人该怎样自处呢？有的人会为此悲痛消沉，有的人希望能享受更多的欢

---

1. 竟：终结。此处指死亡。
2. 螣（téng）蛇：传说中与龙同类的神物。
3. 烈士：有远大抱负的人。
4. 盈缩之期：本义指岁星运行周期的长短变化，这里指人的寿命的长短。
5. 养怡：指调养身心，保持身心健康。

乐。而曹操却相信自己能把握自己的生命，绝不会庸庸碌碌。就像一匹千里马，即使衰老了，卧在马棚里，心中也仍然有着驰骋千里的豪情；渴望建功立业的人，即使在人生的暮年，也不会放弃理想。曹操写这首诗时已五十三岁，但他根本不去纠结自己的生命还剩有多少时日，因为他相信"养怡之福，可得永年"，相信人为的努力可以延年益寿。

据说东晋的大将军王敦每次酒后都会咏"老骥伏枥，志在千里；烈士暮年，壮心不已"，并以如意击打唾壶作为节拍，致使壶口尽缺，足见这首诗感发人心的力量。

短歌行

曹操

对酒当歌，人生几何？
譬如朝露，去日苦多。
慨当以慷，忧思难忘。[1]
何以解忧？唯有杜康。[2]

青青子衿，悠悠我心。[3]
但为君故，沉吟至今。
呦呦鹿鸣，食野之苹。
我有嘉宾，鼓瑟吹笙。

明明如月，何时可掇？[4]
忧从中来，不可断绝。
越陌度阡，枉用相存。[5]
契阔谈宴，心念旧恩。[6]

月明星稀，乌鹊南飞。
绕树三匝，何枝可依？[7]

---

1. 慨当以慷：即应当慷慨。
2. 杜康：相传最早造酒的人，这里指酒。
3. 青青子衿：青青的是你的衣领。衿，衣领。青衿是周代读书人的服装，这里代指有才能的人。悠悠：形容思念悠长，连绵不断。
4. 掇（duō）：拾取。
5. 枉用相存：屈驾来访。枉，枉驾。用，以。存，存问，问候。
6. 契阔：离合。
7. 三匝（zā）：三周，三圈。

山不厌高，海不厌深。

周公吐哺，天下归心。[8]

【赏析】

曹操是一位大英雄，也是一位大诗人，他的诗被誉为"慷慨悲凉，千古绝调"。从他的《短歌行》来看，发英雄之忧，抒英雄之志，深思忧念之中又振起豪情雄心，确实当得起这八个字。

全诗可分为四节，每四联一节。第一节从"忧"起笔，饮酒听歌，本是快乐之事，但生命短如朝露，旋生旋灭，这样的快乐在短短一生中能有多少呢？就像托名汉武帝的《秋风辞》中感叹"欢乐极兮哀情多"，也是因为在快乐的时候突然意识到"少壮几时兮奈老何"。这种忧思萦绕心头，似乎只能从饮酒中寻找慰藉。

"忧生之嗟"在曹操之前就已是一种较为普遍的社会意识，曹操虽然也感叹"去日苦多"，但显然不至于真的就为此借酒消愁，这也不是此诗的主旨所在。更让曹操忧念在心的，是尚未完成的统一天下的大业，而要统一天下，贤才是尤为重要的因素。曹操在这首诗里着重要表达的，是对贤才的殷勤期待和渴盼。

"青青子衿，悠悠我心"是《诗经·郑风·子衿》的成句，原意是一位女子对心上人的深切思念和等待，曹操此处也是依照先秦引用《诗经》时"断章取义"的传统，借以表达对贤士的渴求。"呦呦鹿鸣"四句同样是袭用《诗经》中的成句，表现了对贤士的热情相待。第三节与第二节同义，用自己的话更明确地表达出唯恐贤士不至的忧思和贤士远道而来后的快慰。以月光为喻，可见忧思之广。

最后一节最显曹操的英雄豪气。天下所有或怀才不遇，或观望徘

8.周公吐哺：据说周公辅佐周成王时，为了接待天下贤才，"一沐三握发，一饭三吐哺"，这里借用周公的典故表达求贤若渴的心情。

徊的贤士，就像还没有归宿的乌鹊，他都接纳。"山不厌高，海不厌深"，曹操展示了宽广的政治胸怀，他以周公自诩，也是以周公自勉，对贤士倾心相待。历史上，曹操也的确曾三次发布"唯才是举令"，知人善任，选拔重用了大批人才。在这些人才的辅佐之下，曹操治国用兵，建功立业，成为一世之雄。

全诗以忧生之嗟开始，沉郁悲凉，而以英雄之志作结，慷慨激昂。最后的"天下归心"四字，如黄钟大吕，非大英雄不能说出口。

赠从弟

刘桢

亭亭山上松，瑟瑟谷中风。

风声一何盛，松枝一何劲。

冰霜正惨凄，终岁常端正。

岂不罹凝寒，松柏有本性。[1]

【赏析】

"岁寒，然后知松柏之后凋也。"《论语》中记载了孔子这句话，却没有记录孔子说这话时的语境，但我们都能读出这句话的言外之意：孔子绝非单纯地赞美松柏，他赞美的是一种品格，一种人格化的力量。后来，司马迁在《史记·伯夷列传》中，很自然地引了这句话去比拟处于"举世浑浊"之中的"清士"，正是理解了孔子的言外之意。刘桢所作《赠从弟》一诗，将松柏所象征的这种品格表现得更为突出鲜明。

诗作首先着力于刻画"岁寒"的严酷环境。"瑟瑟""一何盛"写出了寒风的凛冽，"冰霜""凝寒"写出了天气的严寒，天寒地冻，万物蛰伏，这是一个何其寂寞惨凄的世界。但就在这样的环境中，山上的松树却傲然挺立。寒风愈猛烈，松枝愈苍劲；严寒愈侵凌，松树愈从容端正。松树的力量，来自它本性的坚贞。

此诗显然是托物言志，通过咏松树，赞许一种高洁、坚贞、傲然独立的品格。诗题为《赠从弟》，自是为勉励从弟而作，希望他如松树那般秉守坚贞之节，同时亦不妨看作是刘桢的自抒怀抱。

刘桢（186—217），字公干。东平宁阳（今山东宁阳县）人。汉末著名文人，"建安七子"之一，后人往往将其与曹植并称为"曹刘"。
1. 罹（lí）：遭受苦难或不幸。

白马篇

曹植

白马饰金羁，连翩西北驰。[1]

借问谁家子，幽并游侠儿。[2]

少小去乡邑，扬声沙漠垂。[3]

宿昔秉良弓，楛矢何参差。[4]

控弦破左的，右发摧月支。[5]

仰手接飞猱，俯身散马蹄。[6]

狡捷过猴猿，勇剽若豹螭。[7]

边城多警急，虏骑数迁移。

羽檄从北来，厉马登高堤。[8]

长驱蹈匈奴，左顾凌鲜卑。

弃身锋刃端，性命安可怀？

父母且不顾，何言子与妻！

名编壮士籍，不得中顾私。[9]

捐躯赴国难，视死忽如归。

曹植（192—232），字子建。沛国谯县人。曹操之子，与曹操、曹丕并称"三曹"，汉末
三国时代最杰出的诗人。

1. 金羁：金饰的马笼头。
2. 幽并：幽州和并州。
3. 垂：同"陲"，边境。
4. 楛（hù）矢：用楛木做的箭。
5. 的：箭靶。月支：箭靶的名称。
6. 猱（náo）：猿猴的一种，行动敏捷。
7. 螭（chī）：传说中形状如龙的黄色猛兽。
8. 羽檄：军事文书，插羽毛表示紧急。
9. 中顾私：心中想着个人的事情。

【赏析】

诗的开篇两字为"白马",是以名《白马篇》;然而全篇主角并非白马,突出的是一位"游侠"少年,故而本诗题又作《游侠篇》。自战国至秦汉,游侠是社会上一类相当引人瞩目的群体,《史记》和《汉书》中都有为游侠立传。那时候的游侠主要有两类,一类是卿相之侠,如信陵君、平原君、孟尝君、春申君这战国四大公子,凭借王公之势,各有门客三千,名重天下;另一类是布衣之侠,如西汉大侠郭解、剧孟等,虽社会地位卑微,却上则结交王侯将相,下则藏匿犯法亡命之徒,横行州县,甚至与官府抗衡。不论卿相之侠还是布衣之侠,他们一方面立威福,结私交,势力极大;另一方面又往往有温良谦退、救人急困、重诺守信等品格。

而曹植《白马篇》中的游侠儿则不同。他首先以潇洒威武的形象进入读者的视野。金色的笼头,白色的骏马,飞驰在广阔的天地之间。虽然没有直接描写游侠儿的外貌,却用烘托的手法,令人想象到游侠儿的神采。李白《侠客行》开篇"银鞍照白马,飒沓如流星",即从此句而来。这位游侠儿不同于战国秦汉时游侠的第二个特征,是他具备高超的骑射技能。他携良弓利箭,可以左右开弓,不仅能射中排列左右的箭靶,也能射中快速移动的飞猱。他的动作比猿猴还敏捷,他的气概比豹螭还勇猛。

韩非曾指责"侠以武犯禁",战国秦汉的游侠的确是重私义而轻刑律,但曹植笔下的游侠儿却不仅没有不法行为,还英勇地奔赴边塞,抵御外族入侵,用自身的武艺报国安边。"长驱蹈匈奴,左顾凌鲜卑"一联,更加突出了游侠儿潇洒英武的风采。

战国秦汉的游侠最重要的品德是重然诺,能为人排忧解难,但这主要是私义;而此诗中的游侠儿,却以舍身报国、视死如归为第一要义,为了国家,可以牺牲个人生命,顾不上亲人家庭。可以说,这一新的游侠形象,蕴蓄着诗人的理想色彩,也是他对壮丽人生的想象。

七哀诗
曹植

明月照高楼，流光正徘徊。

上有愁思妇，悲叹有余哀。

借问叹者谁，言是客子妻。

君行逾十年，孤妾常独栖。

君若清路尘，妾若浊水泥；

浮沉各异势，会合何时谐？

愿为西南风，长逝入君怀。

君怀良不开，贱妾当何依？

【赏析】

"七哀"，哀伤多多的意思。此诗写一位思妇，丈夫长年在外游历，她渴盼与丈夫相聚而不能；诗的结尾，隐隐透露出思妇似已被丈夫遗弃，微露怨念，却欲言又止。

诗人不过是在写一首思妇之诗吗？似乎没有那么简单。以男女喻君臣，以妾妇被丈夫抛弃比喻君王对臣子的疏远、放逐，是自屈原《离骚》以来的传统。因而这首字面上的思妇诗，或许便是这一传统的又一呈现。诗中的思妇，不妨看作曹植的自喻。曹植与其兄长曹丕为成为他们一代雄杰的父亲曹操的继位者，曾经有过激烈的争斗，而最后的胜利者是曹丕。失败的曹植，被监管在自己的封地之内，心怀忧惧，孤独忧伤，恰如独守空房的思妇，夜晚独对明月。他和曹丕虽是一母同胞的兄弟，如今的处境却不可同日而语，就像尘泥本为一体，然而"清路尘"飞扬上天，"浊水泥"沉降落地，再无重新会合的可能。曹植对曹丕当然还有期待，甚至希望自己的兄长能在政治上给自己施展才能的空间，就像思妇还希望着能化作西南风，"长逝入君怀"。但现实是残酷的，曹丕是冷酷的，曹植感受到的只有防范和猜忌，最后也只能发出如弃妇一般的哀叹："君怀良不开，贱妾当何依？"

险恶环境下，内心悲怨无从明言，怕只能借传统以男女喻君臣的方式，委婉道来了吧。

咏怀

阮籍

夜中不能寐，起坐弹鸣琴。
薄帷鉴明月，清风吹我襟。
孤鸿号外野，翔鸟鸣北林。
徘徊将何见，忧思独伤心。

【赏析】

诗中的抒情主人公夜不能寐，起而弹琴，月光照在薄薄的窗帷上，清风吹拂着他的衣襟，寂静的夜空中，偶尔传来孤鸟的哀鸣声。他试图用琴声排解内心的忧思，却发现自己置身于一个无比寂寥空旷的世界，清冷的月光和微风，像他一样徘徊无依的孤鸿，反而使他更加沉浸于忧思之中。

这是阮籍八十二首《咏怀》诗的第一首，全诗写"忧思"却并未点明忧思的缘由，只是让我们看到一个陷入深深忧思的人。这样的风格，正能很好地代表《咏怀》组诗，它们向来以隐晦难解著称，所谓"阮旨遥深"，"百代之下，难以情测"。

诗人阮籍列名"竹林七贤"之中，他们是魏晋名士的代表性人物。他们可以说身当乱世，曹魏皇室与未来建立新王朝晋的司马氏集团激烈互搏，文人名士身处其间，难以超然；即以阮籍言，其父亲阮瑀是曹操的幕僚，与曹丕、曹植兄弟相游处，阮瑀去世较早，阮籍幼年颇受曹丕兄弟的照顾，在情感上倾向于曹魏政权，而政治上司马氏集团气势日盛，真是依违两难，他的诗里有句云："终身履薄冰，谁知我心焦。"阮籍为免遭到杀身之祸，从不表露自己的政治态度，其

阮籍（210—263），字嗣宗。陈留尉氏（今属河南）人。魏晋文学家，"竹林七贤"之一。

谨慎当时是出了名的，连司马昭都说："阮嗣宗至慎，每与之言，言皆玄远，未尝臧否人物。"他的好友嵇康也说："阮嗣宗口不论人过，吾每师之，而未能及。"

这么看来，后世读者知其忧思而不知其所以忧思，实在是诗人有意为之的结果。

归园田居（其一）

陶渊明

少无适俗韵，性本爱丘山。
误落尘网中，一去三十年。
羁鸟恋旧林，池鱼思故渊。
开荒南野际，守拙归园田。
方宅十余亩，草屋八九间。
榆柳荫后檐，桃李罗堂前。
暧暧远人村，依依墟里烟。
狗吠深巷中，鸡鸣桑树颠。
户庭无尘杂，虚室有余闲。
久在樊笼里，复得返自然。

【赏析】

此诗是陶渊明田园诗的代表作。前四联紧扣"归"字。诗人自述自小不适应俗世，天性喜爱丘山。对于有机心的、逢迎钻营的生活，诗人生性抗拒。因而此番退隐不仅是逃离"尘网""俗韵""樊笼"，更是回归初心，如"羁鸟恋旧林，池鱼思故渊"。陶渊明喜爱使用飞鸟和鱼的意象，鱼的灵动、鸟的健举都象征他对自由精神的追求。

"方宅十余亩"到"虚室有余闲"描写了诗人自足的田园生活。简朴的房屋、掩映的树木、远处隐约的村庄，最后回归洁净空阔的房屋。这段描写音平字顺、文疏气朗，可见心情恬淡愉悦，志满意得。文字简素而深永，表现了田园的淳朴可爱、散缓悠闲。《读山海经》

陶渊明（365—427），字元亮，又名潜，世称靖节先生。浔阳柴桑（今江西九江）人。东晋诗人，风格质朴自然，开创田园诗的新境界。

也描绘了田园耕读之乐，正可与之对读："孟夏草木长，绕屋树扶疏。众鸟欣有托，吾亦爱吾庐。既耕亦已种，时还读我书。穷巷隔深辙，颇回故人车。欢言酌春酒，摘我园中蔬。微雨从东来，好风与之俱。泛览周王传，流观山海图。俯仰终宇宙，不乐复何如？"

最后一联"久在樊笼里，复得返自然"收拢全诗，"樊笼"扣合"尘网"，"自然"回点"（天）性"，首尾圆合，自然完整。

归园田居（其三）

陶渊明

种豆南山下，草盛豆苗稀。
晨兴理荒秽，带月荷锄归。
道狭草木长，夕露沾我衣。
衣沾不足惜，但使愿无违。

【赏析】

陶渊明建构诗意田园的同时，也传递了其中的辛苦。种豆南山之下，豆苗不多，野草不少。一早下地干活，到月亮上来才扛着锄头回家。累了一天，杂草丛生的窄路上，衣服还被打湿。叙述这些时，陶渊明语调平和，还挺浪漫，但若还原实际遭遇，糟心的恐怕不止这几桩。《归去来兮辞》序中说"余家贫，耕植不足以自给。幼稚盈室，瓶无储粟"。他甚至还写过《乞食》诗。辛苦、贫穷、乞讨，都是田园的真实。

但陶渊明说"衣沾不足惜，但使愿无违"。"悠然见南山"如果算田园之得，"带月荷锄归"便是田园之失。计较的人难免患得患失，《论语》有云："君子坦荡荡，小人长戚戚。""长戚戚"即举首畏尾、心神不定的状态。但陶渊明是坦荡的，"托身已得所，千载不相违"（《饮酒》）。他在意的是回归田园后心志舒展、饱满自在的精神状态。明乎此，也就"饥冻虽切，违己交病"（《归去来兮辞》），辛劳苦楚在所不惜了。得失较然，唯吾心所愿，足矣。

饮酒（其五）
陶渊明

结庐在人境，而无车马喧。
问君何能尔？心远地自偏。
采菊东篱下，悠然见南山。
山气日夕佳，飞鸟相与还。
此中有真意，欲辨已忘言。

【赏析】

结庐在人境，却无世俗喧扰，如何能做到？心远地自偏。内心远离，便没有了纠缠。在精神世界中自我净化，能改变客观世界对自己的影响，处处发现生活的乐趣。

我们常被教导事物及其相关意义，但随着阅历的增长，我们突然发现意义的赋予源自内心：生病让人烦恼，但"因病得闲殊不恶"；雨天让人惆怅，然而"山色空蒙雨亦奇"。这时，我们突然感到了自由！"心远地自偏"是陶渊明发现的人间至理。如果心灵已然挣脱日常的束缚，那么凡俗的喧嚣就自然安静下来，人境亦如山间。

在这样的心境下，篱下采菊，抬头见山，烟岚从山间腾出，被夕阳染成金色，飞鸟结伴还林。这恬然忘机的景致抚慰心灵，让人松弛，又仿佛得到了一些启示。至于究竟是什么，物我合冥的乐趣岂能言传？自己去山间深林领会吧。

杂诗

陶渊明

白日沦西阿，素月出东岭。
遥遥万里辉，荡荡空中景。
风来入房户，夜中枕席冷。
气变悟时易，不眠知夕永。
欲言无予和，挥杯劝孤影。
日月掷人去，有志不获骋。
念此怀悲凄，终晓不能静。

【赏析】

"莫信诗人竟平淡，二分梁甫一分骚"，龚自珍认为陶渊明在恬淡安逸之外，还有两分诸葛亮式的宏图大志和一分屈原式的牢骚。鲁迅也说陶渊明"并非浑身是静穆"，也有"金刚怒目"的一面。"精卫衔微木，将以填沧海。刑天舞干戚，猛志固常在"，"少时壮且厉，抚剑独行游。谁言行游近，张掖至幽州"都表现了陶渊明的壮怀激烈。

但生逢乱世，叛乱频仍，他满怀理想追随的当代豪强中，桓玄废帝，刘裕篡位。在这样的现实中要有所作为难免同流合污。想保全清白，只能韬光养晦。之前的志向越高远，无法驰骋的痛苦就越强烈。"有志不获骋"，这"不获"中有多少压抑、不甘和无奈。而时光却飞速向前，从不停留。"日月掷人去"的"掷"字的力度让人尤觉时光无情，人生虚度。白日落山，素月东出，一天就这样消逝了。风来席冷，时易夕永，一季就这样消逝了。内心的焦虑和失望无人理解，"欲言无予和，挥杯劝孤影"。孤独，彻底的孤独。皎月的"遥遥万里辉"只有一片空荡荡的光影，正如心怀激荡却无法施展的自己。想及此，辗转反侧，无法入眠，"念此怀悲凄，终晓不能静"。

经过许多个"终晓"的"不静"后，陶渊明终于找到激情的释放点——用文学建构诗意的桃花源。于是安顿志向，回归自然，他在无数矛盾和波澜后获得了中国诗史上最淡而醇厚的平静。

登江中孤屿

谢灵运

江南倦历览，江北旷周旋。

怀新道转迥，寻异景不延。

乱流趋孤屿，孤屿媚中川。

云日相辉映，空水共澄鲜。

表灵物莫赏，蕴真谁为传。

想象昆山姿，缅邈区中缘。[1]

始信安期术，得尽养生年。

【赏析】

作为中国诗史上山水诗的开拓者，谢灵运是在为官永嘉时大量书写其山水诗的，而本篇记游瓯江江心屿，正是流传千古的名作。诗人在一滩乱流中为旅途的艰难怨念时，一抬头看到秀丽沉静的江中孤屿。这一抬头的温柔消解了心中所有的烦忧，此时的秀丽妍洁用"媚"字来形容最合适不过了。明媚的身姿、宛若新生的惊喜，给艰苦的舟行带来愉快的享受。这享受由后一句的"辉"字体现：洁白的云朵和穿透的阳光交相辉映。云愈白，光愈透，光愈透，云愈加白。交相辉映的光明已趋于耀眼，"空"字则将视线拉回澄澈空灵的水面。云日天光和明媚孤屿共同倒映在水中，光明剔透、灵静鲜洁，让人心生喜悦。乱、媚、辉、空、澄、鲜，景物描写暗含诗人的心路起伏：由烦躁到惊艳，随后获得天人合一的宁静享受，难怪诗人最后开始相信安期生的养生之道，尽养天年。

谢灵运（385—433），出身陈郡谢氏家族，属显赫贵族，晋宋之际重要士人，山水诗的主要奠基者。
1. 昆山：昆仑山，古时以为神仙所居之处。缅邈：遥远。

谢灵运是东晋名将谢玄的孙子，贵胄出身，才华横溢，自负高傲，但在晋宋残酷的政治搏杀中并未得意过，最后被以谋反之名赐死。山水是谢灵运一生乱流中明媚的孤屿，使他在政治的苦闷中松弛下来。瓯江南岸逛厌了，还有空旷的北岸。寻访新异之景，路显得绵延有趣，时间都变快了。如此美景，世人都不来赏，其中的真意有谁来传？我由孤屿之灵秀想到昆仑仙灵，顿觉自己远离世间尘缘，得享天年。

谢灵运开拓的这片山水诗歌世界至今仍是人们抚慰心灵的地方。"池塘生春草"的清新，"企石挹飞泉，攀林摘叶卷"的乐趣，"林壑敛暝色，云霞收夕霏"的变化，使每个在生命乱流中的人都能于山水跋涉中获得宁静和喜悦。

拟行路难（其四）

鲍照

泻水置平地，各自东西南北流。
人生亦有命，安能行叹复坐愁？
酌酒以自宽，举杯断绝歌路难。
心非木石岂无感？吞声踯躅不敢言。

【赏析】

鲍照是蓬勃的，他的愤慨即使千年后也激越兀拔，凛然如新。

起首两句以泻水置平地作比，由平常的生活现象引申出人的贵贱穷达和坎廪不平的际遇是命定的，应当接受，何须长吁短叹愁怨不已呢？但这宽慰并未使诗人平静下来，"安能行叹复坐愁"，反诘的语气明显表现了对命运的不甘和愤懑。

第五、六句酌酒自宽。诗人说，喝酒吧，不唱《行路难》不发牢骚了。但"举杯断绝歌路难"中"断绝"二字显得歌声收结得斩截突兀，压抑不畅，反而强化了"难"字的挫折感。两次宽慰都无济于事，愤慨仍然蓬勃而倔强。宽慰反成了压抑，压下的愤懑终于在第七句喷涌而出，人心不是草木石块，怎能逆来顺受认命听命？反诘语气显出诗人的金刚怒目，五七言的短长张弛交替也突然改为了七言长调，强烈的感愤如滔滔洪水汩汩地涌出闸门，形成高潮。然而并未迸发，"吞声踯躅不敢言"，诗人硬是将已经爆发的巨大悲慨吞咽下去，压抑使悲愤显得愈加深广和酸辛。

鲍照的蓬勃很多时候来自作品内含的紧张感。写沉默他也写得并不哀缓，反而纵横跌宕，充满张力。

鲍照（414—466），字明远。南朝宋著名诗人。与谢灵运并为当时诗坛的代表人物。

赠范晔
陆凯

折花逢驿使，寄与陇头人。
江南无所有，聊赠一枝春。

【赏析】

《荆州记》载："陆凯与范晔交善，自江南寄梅花一枝，诣长安与晔，兼赠（此诗）。"但此一记载其实是有疑问的，一是两人的时代或许并不同时，二是范晔在南方，而陆凯在北方，似乎范晔寄梅陆凯才合宜。

姑且抛开诗歌本身的背景，在苦寒风雪的北方，收到千里之外的梅花与诗，应当会感到格外浪漫和温馨吧，朔风沙尘中仿佛浮起一派繁花似锦的江南早春。更动人的是诗中潇洒又谦和的口吻。"折花逢驿使，寄与陇头人"，折花寄远，恰逢驿使，一个"逢"字使巧合顺利惊喜之感跃然纸上。"江南无所有，聊赠一枝春"，"无所""聊赠"将一片深情厚意表现得谦和含蓄、恬淡潇洒。

这首小诗深挚而又清新，所赠之梅兼含君子的耿介坚贞与柔和淡雅，因此广为传诵。后世诸多诗词都出典于此，秦观的《踏莎行·郴州旅舍》"驿寄梅花，鱼传尺素"即是。

陆凯（？—约504），北朝人。

王孙游

谢朓

绿草蔓如丝，杂树红英发。

无论君不归，君归芳已歇。

【赏析】

这首五绝以清新缠绵的自然物象开头。绿草如丝，蔓延大地。"蔓"和"丝"表现绿草依附地势的情态，缱绻铺展，丝丝茸茸，柔婉可爱。第二句则纵向伸展，树木英挺，红花点点，绚丽清新。"丝"的纤细，"发"的饱满，红与绿的明快对比，显出一派柔婉又生气勃勃的春天景象。

女子目睹春景，不禁触动心怀，想与心爱的郎君共享这美好的春天。然而"无论君不归，君归芳已歇"，且不说心上人不回来，就算回来，花也已经谢了。共享的兴致顿时被"芳已歇"的推想浇灭。盎然兴起，细想又觉得没意思起来，像生命中无数涌起的冲动一时间消灭了踪影。这起与灭中，有失望，有无奈，有惋惜。但诗中的失望、惋惜、无奈是含蓄的，裹挟在惜春与思君中含而不发。我们仿佛看到她婉丽温柔的眸子里闪过一丝落寞，口中一声轻叹，然后带着微苦继续爱赏这美好的芳华，俨然那芳华就是自己，绽放着，却又即将老去。

谢朓（464—499），字玄晖，南朝继谢灵运之后杰出的山水诗人。

晚登三山还望京邑
谢朓

灞涘望长安，河阳视京县。
白日丽飞甍，参差皆可见。
余霞散成绮，澄江静如练。
喧鸟覆春洲，杂英满芳甸。
去矣方滞淫，怀哉罢欢宴。
佳期怅何许，泪下如流霰。[1]
有情知望乡，谁能鬒不变？[2]

【赏析】

"三山半落青天外，一水中分白鹭洲"，李白《登金陵凤凰台》能望见三山，可见三山离金陵不远。可知首联"灞涘望长安，河阳视京县"中的"长安"和"京县"都指南齐都城建康（即金陵）。然而诗人却刻意化用王粲的"南登霸陵岸，回首望长安"和潘岳的"引领望京室"（《河阳县诗》），意在传递诗句中因长安大乱而离京回望时的深深眷恋和政治寄望。这眷恋和寄望凝结在"白日丽飞甍，参差皆可见"中：满城飞甍的屋檐在阳光下明丽辉煌，错落密集。这派繁华壮丽的景象在长江以南的三山都参差可见，自豪感和眷恋感油然而生。然而这飞甍参差的京都却在两年不到的时间里，皇位三度易手。好友王融被处死，竟陵王忧愤而亡，旧主隋王也紧接着遇难。诗人久久地凝望这让人眷恋又过于危险的京县，从"白日"站到了"余霞"。忽见余霞灿烂，如锦缎般散满天空，复杂的心绪变得柔软而平

---

1. 霰（xiàn）：小冰粒。
2. 鬒（zhěn）：黑发。

静。清澄的大江流向远方，仿佛明净的白绸，宁静柔和。绚烂与素净，霞天与澄江，在大自然的涤荡下，政治的悲喜退散了，心里如"绮""练"一般柔和静止。春洲喧鸟，杂英芳甸。然而天晚了，终于要走了，离乡的悲情再次弥漫心头，欢宴已罢，佳期何许，泪流满面。

西洲曲
南朝乐府

忆梅下西洲，折梅寄江北。[1]

单衫杏子红，双鬓鸦雏色。

西洲在何处？两桨桥头渡。

日暮伯劳飞，风吹乌臼树。

树下即门前，门中露翠钿。[2]

开门郎不至，出门采红莲。

采莲南塘秋，莲花过人头。

低头弄莲子，莲子青如水。[3]

置莲怀袖中，莲心彻底红。[4]

忆郎郎不至，仰首望飞鸿。[5]

鸿飞满西洲，望郎上青楼。[6]

楼高望不见，尽日栏杆头。

栏杆十二曲，垂手明如玉。

卷帘天自高，海水摇空绿。[7]

海水梦悠悠，君愁我亦愁。[8]

南风知我意，吹梦到西洲。

---

1. 忆梅下西洲，折梅寄江北：意思是说，女子见到梅花又开了，回忆起以前曾和情人在梅下相会的情景，因而想到西洲去折一枝梅花寄给在江北的情人。江北，当指男子所在的地方。
2. 翠钿：用翠玉做成或镶嵌的首饰。
3. 莲子：和"怜子"谐音双关，"怜"，爱。
4. 莲心：和"怜心"谐音，即怜爱之心。
5. 望飞鸿：这里暗含有望书信的意思。因为古代有鸿雁传书的传说。
6. 青楼：漆成青色的楼。唐朝以前的诗中一般用来指女子的住处。
7. 卷帘天自高，海水摇空绿：卷帘眺望，只看见高高的天空和不断荡漾着的碧波的江水。海水，这里指浩荡的江水。
8. 海水梦悠悠：梦境像江水一样悠长。

【赏析】

这是一个爱情故事，虽然我们不知道故事的经过，不知道故事中男女主人公的身份，但这个故事一定和"西洲"有关。故事中的男子去了"江北"，因而才有了女子的"忆梅下西洲，折梅寄江北"，而全诗也就由此展开。

相思之情贯穿全诗始终，但诗中的地点和时间却在不断转换，仿佛若干组镜头剪辑拼接而成。每一组镜头都不离女子的行踪，转换自然流畅，画面优美生动。下面我们就来看看古人的"蒙太奇"手法——

第一组镜头：重游西洲。全诗一共十六联三十二句，前四联构成一组镜头。第一个镜头是女子重游西洲，折梅寄北；第二个镜头呈现了女子的形象，虽然没有直接展示女子的容貌，但是从"单衫杏子红，双鬓鸦雏色"可以想象出这是一个清丽可爱的江南女儿；第三个镜头则从西洲转到了女子的居处环境。同时从这三个镜头中的物象也能看出季节的转换："折梅"是在初春，穿"单衫"大约已到春夏之交，"伯劳"是一种鸟，仲夏始鸣，喜欢单栖，这一方面用来表示季节，一方面也暗示了女子孤单的处境。

第二组镜头：南塘采莲。从第五联到第十联，亦有三个镜头。第一个镜头是女子推门而出，无时无刻不盼望着心上人突然至的她，脸上自然浮现出失望的神色；第二个镜头是女子乘船进入荷花丛中，红艳艳的荷花高高立出水面，遮没了女子的身影；第三个镜头是荷花已谢，女子在采摘莲蓬，时而俯首，时而仰望。这三个镜头贯穿了整个秋天，"莲花过人头"是早秋，"弄莲子"是在仲秋，"鸿飞满西洲"已是深秋景象。这一组镜头中女子的动作或弄莲子或望飞鸿，都在传达着对心上人的深深的思恋之情。"莲子"谐音"怜子"，即"爱你"之意；"莲心彻底红"则象征着爱情的忠贞；"望飞鸿"的目的是期待着"鸿雁传书"，然而却没有传来心上人的音讯。

第三组镜头：登楼远眺。从第十一联到第十四联，由两个镜头构成。第一个镜头是近景，女子登楼远眺，终日徘徊，终日思念；第二个镜头是远景，江水滔滔，天地阔远，心上人似远在天涯。

　　第四组镜头：梦萦西洲。最后两联，组成最后两个镜头。女子带着无尽的思念与愁绪入眠，她相信心上人也会同她一样愁绪满怀，也在深深地思念着她；"吹梦到西洲"，不仅是希望吹她的梦到西洲，也是希望吹他的梦到西洲。这最后一个镜头，需要读者自己的想象来完成：梦中，她一定能在西洲与心上人相会。

　　缠绵不尽，婉转而又含蓄，正是古时江南女子的情与思。

别范安成

沈约

生平少年日，分手易前期。
及尔同衰暮，非复别离时。
勿言一樽酒，明日难重持。
梦中不识路，何以慰相思？

【赏析】

少年时的离别总是容易的，来日方长，相聚的日子多着呢。然而岁月蹉跎，世事蹭蹬，人生如白云苍狗，倏忽几十年如过眼云烟。少年之别，再相聚已是垂垂老矣，那么老年之别，再相聚又是何时呢？"勿言一樽酒，明日难重持"，这一杯薄酒，下次再拿起来怕是难了。由少年的"易"到衰暮的"难"，这是岁月给人最深的慨叹。

沈约少时便与范安成交好。两人都历经宋、齐、梁三代，眼看朝代更替，政治动荡，至亲好友纷纷谢世，鲜有善终。此时把酒相逢更有世事茫茫、人生多艰之感。"及尔同衰暮，非复别离时"，不复当年的岂止是容颜，还有心境。少年的踌躇满志在岁月蹉跎中消磨殆尽，"而今识尽愁滋味"，百般人生况味杂陈着迟暮与感伤。庆幸的是还有老朋友的陪伴和共同的回忆，可惜分别就在眼前。《韩非子》中战国的张敏想念好友高惠，梦中往寻，迷路而返。倘若分别后我也在梦里寻你不见，又有什么来聊慰我这老迈的相思之情呢？

唐人杜甫重逢老友亦有类似的感叹："人生不相见，动如参与商。今夕复何夕，共此灯烛光。少壮能几时，鬓发各已苍。……主称会面难，一举累十觞。……明日隔山岳，世事两茫茫。"

沈约（441—513），字休文。吴兴武康（今浙江湖州）人。南朝齐梁时代史学家、文学家。

诏问山中何所有赋诗以答
陶弘景

山中何所有，岭上多白云。
只可自怡悦，不堪持赠君。

【赏析】

隐士，在中国的文化传统中被赋予了崇高的意义，《周易》中已有"不事王侯，高尚其事""幽人贞吉"的说法。陶弘景是齐梁时期的著名隐士，受到齐梁两朝帝王的推重，时人称为"山中宰相"。

从诗题看，"诏问"是皇帝垂问，"山中何所有"并非皇帝不知山中有什么，而是问相比于朝堂之上的荣名富贵，山中有什么更吸引你呢？陶弘景的答案很简单："岭上多白云。""白云"虽然简单，却有丰富的象征含义。白云洁白无瑕，随风飘荡，随遇而安，恰似隐士放弃了对功名利禄的追求，超然淡泊于人间富贵之外，体现出一种不争不贪、知止自足的美德。白云自由自在，任意舒卷，恰似隐士高洁的人格，自由而诗意的生活。不过这些都是隐士自己的体悟，很难说给俗人听，说了也难以让俗人明白，所以"只可自怡悦，不堪持赠君"。

从世俗地位来说，陶弘景是臣，接到皇帝的诏书，怕得诚惶诚恐。可是，陶弘景的姿态却很高，甚至表现出精神上超乎帝王之上的意味，俨然真隐士的风度。

陶弘景（456—536），字通明，号华阳隐居。丹阳秣陵（今江苏南京）人。南朝齐梁时期的著名隐士。

入若耶溪

王籍

艅艎何泛泛，空水共悠悠。[1]
阴霞生远岫，阳景逐回流。[2]
蝉噪林逾静，鸟鸣山更幽。
此地动归念，长年悲倦游。

【赏析】

这首诗在诗史上名声很大，主要在"蝉噪林逾静，鸟鸣山更幽"一联。

诗的前三联写景，最后一联抒情。第一联点题，写乘船进入若耶溪，溪水开阔，溪流平缓，"泛泛"和"悠悠"，可以见出闲适之意。第二联写放眼四望，看到远山上空晚霞点染，近处阳光洒落在曲折的溪水上，波光粼粼。"逐"字是拟人手法，似乎阳光有意，写得颇有意趣。第三联从听觉的角度来写，听到了蝉噪鸟鸣，反而更感觉到山林的幽静。这一联以声写静，向来被人称道。如果没有任何声音，山林中将是一片死寂；如果各种声音太多，山林中将会一片喧嚣；唯有单调的蝉噪和清脆的鸟鸣，既装点出自然的生意，又不致破坏山林的幽静，并且还反衬出山林的幽静。

深幽的山林美景让诗人喜爱，也不禁想到自己现在的宦游生活，于是诗人在第四联发出感喟：长年的宦游生活让人倦怠，的确是应该回家了。

王籍（生卒年不详），字文海。琅琊临沂（今山东临沂）人。南朝梁诗人。

1. 艅艎：舟名。

2. 阳景：日影。

寄王琳

庾信

玉关道路远，金陵信使疏。
独下千行泪，开君万里书。

【赏析】

五绝是简省的，但这二十字传递出浩瀚的悲哀。

诗人庾信在锦衣玉食的南朝梁代宫廷中长大，才华横溢，名重一时。三十二岁出使邻国东魏，东魏对他极尽礼遇，使之诗名更盛。此时的庾信风华正茂，意气飞扬。谁知回国仅三年，侯景叛乱，梁武帝去世，杀戮动荡，他的三个孩子相继夭折。家国飘零中，他逃到梁元帝在江陵新建的朝廷，出使西魏。不料同年西魏就掳掠江陵，随后元帝被杀。三年后，故国灰飞烟灭。诗人却一直被羁留于千里之外的敦煌玉门关，无能为力。来自首都金陵的消息稀少而滞后。诗人忧虑又耻辱，绝望又心切，愤懑到近乎撕裂。此时他收到一封来自梁室忠臣王琳的来信，信里也许是举兵复国的消息，也许是对自己这个无人惦记的失节旧臣的问候，家国回忆、命运慨叹络绎奔涌而来，千行热泪不禁滚滚而下。

诗中的悲哀充溢了玉门关和金陵之间万里的距离，"疏"字表现两地音信隔绝，更为诗歌架起苍凉疏阔的空间感。在充满悲哀的天地间，"独"字显得孤单渺小，但千行热泪的痛苦与激动支撑起了这个个体，使他打开书信的一瞬间显得无比深挚感人。

庾信（513—581），字子山。南北朝时期辞赋家、诗人。

敕勒歌
北朝乐府

敕勒川，阴山下。[1]
天似穹庐，笼盖四野。[2]
天苍苍，野茫茫。
风吹草低见牛羊。[3]

【赏析】

北方的大草原上，曾经无数的游牧部族来了又去。他们的崛起与征伐，他们的辉煌与湮灭，史册中有或详或略的记载。然而他们的日常生活与情感，他们在日出日落间的歌哭哀乐，却极少有文字流传下来。《敕勒歌》则是一幅聚焦的图景。

歌中呈现了一个辽阔苍茫的世界。这个世界以高耸绵延的阴山为背景，阴山下一望无垠的大草原在天地间延展，似乎一直延展到天边。天和地相连在一起，天空犹如一顶巨大的毡帐，笼罩住大地。天空湛蓝，草原辽阔，当风吹过草原，丰茂的牧草随风低伏，显露出一群群的牛羊。

这首歌最初很可能是北朝鲜卑语的歌，而后翻译成了汉语。最早唱这首歌的，是东魏高欢的大将斛律金。高欢被西魏击败，军队士气低落，因而命斛律金唱《敕勒歌》，于是将士怀旧，军心振奋。斛律金是敕勒族人，高欢手下多是鲜卑人，他们都是草原人，这首歌让他们仿佛回到了北方的大草原上，再次看到了美丽富饶的家乡。

---

1. 敕勒川：敕勒族居住的地方，在今山西、内蒙一带。川，平原。敕勒，北齐时居住在朔州（今山西省北部）一带的游牧部落。
2. 穹庐：用毡布搭成的帐篷。
3. 见：通"现"。

木兰诗
北朝乐府

唧唧复唧唧，木兰当户织。[1]

不闻机杼声，惟闻女叹息。

问女何所思，问女何所忆。

女亦无所思，女亦无所忆。

昨夜见军帖，可汗大点兵，

军书十二卷，卷卷有爷名。[2]

阿爷无大儿，木兰无长兄，

愿为市鞍马，从此替爷征。

东市买骏马，西市买鞍鞯，[3]

南市买辔头，北市买长鞭。[4]

旦辞爷娘去，暮宿黄河边。

不闻爷娘唤女声，但闻黄河流水鸣溅溅。[5]

旦辞黄河去，暮至黑山头。

不闻爷娘唤女声，但闻燕山胡骑鸣啾啾。

万里赴戎机，关山度若飞。[6]

朔气传金柝，寒光照铁衣。[7]

将军百战死，壮士十年归。

---

1. 唧唧：织机的声音。
2. 军书十二卷：征兵的名册很多卷。爷：这里是对父亲的称呼。
3. 鞯（jiān）：马鞍下的垫子。
4. 辔（pèi）头：驾驭牲口用的嚼子、笼头和缰绳。
5. 溅溅（jiān jiān）：水流激射的声音。
6. 戎机：指战争。
7. 朔气传金柝：北方的寒气传送着打更的声音。金柝（tuò），即刁斗，古代军中用的一种铁锅，白天用来做饭，晚上用来报更。

归来见天子，天子坐明堂。

策勋十二转，赏赐百千强。[8]

可汗问所欲，木兰不用尚书郎，[9]

愿驰千里足，送儿还故乡。[10]

爷娘闻女来，出郭相扶将。

阿姊闻妹来，当户理红妆。

小弟闻姊来，磨刀霍霍向猪羊。

开我东阁门，坐我西阁床。

脱我战时袍，着我旧时裳。

当窗理云鬓，对镜贴花黄。[11]

出门看火伴，火伴皆惊忙。[12]

同行十二年，不知木兰是女郎。

雄兔脚扑朔，雌兔眼迷离；[13]

双兔傍地走，安能辨我是雄雌？[14]

【赏析】

木兰代父从军的故事，绵延久长。它的出现，有特定的历史背景：南北朝时，北方先后出现了北魏、西魏、东魏、北周、北齐诸政

---

8. 策勋十二转：记很大的功。策勋，记功。转，勋级每升一级叫一转，十二转为最高的勋级。赏赐百千强：赏赐很多的财物。百千，形容数量多。强，有余。

9. 尚书郎：尚书省的官。

10. 千里足：千里马。

11. 花黄：古代妇女的一种面部装饰物。

12. 火伴：即伙伴。

13. 雄兔脚扑朔，雌兔眼迷离：据说，提着兔子的耳朵悬在半空时，雄兔两只前脚时时动弹，雌兔两只眼睛时常眯着，所以容易辨认。扑朔，爬搔。迷离，眯着眼。

14. 双兔傍地走，安能辨我是雄雌：两只兔子贴着地面跑，怎能辨别哪个是雄兔，哪个是雌兔呢？傍（bàng）地走，贴着地面并排跑。

权，多由鲜卑人建立，由此现存北朝民歌中不乏表现尚武精神的作品，如"新买五尺刀，悬着中梁柱。一日三摩挲，剧于十五女"，如"七尺大刀奋如湍，丈八蛇矛左右盘，十荡十决无当前"。《木兰诗》就产生于这样一个时代环境中，但讲述木兰女扮男装，代父从军，却不见对尚武精神的推崇，反而把重点放在对和平生活的向往以及木兰的女儿情态的描写上。

木兰从军的原因，不是木兰自己尚武好强，渴望建功立业，而是由于父亲被国家征发，家中别无成年男丁，木兰才毅然挺身而出，代父从军。而十二年的戎马生涯，木兰必然经历了无数次血战，九死一生，可是在诗中却只用"万里赴戎机，关山度若飞。朔气传金柝，寒光照铁衣。将军百战死，壮士十年归"几句就概括了，并未渲染木兰的战场厮杀和战功卓著。当战争结束，天子赏赐时，诗歌也没有铺陈战功带来的荣耀和功名富贵。

诗的开篇写木兰纺织，这是一幅很日常的图景，在和平时期，纺织是一个女子承担的基本的劳作。当战争结束，木兰谢绝了所有赏赐，一心只想回家，回到亲人身边，回到和平的日常生活。当木兰回到家乡，诗歌浓墨重彩地渲染了木兰父母姊弟迎接木兰归家的兴奋与快乐，展现出了浓郁的亲情。

木兰当然是英勇的。一旦决定了代父从军，就奔波于东西南北市采购装备；奔赴前线，行军神速；经历了长期艰苦的战斗生活，终于胜利归来。但这一切并非以此来证明如后世戏曲中所唱的"谁说女子不如男"，战争也没有使她异化。诗中写木兰对父母的爱，不仅体现在代父从军。行军途中的"不闻爷娘唤女声"，正是写出她心中对父母的思念。战争一结束，首先想到的是"送儿还故乡"，回家见父母。诗中对木兰着力表现的，还有木兰的女儿情态。回到家的木兰，"开我东阁门，坐我西阁床。脱我战时袍，着我旧时裳。当窗理云鬓，对镜贴花黄"，写出了木兰终于恢复女儿装扮、重现女儿身份的喜悦。

全诗的最后充满戏剧性和喜剧性：和木兰同行十二年的伙伴们此时才发现木兰的女儿身份。结尾四句既可理解为木兰对伙伴的回答，也可理解为诗歌的叙述者代为解释，用双兔一起奔跑让人难以辨别雌雄的现象，比喻木兰从军多年未被发现真实身份。不论哪种理解，都为木兰增添了一种俏皮的性格。

　　也许可以这么说，木兰代父从军的英勇使她成为了文学史上一个光彩照人的形象，而她的种种女儿情态，使她千百年来被后世读者亲切地接受和喜爱。

人日思归

薛道衡

入春才七日，离家已二年。
人归落雁后，思发在花前。

【赏析】

人日，即正月初七日，是古人习俗中一个很重要的节日。所谓
"每逢佳节倍思亲"，人日本应该是和家人团聚、和亲友嬉游的日
子，但现在诗人却远在异乡，自然触发了对家人和家乡的浓浓思念
之情。

诗的第一联里用"七日"和"二年"做对比，"七日"是对当下
时间的感受，以元日为起点，才刚刚过去七天，人们在这七天里感到
的是春天来临的欣悦和喜庆的节日气氛；"二年"是对过往时间的感
受，以离家之日为起点，到现在已经两年，从离家的那天起，对家的
思念也就开始了，在"七日"的对比之下，"二年"显得尤其漫长。
而"才"和"已"更加深了这种对比，也使思家之情呼之欲出。

诗的第二联里竟含了三个对比。第一个是与大雁的对比，大雁每
到春天就会北归，而诗人却身不由己，同样身在南方的他，不知何时
才能返回北方的家乡。第二个是与花开的对比，春天来临，百花就要
开放，而自己的思归之情则早已生发。第一个对比凸显自己的归家时
间之晚，第二个对比凸显自己思归心情之切。而"后"和"前"两个
词，又将归家时间之晚和思归心情之切形成对比，使二者更加鲜明，
凸显出诗歌的主旋律。

薛道衡（540—609），字玄卿。河东汾阴（今山西万荣县）人。隋朝诗人。

送杜少府之任蜀川[1]

王勃

城阙辅三秦，风烟望五津。[2]
与君离别意，同是宦游人。[3]
海内存知己，天涯若比邻。
无为在岐路，儿女共沾巾。[4]

【赏析】

悲伤，历来是离别诗的题中应有之义。王勃此诗却一反常规，为人送行，反而声称：分别之际，无须悲伤。

我们已经不知道杜少府是何人了，从官衔看，少府在唐代是对县尉的通称，杜少府也许正处在仕途起步阶段，也许像王勃一样年轻。他们在长安分别，杜少府将前往蜀中的某个县任职，这中间隔了一重重山一道道水，路途遥远。转身之后，杜少府将面对的是长途跋涉的艰苦，独在异乡的孤独，不知要经过多少时日后才会返回都城，才会与今日分别的这些友人再次相聚。怎能不悲伤呢？

王勃并非不近人情。他同样有应该悲伤的理由，不仅仅是因为与朋友的分别。此一刻，虽然杜少府是远行者，他是送行者，但他和杜少府一样，也是远离家乡的宦游人。同样的宦游他乡，在蜀中和在长安有什么区别呢？但王勃拒绝悲伤，他用少年人的豪情，对未来命运

王勃（约650—676），字子安。绛州龙门（今山西河津）人。与杨炯、卢照邻、骆宾王合称"初唐四杰"。

1. 少府：唐时对县尉的称呼。
2. 城阙辅三秦：城阙，即城楼，指长安城；三秦，指关中地区，项羽曾分秦地为三，故有此称。此句谓长安以关中为其辅助、拱卫。五津：指岷江上的五个渡口，泛指蜀川。
3. 宦游人：因做官而离开家乡的人。
4. 无为：无须，不必。

的坚定自信，发出了朗吟：海内存知己，天涯若比邻。

是的，真挚的友情可以超越时间，跨越空间，陪伴着你度过孤独的岁月。放达的胸襟可以消解悲伤，化解迷茫，让你在山长水远的路上昂扬前行。

山中

王勃

长江悲已滞，万里念将归。

况属高风晚，山山黄叶飞。

【赏析】

这是一首小诗，篇幅短小，即景抒情；这又是一首"大"诗，境界开阔，气象不凡。

诗人们写到长江，历来注意到的是江水的流速湍急，水流浩大。在王勃之前，谢朓写过"大江流日夜"；在王勃之后，杜甫有"不尽长江滚滚来"，李白说"千里江陵一日还"。但王勃偏偏说"长江悲已滞"——其实是他自己滞留异乡，内心悲伤，恍惚中竟觉得连长江也停滞不流了。家却在万里之外，尚不知何时能够回去。羁旅之愁，念归之思，一定是长久郁结在心中的。而现在时令正是深秋，一年将要到头，更让人起归家之情。

风急天高，落叶纷飞，诗人站立在暮色之中，愁思再也抑制不住，仿佛化作无数的黄叶，在风中飘离枝头，在天地间随风飞扬。

从军行

杨炯

烽火照西京，心中自不平。[1]
牙璋辞凤阙，铁骑绕龙城。[2]
雪暗凋旗画，风多杂鼓声。
宁为百夫长，胜作一书生。[3]

【赏析】

唐代边塞战争频繁，由于国力强盛，在初唐和盛唐时期频频取得对外用兵的胜利。投笔从戎，万里封侯，是很多唐代诗人特别是初盛唐诗人都梦想过的。有些诗人付诸行动，比如高适、岑参等都有过从军塞外的经历，甚至长期生活在异域。更多的诗人虽然没有实际出塞的经验，却把他们的向往和想象写在了诗中。杨炯的《从军行》便是初唐边塞诗中的名作。

由于未曾亲身体验过边塞战争，这首诗没有为我们提供战争的细节和亲历者的感受，但通过想象和历史经验，成功地渲染出了战争的气氛，描摹了战争的画面。诗的第一联直接从战事的紧急着笔，这是激起书生投笔从戎的原因，也是大军出征的背景。第二联用两幅画面概括了战事的进行，第一幅画面是大军离开都城出征，第二幅是大军包围敌方要塞。而从出征到包围敌方要塞之间，一定经历过不止一次激战。第三联是战场画面的呈现，战斗是在风雪中进

杨炯（650—约692），华阴（今属陕西）人。唐初文学家，"初唐四杰"之一。

1. 西京：指长安。
2. 牙璋：皇帝发兵所用的兵符，这里指代出征的将领。凤阙：指皇宫。龙城：本指匈奴人祭天的地方，此处指敌方要塞。
3. 百夫长：泛指下级军官。

行，大雪弥漫，战旗在大雪中已看不分明；大风呼啸，指挥士兵进攻的鼓声一刻也不消歇。至于奋勇杀敌的将士们，在风雪旗鼓的烘托下，也就跃然纸上了。

最后一联很容易使我们想到东汉班超的那句话："大丈夫无它志略，犹当效傅介子、张骞立功异域，以取封侯，安能久事笔研间乎？"唐代的书生，的确不乏这种从军的豪情壮志。

登幽州台歌

陈子昂

前不见古人，后不见来者。
念天地之悠悠，独怆然而涕下。

【赏析】

阒其无人的旷野上，一个人兀立在天地之中。

幽州台曾经群星璀璨，勃发有力的豪杰们创造了一个个辉煌的时代。然而，他不曾遇见。未来也将会有光明俊伟的时代光照后人。但那时他已死去。深刻的不遇之感汹涌而来。举首望向苍穹，天地茫茫，巨大的时空中只有他孤独一人，悲怆的眼泪流淌下来。

这伟大的孤独者正是陈子昂。他生逢女主武则天时期，积极用世，言多且直，不愿逢迎。万岁通天元年（696）陈子昂自请从军，跟随武攸宜去北方与契丹作战，未得信用，坎坷落魄。他于是登幽州台而作此歌。幽州台曾是燕昭王堆积黄金礼遇乐毅、郭隗等贤才之所，是礼贤下士的圣明君主的象征。在此发古之幽思，不由悲从中来。

先驱者的孤独不仅在政治上，在文学上陈子昂也是开风气之先。他对初唐过于讲究形式的诗风不满，主张步追建安、正始，注重诗中感发的情意、深刻的寄托。这对后来的盛唐文学影响很大。韩愈曾说："国朝盛文章，子昂始高蹈。"可惜如此胸怀大志的人终究没有遇上政治开明的盛世。他辞官回到家乡梓州后，武攸宜、武三思买通梓州县令诬陷陈子昂，以"莫须有"之名将他下狱迫害致死。

但他对时代的一片拳拳真挚之意和悲壮的孤独最终留了下来。无数后人为之深深感动，并传诵千年。

陈子昂（659—700），字伯玉。梓州射洪（今四川三台潼川）人。标举汉魏风骨，是唐代前期文学风气转变的积极推动者。

春江花月夜

张若虚

春江潮水连海平，海上明月共潮生。

滟滟随波千万里，何处春江无月明。[1]

江流宛转绕芳甸，月照花林皆似霰。[2]

空里流霜不觉飞，汀上白沙看不见。[3]

江天一色无纤尘，皎皎空中孤月轮。

江畔何人初见月？江月何年初照人？

人生代代无穷已，江月年年只相似。

不知江月待何人，但见长江送流水。

白云一片去悠悠，青枫浦上不胜愁。

谁家今夜扁舟子？何处相思明月楼？

可怜楼上月徘徊，应照离人妆镜台。[4]

玉户帘中卷不去，捣衣砧上拂还来。[5]

此时相望不相闻，愿逐月华流照君。

鸿雁长飞光不度，鱼龙潜跃水成文。

昨夜闲潭梦落花，可怜春半不还家。

江水流春去欲尽，江潭落月复西斜。

张若虚（生卒年不详），扬州人。与贺知章、张旭、包融并称"吴中四士"。存诗两首，以《春江花月夜》著名。

1. 滟滟（yàn）：水波动荡闪光的样子。

2. 芳甸：遍生花草的原野。霰（xiàn）：小冰粒，俗称雪子，此处形容皎洁月光下的花朵。

3. 汀（tīng）：水边平地。

4. 可怜：可爱。

5. 砧（zhēn）：捣衣石。

斜月沉沉藏海雾，碣石潇湘无限路。[6]

不知乘月几人归，落月摇情满江树。

【赏析】

春江花月夜，五个最动人的词组成一幅良辰美景构成诗题，秾丽曼妙，如梦如幻。诗中的春江花却在夜月的笼罩下一洗秾艳，尽显出清华高洁的气质，从而引发了渊默的宇宙玄想和深挚的人间相思。

全诗前八联写夜景与遐思，后十联写思妇与游子。每两联构成一节，韵随节换。

开篇由江月写至花林。江海鼓荡，明月冉冉升起。天地间蜿蜒的江水都辉映着月光，寥廓清亮。江边艳丽的花林被皎洁的月光披上一层晶莹的细雪，显出剔透的寒意。天地间山川如洗，朗月高悬。在她神秘、冷峻、温柔的注视下，时空凝结成永恒。没有比它更古老的过去，没有比它高远的未来。"诗人与'永恒'猝然相遇，一见如故，于是谈开了——对每一问题，他得到的仿佛是一个更神秘的更渊默的微笑，他更迷惘了，然而也满足了。"（闻一多《宫体诗的自赎》）

今夜的明月还朗照着谁？视线随白云飞至青枫浦，扁舟游子正望月怀人：可爱的月影此刻正在她的楼上移动吧，是否照拂着映出她容颜的妆镜台呢？月光惹得她相思不已，她放下帘子，不料捣衣板上又泻满月光。共享这明月却无法互诉衷肠，多希望能乘着月光来到他身旁。或者让鱼雁去传书吧！但鸿雁无法乘光而度，鱼龙也只在水上写文。游子昨夜梦见落花，春已过半，他还无法回家。江水东流，月落西斜，时光飞逝，离人各天涯。不知有几人乘着月色归家，落月摇荡着离情别绪洒满了江畔一树春花。

---

6. 碣（jié）石指北，潇湘指南。无限路：表示离人相距之远。

望月怀远

张九龄

海上生明月，天涯共此时。
情人怨遥夜，竟夕起相思。
灭烛怜光满，披衣觉露滋。
不堪盈手赠，还寝梦佳期。

【赏析】

大海吞吐出明月，明月静静升起，像一场神圣的仪式。清晖洒下，海面泛起粼粼的波光。人间也感知到了黑夜中升起的光明，纷纷翘首仰望。海上生明月，天涯共此时。万里之隔的人们都共享着这同一轮明月，这让人安慰，更引起淡远的相思。

有情之人怨念夜的漫长，整夜都是不尽的相思。月光染淡了房屋深处的夜色，熄灭烛火，让一屋都装满溶溶的月光。走出去感受皓月的光辉吧，披衣出户，望月良久，夜露渐生，一片清寒。多想把这美好的月色双手满捧给远方的人，但月色无法握住，还是到梦中，梦中与你相期。

张九龄（678—740），韶州曲江（今广东韶关）人。盛唐时代政治家、诗人。

回乡偶书

贺知章

少小离家老大回，乡音无改鬓毛衰。[1]
儿童相见不相识，笑问客从何处来。

【赏析】

少小离家，暮年返乡，这中间便是一生。其间不知品味了多少世情冷暖，经历了多少宦海风波，体验了多少悲欢离合，而不论穷达，家乡的山水和亲友始终是心中温暖的记忆，家乡始终是心中确认的最终要回归的田园。当走出很远，离开很久之后，游子身上保留的与家乡最外显的纽带，就是"乡音"。在外宦游几十年，回到家乡，听到别人讲的，自己冲口而出的，都是熟悉而久违的乡音。

可是几十年的时间，不论游子还是家乡，毕竟不能停驻在当初的模样了。自己的鬓发已斑白稀疏，曾经的少年已变成老翁，恐怕当年亲密无间的小伙伴也认不出自己了吧，更何况眼前嬉笑经过的一群儿童。他们好奇的目光，他们热情的发问，让游子意识到自己在家乡已如同旅人一般。

回到家乡的兴奋，步入暮年的感伤，见到乡人的亲切与陌生，在诗人心中交织出万千感慨。

贺知章（约659—约744），字季真，号四明狂客。越州永兴（今浙江杭州萧山）人。与张旭、张若虚、包融并称"吴中四士"，著名诗人。

1. 鬓毛衰：指年已老迈，鬓发脱落减少。鬓毛，额角边靠近耳朵的头发。衰（cuī），减少，疏落。

登鹳雀楼
王之涣

白日依山尽，黄河入海流。
欲穷千里目，更上一层楼。

【赏析】

这是一首中国人都能脱口即诵的诗。

鹳雀楼位于今天的山西蒲州西南，前临黄河，许多诗人都曾登临，从古到今在鹳雀楼留下的诗作不知有多少，但都被笼罩于王之涣此诗的光芒之下。

诗的第一联便已无人能及。诗人登上鹳雀楼，放眼天地间，被苍茫的景象所震撼，以大手笔描绘出了这一景象。向西望去，一轮落日正缓缓坠入连绵起伏的群山之后；气势磅礴的黄河滚滚而来，沿着河水奔流的方向，向东望去，黄河最终汇入遥远的茫无边际的大海。画面极其简练，从西到东，落日、群山、黄河、大海，依次展开；画面也极其阔大，仿佛将整个天地都纳入其中。

诗的第二联看似说了一个生活常识，站得越高，看得越远。但有了前一联的壮阔景色做铺垫，这个生活常识升华成了富有意趣、极其贴切的人生哲理，其中写出了唐人不断进取的时代精神，大有"孔子登东山而小鲁，登泰山而小天下"的胸襟和气度。

王之涣（688—742），晋阳（今山西太原）人。盛唐著名诗人。

凉州词

王之涣

黄河远上白云间，一片孤城万仞山。
羌笛何须怨杨柳，春风不度玉门关。

【赏析】

千山万仞中屹立着一片孤城，坚毅中透着忧怨。

大河滔滔，奔腾东来。溯流远望，黄河直上白云之间，显出"黄""白"色彩苍莽的气象。而"上"字则显出河水的斜势，充满浩荡的力量。放眼冈陵起伏，壁立千仞。其中有一片边防城垒，屹立在黄河白云、壁立千仞中，显得格外孤拔，有如镇守边疆的战士，坚毅而孤独。

远处传来悲凉高亢的羌笛声，为何要吹奏那首哀怨的《折杨柳》？折柳送行的家乡画面陡然浮现，思乡之情涌上心头。但春风不度玉门关，这儿连慰藉乡思的杨柳都没有。此诗妙在以不怨写怨，诗中人责备惹乡情的羌笛，看似坚强，实则归心似箭，一触即发，更何况"所遇无故物，焉得不速老"。在这荒凉的千里之外，没有可资慰藉的家乡风物，边塞将士的不易和怨思呼之欲出。但终究还是含而未发，哀怨中仍不失敦厚和昂强。

春晓

孟浩然

春眠不觉晓，处处闻啼鸟。
夜来风雨声，花落知多少。

【赏析】

全诗妙在"不觉"二字。

春睡慵懒，睁开眼日头已高。再眯一会儿吧，惺忪迷蒙间只听得窗外啼声四起，婉转清亮，好不惬意。夜里似有风雨之声，也不知葳郁的花枝被雨点打落了几朵。

前两句喜春，后两句惜春。但欢喜与怜惜都像一个念头，一点火花，闪过朦胧的睡意本身。鸟啭莺啼，嘤嘤成韵，诗人却并不刻意去捕捉，他只是高卧享受，恬淡自在。夜来风雨，落花满地，他也不执着于悲惜，只是淡淡一问，并无意去察看。

日晓、啼鸟、风雨、落花，时光流转和美好的生灭都在闲散的春眠中感而"不觉"。于是一片浑然天机，宽舒自在。玲珑天真的盛唐气息在诗中展露无遗。

孟浩然（689—740），字浩然。襄州襄阳（今属湖北）人。盛唐诗人，长于山水田园诗。

宿建德江

孟浩然

移舟泊烟渚，日暮客愁新。
野旷天低树，江清月近人。

【赏析】

寂寞而又清旷是孟浩然独特的风味。

开元十八年，诗人求官不成，便南游江浙以排遣心中愁绪。行舟至建德江时，暮霭沉沉。停船靠岸，岸边水汽如烟，一片苍茫。天晚了，悲伤笼罩下来，但与昨日的不同。平野开阔，天空低沉至树梢。清江映月，却与我相亲近。

烟渚、日暮、天低，晕染了一片迷离、昏暗、压抑的空气，低落的心情蔓延开来。"日暮客愁新"，"新"字似乎加重了客愁，对着毫无抵抗力的人侵袭而来；"新"也提亮了诗句，客愁因为"新"而有了活力，那不是陈腐灰暗的忧伤，而是鲜明的、鼓荡人心的悲愁。

这悲愁像"野旷"原始、坦荡、宽展，又如"天低"严厉，厚重阴沉的云在低空缓缓奔流。天地间只有树挺立着，孤独地将天地接通。旷远、严肃、野性、低沉，但同时又清澄、灵动、亲切，一如"江清月近人"。这孤寂的丰富风味让人感到诗人虽然凄伤，却有着解悟和自信。他站在清江舟头，在坦荡的旷野上，在高朗的明月下，在无尽的天地中。这是盛唐人的愁，包罗万象，浑然天成。这样有力又不失轻灵的愁，后世很少再能见到。

与诸子登岘山

孟浩然

人事有代谢，往来成古今。
江山留胜迹，我辈复登临。
水落鱼梁浅，天寒梦泽深。
羊公碑尚在，读罢泪沾襟。

【赏析】

"人事有代谢，往来成古今"，起句高古。一代代人老去、死亡，同时新的生命诞生、成长。人世流转，古今更迭。峥嵘的人间像大自然一样随时上演着无数死亡和新生，欢悦与悲凉。这些绵延不断的消逝和更替组成了古今往来的真实历史。

这博大而又冷峻的诗句怎会劈空而来？诗人在登岘山、观古迹时顿悟出此。岘山在晋吴对峙的前线襄阳，名臣羊祜曾镇守于此，德高望重，造福于民。他与友人登岘山时曾感慨："自有宇宙，便有此山，由来贤达胜士，登此远望如我与卿者多矣，皆湮灭无闻，使人悲伤。"

盛唐时孟浩然再度登临。他有感于羊祜的悲叹，并加以发挥，升拔至宇宙、历史的高度，以上帝之眼俯瞰人世兴衰，目光冷峻、沧桑。然而一提到"我辈"，视角便由天转换到人，不自觉地流于个体将灭的哀伤。圣人忘情，最下不及情，而凡人总不免于情。想及自己终将逝去却湮灭无闻，诗人的心头涌起悲伤。天寒水落，隐士庞德公居住的鱼梁洲裸露出来，云梦泽在一片白露横江中格外幽深清寒。羊祜当年文治武功，百姓们怀念他的堕泪碑还在眼前，而羊公早已作古。功业远不及羊公的我又会留下怎样的痕迹？想及此，泫然流泪，悲不自禁。

过故人庄

孟浩然

故人具鸡黍，邀我至田家。

绿树村边合，青山郭外斜。

开轩面场圃，把酒话桑麻。

待到重阳日，还来就菊花。

【赏析】

访友闲聊的琐事在诗人笔下却有朴茂深永的盎然情趣。

题目是我去拜会老友的田庄，诗歌却从老朋友写起：他宰鸡又煮黄米饭，请我到田庄作客。朋友盛情相邀、真挚恳切，因而我出门前就兴致盎然，走在赴约路上更是脚步轻快，四望怡然。

远望田庄，绿树四合，桃花源的遐想浮上心头。一脉青山在城外横斜，点染出一派清旷开远。到了田庄，打开窗便是宽阔的打谷场和苗圃，我们把酒对饮，唠唠农户的家常。聊得高兴了，便约定下一次重阳节的聚会，那时我要品尝你新酿的菊花酒。

全诗简朴清新，宽舒自然，显出隐士生活淳朴自适的气息。孟浩然还有些清澄悠远的诗，也表现隐士生活，如"北山白云里，隐者自怡悦。相望试登高，心随雁飞灭。愁因薄暮起，兴是清秋发。时见归村人，平沙渡头歇。天边树若荠，江畔洲如月。何当载酒来，共醉重阳节"。诗与人都如此风神散朗，难怪李白赞道："吾爱孟夫子，风流天下闻。红颜弃轩冕，白首卧松云。醉月频中圣，迷花不事君。高山安可仰，徒此揖清芬。"

出塞（其一）

王昌龄

秦时明月汉时关，万里长征人未还。
但使龙城飞将在，不教胡马度阴山。

【赏析】

此诗开门见山，气象非凡。"秦时明月汉时关"，那么坚定，那么久远，在时间上、空间上都造成不可磨灭的印象。它如雕塑般屹立千古，给我们短暂的生命带来了永恒的认识。月色柔美，本不适于表现这坚定，但"秦时明月汉时关"的月照得分明、壮观，仿佛从秦汉直照到唐代，于是"万里长征"这一空间距离也就不仅是某个征夫与家人的阻隔，而是在重复着由秦汉至唐的千百年来"人未还"的共同悲剧。

这悲剧如何才能结束？如果有像卫青、李广这样的将军，胡人就不敢度境侵犯了。"龙""飞"二字雄强有力；"但使""不教"语气坚定、毋庸置疑。对英雄名将的坚定不移的确信和渴求使全诗气势雄浑、声调高昂。英雄一出，谁与争锋！

敬慕古来名将的背后，今无良将的不满呼之欲出。但诗人并未明说，只是含蓄地暗示，可谓"微而显"，"婉而成章"。但气概浑厚，毫不屡弱。全诗饱满昂扬又回味无穷。

王昌龄（698—约756），字少伯。京兆长安（今陕西西安）人。盛唐诗人，擅七绝，被誉为"七绝圣手"。

从军行（其四）
王昌龄

青海长云暗雪山，孤城遥望玉门关。
黄沙百战穿金甲，不破楼兰终不还。

【赏析】

青海高原上一片苍莽，荒无人烟。阴云密布长空，厚重地堆积在绵亘千里的祁连山上，连雪峰都暗淡了。千山万壑中有一片孤城，坚守在荒凉的西北边陲，遥望河西走廊上的另一个要塞——玉门关。孤城的守望就像是戍边的将士，驻守在广漠阴沉的边塞，孤独而悲壮。

驻兵的日常已然如此，战时的条件更为恶劣。风暴骤至，黄沙盘旋在天地之中，不见天日。沙子在狂风裹挟下密集地向人袭来，一粒粒打在身上铮铮有声。"黄沙百战穿金甲"，"穿"字形象地表现了沙尘暴的速度与杀伤力，可见环境险恶，战乱频仍。漫天黄沙，将士们仍然要顶风出战，对抗凶悍的敌人，但他们志气如神，不破楼兰终不还！豪迈坚定、铿锵有力的口号在前三句的铺垫下尤显壮烈，让人动容。

王昌龄的边塞七绝都有很强的感发力，如"烽火城西百尺楼，黄昏独坐海风秋"，"大漠风尘日色昏，红旗半卷出辕门。前军夜战洮河北，已报生擒吐谷浑"，还有"琵琶起舞换新声，总是关山旧别情。撩乱边愁听不尽，高高秋月照长城"。

芙蓉楼送辛渐[1]
王昌龄

寒雨连江夜入吴，平明送客楚山孤。
洛阳亲友如相问，一片冰心在玉壶。

【赏析】

凄寒孤寂中仍有冰心玉壶般的纯粹坚守。

寒雨连带着江水，像云幕一般逼近。水天相连，雨势浩大，悄然而来。这是一片壮阔的凄风苦雨。满江夜雨织成无边无际的愁网，笼罩着吴地江天，也萦回在两个离人的心头。天刚亮，诗人要送好友北归洛阳。清晨的离别格外冷清。诗人的心情像被寒雨淋了一夜的楚山一样暗淡而孤寂。"楚"本指山的地界，但"楚"字本身也暗示了辛酸苦楚的心情。满纸烟雨染江天。"连"字的气势、"入"字的动态、山的兀傲、平明的亮色却为夜雨离愁注入了力量，使人感到孤寂，但不孱弱。

临别，诗人叮嘱远行人，"洛阳亲友如相问，一片冰心在玉壶"。冰心和玉壶暗合"寒""孤"，但更有澄净纯粹的自尊自重之感。诗人鲍照曾用诗句"清如玉壶冰"比喻高洁清白的人格。王维、崔颢、李白也都以冰壶自励，推崇光明磊落、表里澄澈的品格。王昌龄的此番嘱托也传递了自己在困境中仍然冰清玉洁、坚持操守的信念。据载，王昌龄"不矜细行"，"谤议沸腾，两窜遐荒"。曾被贬岭南，此时正任江宁府（南京）丞的诗人当是有感而发。

---

1. 芙蓉楼：原名西北楼，遗址在润州（今江苏镇江）西北。登楼可以俯瞰长江，遥望江北。

闺怨

王昌龄

闺中少妇不知愁，春日凝妆上翠楼。
忽见陌头杨柳色，悔教夫婿觅封侯。

【赏析】

"忽见"一转极佳，春色引逗出闺怨。

这是个活泼、明朗的少妇。她在春日里精心梳妆，无忧无虑地登楼赏春。忽见路边杨柳青青，她心中一动，后悔让夫君到边陲求取功名。

诗歌截取一个刹那，一个心动的瞬间，来表现突然的领悟、顷刻的感情波澜。原本登高赏春只为自娱，不料不经意的一瞥——陌头杨柳青青——竟引发自己从未明确意识到却突然变得非常强烈的闺怨。戏剧性的转变让人猝不及防，细想却又合情合理。美丽少妇和怡人春色都是世间值得珍视的美好。春色正有人赏，而青春却空自流逝。自我意识突然觉醒，对俗世价值有了自己的判断，对生命本身的珍视也使寂寞与惋惜油然而生。《牡丹亭》中游园惊梦的杜丽娘亦有此叹："原来姹紫嫣红开遍，似这般都付与断井颓垣。良辰美景奈何天，赏心乐事谁家院！""则为你如花美眷，似水流年，是答儿闲寻遍，在幽闺自怜。"然而本诗并未像唱词一样渲染闺怨，它点到为止地展示了顷刻间的波澜，却留下充分的想象余地让读者去细细回味。

凉州词

王翰

葡萄美酒夜光杯，欲饮琵琶马上催。
醉卧沙场君莫笑，古来征战几人回？

【赏析】

流光溢彩，觥筹交错。葡萄制成的美酒红似琥珀，白玉雕成的酒杯光能照夜。"美"和"光"两个字将美酒美杯融为一体，一片华彩。面对美酒宝杯，塞外将士简直非痛饮不可。正要开怀畅饮之时，忽然传来急促的琵琶声，铮铮钹钹，声浪撩拨心弦，催人在酒意中奋起。

"琵琶马上催"，有说催战。正欲痛饮之时，马上的乐手弹起琵琶催人出发。热闹奔放的氛围一下子转向紧张激昂，由飞扬而至极抑。诗人捕捉了最富有戏剧冲突的瞬间，表现战争对美好的搅扰和破坏。急转直下的情势却逼出将士们的斗志昂扬，趁着醉意，他们以狂逸的意态吼出赴死的决心："醉卧沙场君莫笑，古来征战几人回？"

也有说琵琶是催饮。王昌龄诗云"琵琶起舞换新声，总是关山旧别情。撩乱边愁听不尽，高高秋月照长城"。琵琶急管繁弦，催人旋转起舞。后两句便是豪兴狂欢时的骋想——面临刀光剑影的沙场，他坦然醉卧，在让他人莫笑的谐谑放浪中，传递出豪迈洒脱中的悲凉。

但无论战歌还是祝酒词，时而慷慨时而思乡畏难的将士此时在美酒和琵琶的催动下，处于慷慨从戎的豪兴中。豪迈使本诗比《国殇》的"出不入兮往不反，平原忽兮路超远。带长剑兮挟秦弓，首身离兮心不惩"更多一份潇洒不羁的美。

王翰（生卒年不详），字子羽。并州晋阳（今山西太原）人。其诗载于《全唐诗》仅十四首。

九月九日忆山东兄弟

王维

独在异乡为异客，每逢佳节倍思亲。
遥知兄弟登高处，遍插茱萸少一人。[1]

【赏析】

这首传诵千古的名诗相传是王维十七岁时所作。少年固然天才，但思乡之苦对一个出身贵族的年轻人可能真的格外锥心刺骨吧。首句连用"异乡""异客"和"独"表现远在他乡茕茕孑立的凄惶感，与第二句的"佳节"形成强烈反差，自然引出"倍思亲"之感。

三、四句伸足"思亲"之意，但妙在从对面落笔，想象家乡的每个兄弟都插上了茱萸登高临远，他们在团聚喜悦中也会怀想"独在异乡为异客"的自己吧。想及此，稍感安慰，却也更加思乡了。白居易在《邯郸冬至夜思家》中也以对面落笔的手法委婉表达自己对家人的思念："邯郸驿里逢冬至，抱膝灯前影伴身。想得家中夜深坐，还应说着远行人。"

对面落笔的动人在于个体超越自己，顾念到家人的情感，还在于对彼此间亲情的充分信心。三十多年后，安禄山攻占长安时，王维曾任伪职。唐肃宗收复长安后要将王维定罪。此时弟弟王缙请求免除自己的官职来为兄长赎罪，才使王维得到从宽处置。真挚的兄弟情谊印证了当年"遍插茱萸少一人"中的互相顾念。

王维（701—761），字摩诘，号摩诘居士。太原祁县（今山西运城）人。盛唐山水田园诗歌的代表性诗人，通晓佛教禅宗，有"诗佛"之称。
1. 茱萸：一种馨香的植物，古时风俗，重阳节时折来插头，可以延年益寿。

山居秋暝

王维

空山新雨后，天气晚来秋。
明月松间照，清泉石上流。
竹喧归浣女，莲动下渔舟。
随意春芳歇，王孙自可留。

【赏析】

霜轻尘敛，山川如洗，一年好处。一场秋雨洗去浮尘，也抖落了心里的杂念。山空，心亦空。带着新鲜的眼光看世界，一切都像是第一次看见。

明月透过松针，洒落在山间，风移影动，如空明积水，藻荇横生。山泉淙淙地流泻于山石之上，水光斑驳，粼粼闪动。夜行山中，感受虚静中的生机，心中一片空明。

幽静的竹林突然喧哗起来，原来洗衣女们欢笑着回来了。宽展的荷叶向两边披分，细看是渔舟正在顺流而下。"竹喧"和"莲动"是直接的感受，"归浣女"和"下渔舟"是理智的认知。诗人先把直觉的感觉写出来，再加以说明，便造成一种新鲜的感觉。惊讶之后莞尔一笑的微妙心理被细致地描摹出来。因为心界的空灵，诗人与自然之间共度着心跳。

静谧与骚动、山人的纯朴都使诗人深深满足，流连忘返。就在山中坐看春芳谢落吧，感知万物生灭，也是一种享受。王孙公子自可留下。"自可"的语气潇洒闲逸，反用了《楚辞·招隐士》"王孙兮归来，山中兮不可久留"，却正与"随意"应和。

终南山

王维

太乙近天都，连山接海隅。[1]
白云回望合，青霭入看无。
分野中峰变，阴晴众壑殊。[2]
欲投人处宿，隔水问樵夫。

【赏析】

这首诗可以看作是一篇移步换景的微型游记。从未入山时写起，先是远远地遥望终南山。向上看，它的主峰高入云天；沿着山脉向着东西展望，群峰连绵起伏，望不到尽头，似乎能一直绵延到陆地的尽头，和大海相接。一座气势雄浑的大山就这样横亘在了面前。

然后诗人走进终南山，登山而上，走到原来在山下仰望见白云飘荡的地方，山岚云霭似乎都退向了远处；再往高处继续攀登，回头俯瞰，来路上又有云雾缭绕——原来自己已经身在云雾之中。

终于登上了山顶，整个终南山都在脚下，一山之隔，地理分野已然变化；群山的不同侧面，阳光或照射或被遮挡，千岩万壑中呈现出明暗变化。

从山顶下来，天色已晚。诗人半路遇到一个正在砍柴的樵夫，虽然隔了一条山涧，还是向他询问附近是否有可以借宿的人家。看来诗人意犹未尽，并不急于回家。

苏轼说："味摩诘之诗，诗中有画；观摩诘之画，画中有诗。"这首诗就像一幅运用了散点透视技法的山水画，在读者面前徐徐展开。

---

1. 太乙：终南山主峰。天都：天帝的都城。
2. 分野：古人用天上的二十八星宿分别对应地上的州郡，不同的州郡对应不同的星宿，称作"分野"。

终南别业[1]

王维

中岁颇好道，晚家南山陲。[2]

兴来每独往，胜事空自知。

行到水穷处，坐看云起时。

偶然值林叟，谈笑无还期。[3]

【赏析】

王维的诗，不仅诗中有画，而且诗中有禅。王维的一生受禅宗影响极深，他的母亲是一位虔诚的佛教徒。王维字摩诘，名和字合在一起就是一部在汉地流传极广的佛经《维摩诘经》中的维摩诘居士的名字。王维早年逢开元盛世，又得贤相张九龄的赏识和拔擢，怀有积极进取的心态。但后来李林甫排挤张九龄，朝政逐渐昏乱，王维在政治上也转而持消极无为的态度。他在长安城外的终南山中购置了曾为宋之问所有的别墅，公务之余，便来此闲居，吃斋念佛，游赏山水。这也就是这首《终南别业》中所描述的"中岁颇好道，晚家南山陲"。

这种生活更契合王维的性格和信仰。在他此时的山水诗中，没有怀才不遇的牢骚，没有仕途失落的悲愤，而是发自内心对发现山水之美的快乐，对闲适生活的喜爱，以及对禅意的深刻领悟和表现。所以他常常兴致勃勃地在山中信步闲行，独自一人，陶醉于美景和喜乐之中。但他又并非刻意寻求美景，如果存了刻意的念头，也许在山中走一天都看不到"美景"。而一旦消了"执着"心，美景就无处不在。沿着山中的溪水而行，一路固然是美景，可是走到水的尽头，也不必

---

1. 别业：即别墅。
2. 道：此处指佛理。
3. 值：遇到。

认为"美景"消失了，更不必因此而惆怅惋惜。那样的话，你看不到云正在袅袅升起，那又是一种美景。因为没有了"执着"心，诗人也不会刻意做出傲世孤僻的姿态。如果在山中遇到什么人，他也会相谈甚欢——这何尝不也是一种美景呢？

"行到水穷处，坐看云起时"是历来被人们称颂的名句，充满禅意而不着痕迹：只要不执着，便无时无处而莫非自在。

观猎

王维

风劲角弓鸣，将军猎渭城。[1]
草枯鹰眼疾，雪尽马蹄轻。
忽过新丰市，还归细柳营。[2]
回看射雕处，千里暮云平。[3]

【赏析】

诗题作"观猎"，诗的开篇却先写"听"，听到强劲的风声和穿透风声而来的弓弦震动的声音。未见其人，先闻其声，由声音可以想象到这是一张怎样的强弓，而引弓射箭的人又是怎样的英姿勇武。循声望去，原来是一位将军在渭城外打猎。

将军出猎，自然威风凛凛，马队飞驰，猎鹰在天上盘旋。这是冬日的原野，原野上野草枯黄，积雪融化。空旷的原野，猎物难以藏身，更容易被猎鹰锐利的目光发现，一旦被发现，便躲不过将军马队的追逐。将军的马队呼啸而过，在辽阔的关中平原上驰骋，在日暮时分回到自己营地。回望辽阔的旷野，暮色沉沉，仿佛还有将军矫捷的身影在纵马奔驰。

---

1. 渭城：秦时咸阳故城，在长安西北，渭水北岸。
2. 新丰：汉时地名，在长安附近。细柳营：西汉时将军周亚夫曾屯军于此，在长安附近。周亚夫治军严整，为汉文帝、景帝时的名将。此处以周亚夫喻指打猎的将军。
3. 射雕：《史记·李将军列传》中记载李广与匈奴三名射雕手作战的故事，此处借指将军箭术高超。

少年行（其一）

王维

新丰美酒斗十千，咸阳游侠多少年。[1]
相逢意气为君饮，系马高楼垂柳边。

【赏析】

这首诗充满了青春气息。

游侠在战国秦汉曾经具有广泛的社会影响力，作为体制外的存在，他们具有的能量曾经令政府头疼不已，也因此在西汉至东汉都成为政府持续地严厉打击的对象。汉以后，游侠这类人群已经不复存在，但游侠的人格和行为却被诗人不断追慕。游侠身上的重诺守信、自由不羁、快意人生，在诗歌中被浪漫化，俨然成为一种让人向往的生活方式。

王维的《少年行》是一组诗，一共四首，分别写游侠少年的意气结交高楼纵饮、从军边塞视死如归、英勇杀敌战功赫赫、得胜归来功高无赏，几乎可以视为一个游侠的传记。

本诗是组诗四首中的第一首。新丰、咸阳均为长安附近地名，秦统一天下后及汉武帝时，均曾迁徙天下豪杰入关居住，因此长安附近聚居了很多游侠，形成了游侠风气。本诗重点写游侠的快意人生。一斗万钱的美酒，意气相投一见如故的同道中人，他们率真坦荡，纵情欢乐。最后诗人的镜头定格于一个画面："系马高楼垂柳边"。楼上的游侠少年举杯豪饮意气风发，楼下垂柳依依，几匹马静待主人。在这样一个画面里，游侠少年的行为更加唯美和浪漫。

---

1. 斗十千：一斗一万钱，形容美酒的名贵。

辋川闲居赠裴秀才迪
王维

寒山转苍翠，秋水日潺湲。
倚杖柴门外，临风听暮蝉。
渡头余落日，墟里上孤烟。
复值接舆醉，狂歌五柳前。

【赏析】

秋风乍起，山色苍翠起来，一片斑斓。"转"字像在放映秋山的变化。草木摇落，在生命的尽头盛装谢幕。捕捉这一瞬间，迟暮原来交叠着凋败与繁华。

柴门外，诗人临风听蝉。秋蝉不似夏天聒噪，鸣声稀疏，却自有一番萧散的意趣，仿佛是倚杖而立的诗人自己。

远处渡口，落日正与水面相切。夕阳壮美，西下后黑夜便随之而来。村子里一条碧青的炊烟连云直上，扶摇升腾，然后孤独地消散。

诗中捕捉的景致都有生命将尽的意趣，寒山、秋蝉、落日、孤烟、倚杖者。但诗人并不流于将逝的悲哀，而是平静地欣赏这一刻独特的美好。这颇似陶渊明"善万物之得时，感吾生之行休"的心境，因此诗人以五柳先生自比，并化用陶诗"暖暖远人村，依依墟里烟"。

但萧散的意趣中总还是有些落寞的，好在朋友像楚狂人接舆一样醉后狂歌，为自己闲散静定的心平添了几分生趣。

鸟鸣涧

王维

人闲桂花落，夜静春山空。
月出惊山鸟，时鸣春涧中。

【赏析】

深山中的夜晚是什么样子？是漆黑一团，悄无声息吗？很多人不仅没有经历过，恐怕连想都不曾想过。而王维，这位大自然的歌者，在《鸟鸣涧》中表达了对山中夜晚的喜爱。他告诉我们，夜晚的山中是"静"，是"空"，但并非一片沉寂。桂花飘落，明月升起，山中明亮了起来。已经在巢中入睡的鸟儿被月光惊醒，醒来后发现仍是夜晚，鸣叫几声再次进入睡眠。幽静的夜晚，让几声鸟鸣显得格外清晰可闻；鸟鸣声过后，夜晚的山中显得更加幽静。

静谧而富有生机，平和安详，充满禅意，这就是春天山中的夜晚。

"心界的空灵，不是指物界的沉寂，物界永远不沉寂的。你的心境愈空灵，你愈不觉得物界沉寂。""一般人不能感受趣味，大半因为心地太忙。不空所以不灵。"（朱光潜《谈静》）

放下定见、执念，将心界放空，不染不着，世间万物便活动了起来。花、月、光影、山鸟原来有自己的动作，各种实有仿佛都有了生命，活泼泼的，一如人间。极小的桂花落下，窸窣地打在草间。花朵掉落，风吹草声，月光从树间穿过。山无静树，川无停流。每个事物都在自己的轨道上运行着，世界和谐安静，生机盎然。"闲""静""空"不仅指人、夜、春山，也是心界的空灵。诗人说："草在结它的种子，风在摇它的叶子，我们站着，不说话，就十分美好。"去除遮蔽，心灵敞开给世界，与万物同呼吸。

明月在山的背后升起，朗照山间。适应了暗夜的鸟儿被突然出现的月光惊到，鸣啼了几声。声音在幽谷里回荡，又消散在潺潺的春水中。明月清辉使鸟儿惊啼，流水淙淙，最终吞没了啼声。万物有序的轨道常常彼此交错，互相影响，构成一个事件，一如人间。每个人都是独立的小宇宙，有些行为却如蝴蝶的翅膀无意中关联到另一个人，从而引起一系列连锁的反应，从出现到消失。而这个过程不正像大自然中的"月出惊山鸟，时鸣春涧中"吗？

竹里馆

王维

独坐幽篁里，弹琴复长啸。[1]
深林人不知，明月来相照。

【赏析】

东晋顾恺之为谢鲲画像，将他画在岩石中，别人问这样安排的原因，顾恺之回答说："此子宜置丘壑中。"读《竹里馆》，感觉就像王维在为自己画像，然后再悉心经营一个环境来烘托出自己的神采面貌。而他布置得恰如其分，既不矫情，亦无虚夸。

一片清幽整洁的竹林之中，一人独坐弹琴，时而长啸。琴声悠扬清泠，自古至今都是高雅脱俗的象征，后来刘禹锡在《陋室铭》中一面说"可以调素琴"，一面声称陋室中"无丝竹之乱耳"，就是将琴和其他乐器截然分开。长啸也是魏晋以来超逸高迈情怀的表征。竹林独坐，弹琴长啸，明月高照，远离红尘。

这是一幅高士幽独图，也是王维的自画像。

幽篁指深幽的竹林。竹林、弹琴、长啸，似乎……隐约……想起了谁？对，竹林七贤。七人常集于竹林之下，肆意酣畅。其中阮籍尤爱弹琴长啸："夜中不能寐，起坐弹鸣琴。薄帷鉴明月，清风吹我襟"；"阮步兵啸，闻数百步"。弹琴长啸是志意宏放的阮籍在险恶政治中无可奈何的自我排遣。

王维闲居辋川时，良相张九龄已谢世，李林甫正专权。忠直的大臣或遭杀戮，或遭贬逐，政治环境险恶一如阮籍之时。王维即使有用世之志，如《汉江临眺》表现的雄健意气，"楚塞三湘接，荆门九派

---

1. 幽篁：幽深的竹林。

通。江流天地外，山色有无中。郡邑浮前浦，波澜动远空"，闲隐自保的王维此时也只能以弹琴复长啸来排遣心中转瞬即逝的豪情。

　　一个文雅书生，独坐竹林中。心中无故激越，弹琴复长啸。但像一场徒劳无功的演出，无人知晓，无人领会。深刻的孤独与落寞中，一束月光透过竹叶照拂在他的身上。置身空明的月光中，他又安静下来。像一丝涟漪，发生，又像没有发生过。

鹿柴[1]

王维

空山不见人，但闻人语响。
返景入深林，复照青苔上。[2]

【赏析】

傍晚，山中开始沉寂下来。夕阳西下，树林中率先变得黯淡，阴影在树林中弥漫，逐渐浓重。突然，传来说话的声音，却看不见说话的人。一道夕阳的余晖从树林枝叶的某处空隙斜照进来，落在树下的青苔上。然后，说话的声音又消失了，就像刚才响起时那么突然。眼前的这道余晖，也倏忽不见了，林中更加幽暗。

只是片刻的时间，却发生了那么多变化。声音刚刚响起便立刻消歇，光线忽然闪现随即隐去，恢复了原来的沉寂幽暗。而这稍纵即逝的片刻，被诗人敏锐地捕捉住，似乎意识到了什么：瞬间与永恒？变与不变？空和有？然而诗人并不多说，只是把这片刻呈现出来，让读者自己去体会。

---

1. 鹿柴（zhài）：柴通"寨"，即栅栏，此处为王维别墅所在地辋川的一处地名。
2. 返景：落日的余晖。景，日光。

辛夷坞
王维

木末芙蓉花，山中发红萼。
涧户寂无人，纷纷开且落。

【赏析】

"木末"即树梢，极言其高。"木芙蓉"花朵较大，色泽鲜明。在高处开着鲜艳大朵的花，那是一种浓郁又高贵的美。在枝叶蓊郁的山间，红紫色的美丽花朵格外惹人注目，但是无人欣赏。溪边木屋边，蓓蕾结出，陆续开放成一片绚烂美好，极致繁盛后，纷纷萎败凋零。生命从出现到消失，又有谁见证它曾经存在过？

然而，《辛夷坞》是清淡的、朴素的、无言的，没有浓郁的渲染和惋惜。"纷纷开且落"，五个简单的字将花的生灭在空间和时间上都充分展开，却不加评说，一如大自然。

相思

王维

红豆生南国，春来发几枝。
愿君多采撷，此物最相思。[1]

【赏析】

通常当人们想要表达对远方之人的思念时，会向对方寄赠物品。比如陆凯《赠范晔》中"折花逢驿使，寄与陇头人"，比如《西洲曲》中"忆梅下西洲，折梅寄江北"，有时候即使明知"路远莫致之"，还是要情不自禁地"攀条折其荣，将以遗所思"（《古诗·庭中有奇树》），"采之欲遗谁，所思在远道"（《古诗·涉江采芙蓉》）。

而王维却相反，不仅没有寄赠，反而提醒远方之人："你那里是红豆生长的地方，你可曾注意到'春来发几枝'？希望你能多采摘一些，因为红豆最能代表相思的情意。"那么，采摘下来做什么呢？王维却不再说下去了，戛然而止。

红豆又名"相思子"，如果平铺直叙地说寄赠红豆以表思念，并无新意。王维此诗妙在看似明白如话，似乎红豆本身就是"多采撷"的原因，实际上却有更深一层含义，即是希望远方之人因为思念自己而"多采撷"；而在殷勤劝说远方之人采撷红豆以寄相思的背后，却是自己对远方之人的深切相思。

这首诗，朴素简洁的语言与优美的意象相结合，明朗单纯与含蓄深情相结合，表达出了世界上最美好的情感。

---

1. 撷（xié）：采摘。

杂诗（其二）
王维

君自故乡来，应知故乡事。
来日绮窗前，寒梅着花未？

【赏析】

口吻由俗而雅是这首诗的趣味所在。开篇浅白如拉家常，"君自故乡来，应知故乡事"。十个字中"故乡"迭见，正表现乡思之殷。"应知"云云，迹近鲁直，却表现了解乡事的急切。热切的目光、儿童般不由分说的口吻，都被纯白描记言映带出来，笔墨俭省，纤毫毕见。

此时，诗人似乎将要问出一堆家长里短、朋旧童孩、宗族弟侄、旧园新树、茅斋宽窄，不料只淡淡一句"来日绮窗前，寒梅着花未"，超越一切俗务，诗人只关心，绮窗前的一株梅是否娴静开放。

也许满腔乡思，不知从何问起；或许，这株梅蕴含了当年家居生活亲切有趣的情事；又或许，诗人更关心一种精神，寄托于梅花的凌寒独自开的精神。那个曾经在家乡勇敢不惧的少年是否依然还在？饱经沧桑的游子，希望自己仍能超然尘世，保持自由的心态与精神风致。寒梅仿佛就是诗化的自己，在怎样焦躁的世道，也不改变贞静的心态和样貌。于是，这首小诗的意味就更加丰厚了，那是历经沧桑，但仍高洁、不世故的自我期许与人生风范。

送元二使安西
王维

渭城朝雨浥轻尘，客舍青青柳色新。[1]
劝君更尽一杯酒，西出阳关无故人。

【赏析】

朝雨洗去轻尘，客舍和柳树一片青翠，跃动鲜明。"浥"意为湿润，朝雨刚润湿尘土就停了，路上一片清爽洁净。"青青"和"新"刚好形成轻快活泼的调子，充满了明快的希望。

雨后清润本是寻常景致，但今天格外动人。是离别使人对熟视无睹的久居之地恢复了新鲜的感受？像是第一次看到，雨后的渭城绿得如此生机盎然，清新明朗！这可爱的青翠让人流连，而此时却要离开，去往茫茫风尘大漠，离情于是更浓了。多看两眼吧，将蓬勃的绿意记在心里，在大漠中渴求色彩和生机时，"客舍青青柳色新"便是可以反复咀嚼的心中绿洲。

元二将离开长安附近的渭城，西走敦煌阳关，前往遥远的安西都护府，即现在的库车。出了敦煌，异域风情便扑面而来，高鼻深目，碧眼浓眉，皑皑白雪，茫茫大漠，热烈不羁的性情与中原人的含蓄微妙全然不同。"西出阳关无故人"不仅指安西无旧友，更指完全不同的人样和风俗。"所遇无故物，焉得不速老？"想及此，诗人"劝君更进一杯酒"，想要用殷勤的醉意贮满岁月，待友人到了"无故人"的安西，仍可打开，回味无穷。此诗后来被谱为《阳关三叠》广为传唱，丰厚浑然，馥郁千年。

---

1. 浥（yì）：沾湿，润湿。

使至塞上

王维

单车欲问边，属国过居延。[1]
征蓬出汉塞，归雁入胡天。[2]
大漠孤烟直，长河落日圆。
萧关逢候骑，都护在燕然。[3]

【赏析】

向西，再向西……一驾马车驱驰在莽莽大漠上。空旷悠远的天地之间，马车就像一蓬随风飘荡的枯草，是如此微小。从马车中四望，荒无人烟的大漠上，看不到城镇村落，也看不到行旅商客。但马车中的人，心境平和，面容安详。

马车中坐着的，是王维。这一年是唐玄宗开元二十五年（737），正处在唐王朝国力最鼎盛的时期，河西节度副大使崔希逸大胜吐蕃，王维奉旨以监察御史的身份前往宣慰。自从开国以来，唐王朝在开疆拓土的战争中取得了一系列胜利，国土的疆界不断地向北、向西推移，到唐玄宗时，唐王朝已经成为一个空前辽阔的帝国，大大超越了中原政权控制的传统的势力范围。马车驱驰而过的这片土地，在人们的观念中仍被认为是"塞上"——边塞之外，现在已纳入唐王朝的领土。所以王维并不感到陌生与担心，也不觉得荒凉与凄寒。相反，他

---

1. 单车：一辆车。问边：指慰问在边塞作战的将士。属国：官名，秦汉时九卿之一典属国的省称。这里代指使臣。居延：地名，汉代有居延泽、居延县，均地处边塞。这里王维未必是实指。
2. 征蓬：随风飞扬到很远地方的蓬草。
3. 萧关：在今宁夏固原东南，此处亦非实指。候骑：负责侦察、通讯的骑兵。都护：指军队统帅。燕然：燕然山，即今蒙古国杭爱山。东汉窦宪率军大败匈奴，北至燕然山，刻石记功而回。

被这塞上的景象所吸引：远处一道报平安的狼烟直直地升入天空，地面上一条长河蜿蜒流淌，浑圆的落日横亘在地平线上。这壮丽的景象让王维感到温暖安定。当然，安定感首先来自国力的强盛和前方将士取得的一次次胜利："萧关逢候骑，都护在燕然。"

作为宣慰使者，王维代表了朝廷；作为诗人，王维发出了盛唐之音。尽管王维在后世被视为山水田园诗的圣手，但这首《使至塞上》，毋庸置疑可以跻身于最杰出的边塞诗之列。

早发白帝城

李白

朝辞白帝彩云间，千里江陵一日还。
两岸猿声啼不住，轻舟已过万重山。

【赏析】

安史之乱后，唐玄宗远避四川，下诏诸皇子坐镇各地平乱。太子李亨登基之后多时，玄宗才接到消息，但诸王分镇的诏令已下达。永王璘接到诏令后立刻赶到江陵，招募数万将士，组建水师，沿江而下，直抵金陵，以平乱为号召，招纳贤才。在此形势下，李白应邀成为永王璘的幕佐，还浪漫地吟诵"但用东山谢安石，为君笑谈静胡沙"。

但永王起兵威胁到了肃宗的政权，肃宗即命高适率军阻击永王。至德二年（757），永王在丹阳兵败被杀，李白入狱。虽经多人营救，但李白仍被流放夜郎，虽一路赋诗，备受款待，仍是戴罪之人，心中悲凉。

一年后，天下大赦。在白帝城的诗人听到赦令，立刻掉转船头，顺流而东，万分激动地写下《早发白帝城》。诗调轻快流利，如轻舟日行千里。第三句稍作停顿，第四句便轻灵宕开。文势奔放，如骏马注坡，一如无限艰难后突然迸发的生之热情。

李白（701—762），字太白，号青莲居士。唐代最伟大的诗人之一，与杜甫并称"李杜"，因其学仙求道及为人为诗之风格，亦被称为"诗仙"。

峨眉山月歌
李白

峨眉山月半轮秋，影入平羌江水流。
夜发清溪向三峡，思君不见下渝州。[1]

【赏析】

开元十二年（724）秋，二十四岁的李白怀抱远大抱负，沿长江而下，辞亲远游。

峨眉山是诗人不久前游览的蜀中山水。秋夜举首遥望，青山衔月，庄静明洁。这轮山月在自己东行时一路陪伴左右。她倒映在平羌江水中，瞻之在前，忽焉在后，像是旅伴，又像是护佑，让人安心，倍感亲切。

今夜从清溪出发，将驶向险峻的三峡。思念的朋友没有遇上，虽有遗憾，但一路有峨眉山月相伴，就先出发去下一站渝州吧。第一次出门远行的憧憬盖过"思君不见"的失落，但在峨眉山月的慰藉和陪伴下，诗人仍以昂扬的兴致出发了。

年轻的诗人未必知道，这轮峨眉山月后来陪伴了自己一生。五十九岁时（759）李白写道："我在巴东三峡时，西看明月忆峨眉。月出峨眉照沧海，与人万里长相随。……峨眉山月还送君，风吹西到长安陌。长安大道横九天，峨眉山月照秦川。……一振高名满帝都，归时还弄峨眉月。"可惜终其一生李白再未回过四川，但出蜀时那轮澄澈的山月，仿佛家乡的照拂和年轻的意气永驻其心间。

---

1. 三峡：瞿塘峡、巫峡、西陵峡，三峡由西而东相连，出西陵峡，水势平缓，出峡即出蜀。君：月。渝州：重庆，在清溪以东，三峡以西。

渡荆门送别[1]

李白

渡远荆门外，来从楚国游。
山随平野尽，江入大荒流。
月下飞天镜，云生结海楼。
仍怜故乡水，万里送行舟。

【赏析】

荆门山是蜀楚之界。诗人在乡读书二十年，弦满待发，终于要离乡冲天一鸣了。此时此刻，他心中勃发着对未来的憧憬和对故乡的柔情。两种情感交织，催动了这首飞动而温柔的诗。

从荆门山千里之外的绵州远渡而来，诗人第一次出蜀，到楚地游历。遮天蔽日的夹岸高山化为一川平原。原本在三峡中奔腾的江水也宽缓下来，浩荡地流经旷野。"山随平野尽，江入大荒流"内含一种动势，仿佛舟行者眼中，山势是"变幻"成了平原。这番新奇和豁然开朗的体验正暗合诗人告别过去、将要进入新人生的跃跃欲试的心情。跃动的生命力由"月下飞天镜，云生结海楼"表现：明月从天上飞入水中，宛如一面明镜；云气蒸腾，结成海市蜃楼的奇景。下、飞、生、结，四个字造成浩大的流动感。其中有憧憬，也有地势变化的新鲜感。三峡水流湍急，水中无圆月；峡谷逼仄，无从望云楼。而荆门山的水面宽阔，天空开远。在这一片明丽而旷莽的天地中，诗人心中的壮怀正在蕴蓄。此时，一缕乡愁升起：这滔滔江流中也有万里之遥的故乡水吧，它仍在默默地护佑着诗人。于是，一丝安慰与酸涩在壮怀中涌动，从此诗人开始了他悲欣交集的人生。

---

1. 本诗为李白出蜀时作，时当开元十二年（724）秋（一说为十三年春），时年二十四岁。荆门：荆门山，在今湖北宜都西北长江南岸，上合下开，其状似门，是巴蜀和楚地的分界处。

望庐山瀑布
李白

日照香炉生紫烟，遥看瀑布挂前川。[1]
飞流直下三千尺，疑是银河落九天。[2]

【赏析】

瀑布的动势破空而来，以雷霆万钧之势直泻千里，但诗并未以此开篇。

诗人先遥"望"庐山瀑布。香炉峰顶水汽丰沛，在日照之下呈一片氤氲的紫红色。日照香炉生紫烟，"生"字尤其表现了烟云升腾变幻的动态。短短七字，不食人间烟火的天界仙境被点染开。一片云蒸雾罩中，遥看瀑布挂前川。瀑布修长亮白的线条在紫烟氤氲的烘托下显得鲜明有力。这力量在静态的画面中积蓄着，将欲喷薄而出。

骤然之间，瀑布激荡奔腾，"飞流直下三千尺，疑是银河落九天"。连续的动词和三千尺的夸张，表现瀑布义无反顾飞流而下的气势。银河自天际倾泻，奇幻瑰丽的想象更表现了瀑布壮阔、浩渺又空灵璀璨的美。

静的蓄势与动的奔流构成诗中突如其来的俯冲感，结句似天外来音，以星辰瀚海的怀抱表现了庐山瀑布超越自身的宇宙之美。

---

1. 香炉：庐山西北高峰，晋慧远《庐山记》称其"孤峰秀起，游气笼其上则氤氲若香烟"。
2. 九天：古称天有九重，称九重天，即九天。

黄鹤楼送孟浩然之广陵
李白

故人西辞黄鹤楼，烟花三月下扬州。
孤帆远影碧空尽，唯见长江天际流。

【赏析】

两个风流诗人，一场诗意的送别。

远行人风神潇洒，看尽一路繁花，想想都觉诗意盎然。孟浩然"骨貌淑清，风神散朗"，诗开山水一宗，名动天下。李白以乘鹤的仙人比之，正点画出孟浩然的飘逸形象，且内含敬意与欣赏。此行正值开元盛世、阳春三月，云树繁花似锦如烟。东南大都会扬州更是市列珠玑，户盈罗绮。繁华的时代、繁华的季节、繁华的所在，李白明丽的畅想中饱含对孟浩然此行的祝福。

一片繁盛中，"孤帆"二字引出送别挚友的淡淡落寞。远去的孤帆、隐约的远山、浩渺的水汽与传说的神秘、烟花的迷离融漾在一起，共同构成空蒙又辽远的意境。此时，长江自天际浩荡而来。渺茫的离思中夹杂了博大、俊爽又开远的气质。一片浩渺中有流动的远意，这就是青春的感伤，轻烟般的怅惘中依然流淌着憧憬与希望。

长干行[1]

李白

妾发初覆额，折花门前剧。[2]
郎骑竹马来，绕床弄青梅。
同居长干里，两小无嫌猜。
十四为君妇，羞颜未尝开。
低头向暗壁，千唤不一回。
十五始展眉，愿同尘与灰。
常存抱柱信，岂上望夫台。[3]
十六君远行，瞿塘滟滪堆。[4]
五月不可触，猿声天上哀。[5]
门前迟行迹，一一生绿苔。
苔深不能扫，落叶秋风早。
八月蝴蝶黄，双飞西园草。
感此伤妾心，坐愁红颜老。
早晚下三巴，预将书报家。[6]
相迎不道远，直至长风沙。[7]

---

1. 长干行：乐府旧题。长干，长干里，地名，今南京秦淮河之南。
2. 剧：游戏。
3. 抱柱信：传说古时尾生与女子期于梁下，女子不来，水至不去，抱梁柱而死。见《庄子·盗跖》。这里用以表示常存互相信任、长相厮守的愿望。望夫台：传说一女子因思念离家已久的丈夫，天天上山候望，久而久之化为石头，仍保持望夫的形象。这里用"岂上"表示未想到有分离相望的一天，引出下文。
4. 滟滪堆：长江江心突起的大岩石，附近水流湍急，是旧时三峡的著名险滩。
5. 五月不可触：阴历五月，江水上涨，滟滪堆被水淹没，船只不易辨识，容易触礁致祸。猿声：古时三峡多猿，啼声哀切。《水经注·江水》引古歌谣："巴东三峡巫峡长，猿鸣三声泪沾裳。"天上：形容峡中山高，猿声如在天上。
6. 早晚：什么时候。下三巴：由三巴顺流东下。三巴为巴郡、巴东、巴西，这里泛指蜀中。
7. 长风沙：今安徽安庆市长江边。长干里到长风沙有七百里，这里极言迎夫不辞遥远险苦。

112

　　"青梅竹马""两小无猜"出典于《长干行》。无忧无虑的小女孩在门前折花玩耍，小男孩拿着竹竿当作马跑来跑去，掰开青梅酸了一脸。他们自小玩闹，没有避忌，长大后两家便结成亲家。十四岁的姑娘却娇羞起来，"低头向暗壁，千唤不一回"。这娇羞里有自重与矜持，让人格外怜惜。一年以后，她放开羞颜，眼神勇敢炽烈。十五岁的她愿意为爱情献出一切，"愿同尘与灰"。

　　可此时丈夫却要远行。为了谋生，他要去到风波险恶的"瞿塘滟滪堆"。"常存抱柱信，岂上望夫台"，还沉浸在尾生一般坚贞爱情中的她，没想到十六岁的自己成了神话中望夫心切的妇人。之前无忧的时光一晃而过，思念的时光却慢下来。五月、六月、八月，缭绕的忧伤细细附着在生活的每个角落，没有缝隙。五月涨水，他会否触礁？猿声缭绕，他会否悲哀？他出发的门阶生出绿苔，绿苔蔓延，不可清扫。他离家三个月了，秋天已然来到。八月蝴蝶双飞，思君令人老。絮絮叨叨的思念最终化为一团烈焰：当他顺流而下时，她要"相迎不道远，直至长风沙"！

　　《长干行》勾勒了一个无忧无虑的小女孩出落成娇羞美丽的少女，当她开始痴恋丈夫时，却成了思妇。岁月增长，感到忧伤纷至沓来的岂止是长干里的这个姑娘？所幸忧伤让人黯然，也让人丰富，甚或让人勇敢。至少在《长干行》中，诗人使勇敢的迎夫成为她下一段人生的起点。在岁月的洗礼下，她勇敢、自重、坚贞、热烈，投射了古往今来的无数痴心的情人。

蜀道难

李白

噫吁嚱，危乎高哉！蜀道之难，难于上青天！[1]

蚕丛及鱼凫，开国何茫然！[2]

尔来四万八千岁，不与秦塞通人烟。[3]

西当太白有鸟道，可以横绝峨眉巅。[4]

地崩山摧壮士死，然后天梯石栈相钩连。[5]

上有六龙回日之高标，下有冲波逆折之回川。[6]

黄鹤之飞尚不得过，猿猱欲度愁攀援。[7]

青泥何盘盘，百步九折萦岩峦。[8]

扪参历井仰胁息，以手抚膺坐长叹。[9]

问君西游何时还？畏途巉岩不可攀。[10]

但见悲鸟号古木，雄飞雌从绕林间。

又闻子规啼夜月，愁空山。[11]

---

1. 噫（yū）吁（xū）嚱（xī）：叹词。

2. 蚕丛、鱼凫：传说中古蜀国的两个国王。何茫然：多么模糊。

3. 尔来：自那时以来。

4. 西当：对西面。太白：山名，又名太乙，秦岭主峰。横绝：跨越。峨眉：蜀山。古蜀国本与秦地只有鸟道相通，表现两国隔绝。

5. 地崩山摧壮士死：公元前316年秦惠王灭蜀，置蜀郡。惠王嫁五女于蜀，蜀遣五力士迎之，还到梓潼，见一蛇入穴中。五力士共掣蛇尾。崩山，压杀五人及秦五女，山遂分为五岭。天梯：高峻的山路。石栈：在山崖上凿石架木而建成的栈道。

6. 六龙回日：传说羲和驾着六龙拉的车子载太阳在空中运行。高标：山的最高峰，此山标志。

7. 黄鹤：黄鹄，善飞的大鸟。

8. 青泥：青泥岭。盘盘：盘旋曲折的样子。

9. 扪参历井：山高入云，伸手能摸到星辰。参、井：星宿名。从井到参，是秦入蜀的星空。仰胁息：抬头感到呼吸被抑迫。膺：胸口。

10. 巉（chán）岩：峥嵘高峻的山石。

11. 子规：杜鹃鸟，相传为蜀国望帝魂魄所化，春暮出现，啼声悲凄，似说"不如归去"。

蜀道之难，难于上青天，使人听此凋朱颜！

连峰去天不盈尺，枯松倒挂倚绝壁。

飞湍瀑流争喧豗，砯崖转石万壑雷。[12]

其险也如此，嗟尔远道之人胡为乎来哉！

剑阁峥嵘而崔嵬，一夫当关，万夫莫开。[13]

所守或匪亲，化为狼与豺。[14]

朝避猛虎，夕避长蛇，[15]

磨牙吮血，杀人如麻。

锦城虽云乐，不如早还家。[16]

蜀道之难，难于上青天，侧身西望长咨嗟！

【赏析】

"蜀道之难，难于上青天。"李白从蜀地历史、游人见闻和政治形势三个角度表现了蜀道的逶迤、峥嵘、高峻和崎岖。全诗句法错落，三言、四言、五言、七言、十一言参差间隔，形成雄放恣肆、险仄又流畅的语言风格。《河岳英灵集》称此诗"奇之又奇，然自骚人以还，鲜有此体调也"。

开篇发唱惊挺，"噫吁嚱，危乎高哉！蜀道之难，难于上青天！"随即追溯渺不可知的蜀国开国史，"蚕丛及鱼凫，开国何茫然！尔来四万八千岁，不与秦塞通人烟。"凄迷悠远的上古传说为全诗开启了奇幻而恢远的境界。秦蜀难通，只有鸟儿才能飞度高峻的秦岭太白峰，由秦入蜀，通达峨眉。之后秦惠王时五丁开山，山摧人

---

12. 喧豗（huī）：喧闹声。砯（pīng）：水击岩石声。
13. 剑阁：今四川省剑阁县大剑山小剑山之间的栈道，秦蜀间的主要通道，为历代戍守要地。峥嵘、崔嵬（wéi）：高峻的样子。
14. 此句意为：剑阁地势险要，若非亲信防守，一旦叛变，将发生豺狼吃人那样的祸患。
15. 猛虎、长蛇：与豺狼同义。
16. 锦城：成都。

亡，秦蜀之间方得钩连。但天梯石栈仍然险象环生，上有兀拔山势，下有冲波回浪，黄鹤不得飞度，猿猴都愁于攀援。

秦人入蜀，必经青泥岭。此岭峰路萦回，"百步九折萦岩峦"，山势高峻，"扪参历井仰胁息"。山高路回，自然氧气稀缺，高原反应者不由呼吸紧张，"以手抚膺坐长叹"。行人如此步履维艰，此次西游你何时能还？行人惊惶地说："这令人畏难的山路简直不可登攀。我只见古木荒凉，鹳鹤扇翅，磷磷云霄间。又听到杜鹃鸟空谷月夜下悲歌啼旋。"行文至此，蜀道难的感叹喷涌而出："蜀道之难，难于上青天，使人听此凋朱颜！"然而诗人意犹未尽，继续渲染，"连峰去天不盈尺，枯松倒挂倚绝壁。飞湍瀑流争喧豗，砯崖转石万壑雷"。静态的危峰绝壁、动态的飞湍击石都表现了山中的惊悚，于是第二个小高潮随之而来，"其险也如此，嗟尔远道之人胡为乎来哉"！

残酷的历史和旅人的畏途都还未说尽蜀道之难，诗人便提起剑阁。剑阁是大小剑山中一条三十里长的险要栈道，易守难攻，是蜀中要塞。历史上在此割据称王者不乏其人，"一夫当关，万夫莫开"是谓此也。若非亲信防守，一旦叛变，便如豺狼吃人一般凶险。守关者每天与猛虎长蛇打交道，对人也不免残忍，"磨牙吮血，杀人如麻"。自然环境和人文环境都如此艰险，诗人恳切地建议："锦城虽云乐，不如早还家。"这最后一段仿佛预言一般预示了后来的安史之乱。此诗写于唐玄宗盛世之时，李白以"蜀道难"表现入长安却未获赏识的坎壈心境，同时也以诗人的敏锐感知到了歌舞升平、太平盛世背后潜藏的危机。

宣州谢朓楼饯别校书叔云[1]

李白

弃我去者，昨日之日不可留，
乱我心者，今日之日多烦忧。
长风万里送秋雁，对此可以酣高楼。[2]
蓬莱文章建安骨，中间小谢又清发。[3]
俱怀逸兴壮思飞，欲上青天览日月。[4]
抽刀断水水更流，举杯销愁愁更愁。
人生在世不称意，明朝散发弄扁舟。

【赏析】

昨日之日弃我而去，它自顾自飘然远逝，却将我推往老迈之境，一天一天，从不停歇。伤感和悲愤在开篇的"弃"字中扑面而来。但终究"悟以往之不谏，知来者之可追"。平心接受吧，昨日之日不可留。然而回头看取眼前，却只有"乱我心者，今日之日多烦忧"，缠绕不尽，徒增烦忧。

此时几万里外吹来一阵长风，吹散了烟云般的一切烦忧。"长风万里送秋雁，对此可以酣高楼。"秋雁高翔，在万里长风的吹送下健举有力，声闻于天。面对此景，诗人精神大振，浩歌狂饮，挥毫落

---

1. 宣州：今安徽宣城。谢朓楼：南齐诗人谢朓任宣州太守时所建。饯别：置酒食送别。校书叔云：秘书省校书郎族叔李云。
2. 酣：畅饮。
3. 蓬莱文章建安骨：指李云诗文有汉魏风。蓬莱是海上仙山，传说仙府幽经秘录藏于此山，故东汉以蓬莱指国家藏书处东观，李云任职的秘书省相当于汉代东观。建安骨：汉献帝建安年间（196—220），曹操父子及王粲等建安七子，诗文刚健俊爽，后人誉为"建安风骨"。小谢：谢朓，李白自比。诗史上以谢灵运为大谢，谢朓为小谢。清发：清新秀发。
4. 览：通"揽"。

墨：校书叔您的文章远追两汉东观，兼得建安风骨，我呢，正如建楼的谢朓，清新秀发，我们和古人一样逸兴遄飞，壮思远扬，可共上青天同揽日月。青天、日月、高楼，李白心中一洗无垢的清越之气在天地间激荡，穿越古今，纵横捭阖。

然而更深的愁思猛然袭来，"抽刀断水水更流，举杯销愁愁更愁"。酒已无可奈何，外力无可凭借，此时李白突发狂言，"人生在世不称意，明朝散发弄扁舟"。面对愁苦，李白总能以英特越逸之气笑对之，而且越愁苦，越狂放。昨日已逝，今日烦忧，但明朝仍是充满想象力的新的一天。称意神全是李白超越功名的最高追求，这洒脱的姿态正是他千百年来仍为人们津津乐道的原因所在。

将进酒[1]

李白

君不见黄河之水天上来，奔流到海不复回。

君不见高堂明镜悲白发，朝如青丝暮成雪。

人生得意须尽欢，莫使金樽空对月。

天生我材必有用，千金散尽还复来。

烹羊宰牛且为乐，会须一饮三百杯。

岑夫子，丹丘生，将进酒，杯莫停。

与君歌一曲，请君为我倾耳听。

钟鼓馔玉不足贵，但愿长醉不复醒。

古来圣贤皆寂寞，惟有饮者留其名。

陈王昔时宴平乐，斗酒十千恣欢谑。[2]

主人何为言少钱，径须沽取对君酌。

五花马，千金裘，

呼儿将出换美酒，与尔同销万古愁。

【赏析】

两句"君不见"劈空而来。时光如黄河自天际奔流至大海，滚滚浊浊，逝而不返。在时光无情的奔涌中，人们壮志未酬却已白发丛生。"朝如青丝暮如雪"，朝暮间白发骤生，触目惊心。焦虑、不甘、悲愤如风雷急雨般一气而下，奔腾怒吼。

然而"醉者神全"。在酒的保护下，逝者如斯的伤感和郁郁不得志的挫败并未打击诗人的精神，反而使他亢奋起来，以饱满的自信冲

---

1. 将（qiāng）进酒：乐府《鼓吹曲辞·汉铙歌》旧题，内容多写饮酒放歌。
2. 陈王：曹植。其《名都篇》："归来宴平乐，美酒斗十千。"平乐：平乐观，离作诗地点嵩山不远。斗酒十千：一斗酒值十千钱，极言酒美。恣：尽情。谑（xuè）：游乐，开玩笑。

决愁苦，树立自我价值："人生得意须尽欢，莫使金樽空对月。天生我材必有用，千金散尽还复来。"不容置疑的口吻、自我振奋的精神显示了诗人面对愁绪仍高昂慷慨。只有"烹羊宰牛且为乐"的"且"（姑且、暂且）透露了一丝微苦与无奈。

"岑夫子，丹丘生，将进酒，杯莫停"，明快的短句又使诗歌激昂起来，呼朋唤友的热闹驱散了个体直面光阴的孤独。在友人的欣赏和酒的迷狂中，诗人的意志越发张扬："钟鼓馔玉不足贵，但愿长醉不复醒。古来圣贤皆寂寞，惟有饮者留其名。"佳肴不足贵，圣贤皆寂寞，唯有酒的精神睥睨一切，意气凌云。曹植在附近平乐观的狂欢让人神驰，我们也喝个痛快吧。管它钱少不足，管它万古千愁，拿我的千金裘、五花马换酒钱去，"径须沽取对君酌"，"与尔同销万古愁"！悲愁与豪兴的对冲形成全诗飙风骤雨般大起大落的节律，在明暗的激荡中，酒力和意气最终超越悲愁，高昂开远，浩荡而前。

月下独酌

李白

花间一壶酒，独酌无相亲。
举杯邀明月，对影成三人。
月既不解饮，影徒随我身。[1]
暂伴月将影，行乐须及春。
我歌月徘徊，我舞影零乱。
醒时相交欢，醉后各分散。
永结无情游，相期邈云汉。[2]

【赏析】

花间春日月夜，如此美好岂能辜负？即使独酌也要乐趣无穷！

李白以奇思妙想诚邀明月与影子凑成三人，赏花饮酒，其乐陶陶。正在创意的喜悦中自得其乐时，诗人陡然发现月儿并未举杯，影子也只是空学我的样子。他稍稍低落，"暂伴月将影，行乐须及春"，姑妄伴之吧，总能找到乐趣。你无情，我多情即可。于是他开怀痛饮，兴致勃发，不仅自斟自酌，还载歌载舞，这时奇景忽开：那不饮不语的月与影竟然有情有知起来。酒意朦胧中，明月仿佛随着自己的歌舞前后移步，影子也转动凌乱，凑趣地像与自己共舞。这灵异的应和让人欢欣鼓舞，他兴致盎然地浮一大白，然后酩酊大醉。

醉醒后他发现自己仍是独自一人，月和影都已离开。孤独感再度袭来，但李白是多情的、主动的、热情的，他不会在清冷中孤独而死。内在洋溢的热情使他总能想出绝妙的主意，与周围世界互动，让

---

1. 解：懂得。
2. 无情：即《庄子·德充符》之忘情，消泯是非、得失、物我等区分，超然于一切之上的精神状态。期：约定。邈：杳远。云汉：银河。

自己快活起来。于是他与月、影约定，我们忘记彼此"形"的差异，在物我两忘、天人合一中"相期邈云汉"，逍遥自在游。

月的陪伴在李白是格外亲切的。自出蜀时的"峨眉山月半轮秋，影入平羌江水流"到终南山的"山月随人归"，从静夜的"床前明月光"到"长安一片月，万户捣衣声"，月都是高洁、清皎的朋友，一路伴随着他。至如"明月直入，无心可猜"的直率、"清风明月不用一钱买"的慷慨、"玲珑望秋月"的惆怅、"我寄愁心与明月"的贴心、"明月出天山，苍茫云海间"的豪迈，更是李白人格的映射。所以《月下独酌》中李白的邀月共饮有亲切的诚意，不独是落寞时的自欺。"我歌月徘徊"中有老朋友相聚的默契，永结共游、相期霄汉也未尝不是真挚的相约。这也就难怪传说李白最后捞月坠水而亡。他真的兑现了诗中诺言，浪漫地"永结无情游，相期邈云汉"。

送友人

李白

青山横北郭，白水绕东城。
此地一为别，孤蓬万里征。
浮云游子意，落日故人情。
挥手自兹去，萧萧班马鸣。[1]

【赏析】

这首诗就像一幅清丽淡雅的山水画，一道青山，一弯流水，一座城郭在山环水绕之中，城外的古道边，诗人与友人骑马相对，正珍重作别。

从诗中我们看不出友人是什么身份，将去往何处，为何要去。但我们能知道，这一别之后，友人将孤身远行，漂泊异乡，就如同风中的蓬草，身不由己。

这幅"画"的背景更为寥廓，天上就要飘往远方的流云，天边将要坠入地平线的夕阳，恰与执手作别的两位友人相映衬——浮云多么像即将踏上旅途的友人，很快就要消失在视野之外，越飘越远；落日正像此时诗人心情的写照，黯然但仍然温暖的余晖洒满大地，似乎不忍就此坠入地平线。

不论多么不舍，终究还是要分别。在诗的最后一联，诗人又给我们呈现了一幅剪影。我们看不清两位友人的目光和神情，听不到他们分别时的关照与祝福。我们看到的是友人在走出很远后，还回头与诗人相互挥手告别，听到的是充满依依惜别之意的萧萧马鸣。

---

1. 兹：此。萧萧：马的嘶叫声。班马：离群的马。班：分别，离别。

独坐敬亭山

李白

众鸟高飞尽，孤云独去闲。
相看两不厌，只有敬亭山。[1]

【赏析】

李白一生中大多数时间，都是在漂泊中度过的。当他匹马轻裘，漫游于山水之间，当他落寞憔悴，独酌于月下花前，孤独的滋味一定会无可避免地袭上心头。不然，如何能写出"众鸟高飞尽，孤云独去闲"这样深刻的孤独体验？一个"尽"字，写出了天地的空空荡荡；一个"去"字，写出了万物对自己的无视。

这种被世界遗弃的感觉是可怕的，如果沉溺其中，必然产生对人世和人生的绝望。但李白是自信和豪迈的，他永远都怀着希望，永远都能从悲伤中振起。鸟儿飞走了，云朵飘远了，敬亭山还在。尽管敬亭山并不高峻巍峨，没有奇峰异石，没有飞泉幽壑，但它也没有离弃诗人，而是静默地陪伴着诗人。

李白独坐于敬亭山之上，久久地凝望着敬亭山，孤独感一点点消去，亲切感渐渐生起。这亲切感在他心中，在他和敬亭山之间。他分明感受到，无言的敬亭山也正在以同样的目光注视着自己。

李白把悠然的身影留在了敬亭山，把敬亭山写进了中国人的心中，成为中国人耳熟能详的一座山。

---

1. 厌：满足。敬亭山：位于今安徽宣城北郊。

越中览古

李白

越王勾践破吴归，义士还乡尽锦衣。

宫女如花满春殿，只今惟有鹧鸪飞。

【赏析】

春秋时期的吴越争霸，是一段惊心动魄、跌宕起伏的历史。越王勾践被吴王夫差打败后，忍辱求和，卧薪尝胆，用二十年时间使越国强大起来，最后复仇成功，吞并吴国，成为春秋末期的霸主。

李白游览越中，一千多年前的这段历史历历在目，但他只用一句就概括了："越王勾践破吴归。"他想得更多的是越王勾践胜利归来后的情景。灭国而还，吴王夫差这个曾经让自己遭受了多少凌辱的仇人，吴国这个多少代以来与越为仇的敌国，被彻底消灭，越王勾践该是怎样的志得意满啊。当他率领凯旋的军队昂然返回自己的都城，当他在自己的宫殿中对酒当歌，看着满殿青春美丽的宫女翩翩起舞，他的荣耀与辉煌达到了顶点。然而，胜利又如何？欢乐又如何？雄图霸业转眼成空，江山社稷瞬间易主，一千年之后，这里只剩下了断壁残垣，荒草蔓生，草丛间偶尔飞起几只鹧鸪。

王朝更替，盛衰无常，是唐人怀古诗中最常见的感慨。李白这首诗里并没有把这种感慨直接抒发出来，在遥想了越王勾践当年的荣耀繁华后，笔触陡然转到眼前所见之景，当年勾践的王城"只今惟有鹧鸪飞"。在今昔对比中，让读者自行体味世事变化无常的感慨。另一位诗人李峤《汾阴行》的结尾说："山川满目泪沾衣，富贵荣华能几时？不见只今汾水上，惟有年年秋雁飞。"这可以视作李白这首诗的注脚。

玉阶怨

李白

玉阶生白露，夜久侵罗袜。
却下水晶帘，玲珑望秋月。

【赏析】

这首诗晶莹、寒冷、皎洁。诗中诸多意象如玉阶、白露、水晶帘、玲珑月都表现了李白对白色、闪光、亮色调的始终追求。"白云映水摇空城，白露垂珠滴秋月"，纯白的色泽正仿佛诗人心中赤子般的一片澄明。

而此诗澄明中还夹缠着忧伤。"玉阶生白露"，"生"字表现玉阶上的露水越来越重的变化感。天气愈冷、时间向晚，她为什么还不进去，风露立中宵？露水透湿了女子的罗袜，"侵罗袜"的"侵"字表现外界寒冷缓慢的侵略性，罗袜般单薄脆弱的身体如何抵抗得住？但她还在等待，一任白露侵袭，不肯放弃她的期待与忠贞。

但最终还是因为无人前来而放下了水晶帘。水晶品质皎洁、晶莹、坚贞，一如诗中女子。她放下珠帘，本已与外界隔断，可是尘缘难解，芳心未安，于是仍然凝眸望向皎如明镜的秋月。"望"和"秋月"使思念产生一种升华，显出光明高远的意境。但终究望而不得，怨意由此而生。但这怨思因白色晶莹的物象烘托，只显得清丽、幽美、朦胧、高洁。

劳劳亭

李白

天下伤心处，劳劳送客亭。
春风知别苦，不遣柳条青。

【赏析】

别离，在中国古典诗文的世界里引发了不知多少的伤感悲愁。"悲莫悲兮生别离"，几乎在中国文学的起始阶段，"楚辞"就把别离的悲苦写到了极致。"黯然销魂者，唯别而已矣"，江淹的生花妙笔，则把别离的忧伤写到深入骨髓。直叙别离之悲至此，似再难超越。但李白脱口而出的一句"天下伤心处，劳劳送客亭"，偏又翻出一重新的境界。

劳劳亭，是送别分离之处。我们已无法知晓，李白是送人者还是被送者，又或者此诗只是李白因亭名而起意所作？其实也无须知晓，对这首诗而言，这些问题都无关紧要。李白一生朋友众多，从相识相知到相别，既有送人也有被人送行。而送行时所深味的别离之苦，不会因次数频繁而麻木，也不会因地点不同而减弱。所以，并非劳劳亭是天下最伤心之处；凡是送行别离之地，均为伤心之处。这句诗真正要表达的是：别离，是天下最伤心之事。

如果说第一联是冲口而出的妙语，明白如话，那么在第二联里诗人话题陡然一转，尽得含蓄蕴藉之趣。这一联至少含了三层意思。第一层，写春风无情而有情，尚知离别之苦，更何况眼前即将离别之人呢？第二层，折柳相赠，以表达挽留不舍之意，是唐人送别时的风俗，现在却无柳可折，更增一分悲苦。第三层，春风固然好意，不使柳条返青，却终究不能留住行人，如此无可奈何，真真是情何以堪！

春夜洛城闻笛
李白

谁家玉笛暗飞声，散入春风满洛城。
此夜曲中闻折柳，何人不起故园情！

【赏析】

春夜，在繁华都市无根蒂的游子疲累了一天，正在喘息休整时，笛声飞至。悠扬的笛声像一个念头、一丝惊喜、一声慰藉，让人出离，神思远扬。诗人不禁问道："谁家玉笛暗飞声？"意外的妙音像一个美丽的悬念，引逗人无限遐想。吹笛人不知何在，他/她想必倚窗独立，心有所动，便发音寥亮，不承想这凄清婉转的曲调竟乘着骀荡春风在静夜飞扬，潜入万家灯灭，散入春风满洛城。

而笛声所奏恰是《折杨柳》曲。古人离别时，折路边杨柳相送。杨柳依依，仿佛心中恋恋不舍之意。《折杨柳》曲应运而生，在汉乐府古曲中专抒发行旅离别之苦。如今《折杨柳》曲在静夜的洛阳城中飞扬。都市中的游子，无论书生、商贩、官员、侠客都不由得涌起思乡之情。在外打拼的辛苦唯有自知，正在抚平心绪之际，不期然地飞来《折杨柳》曲。家的温暖、家的无忧、家的安心络绎奔涌而来，乡情裹挟着无数回忆在心中激荡。"何人不起故园情"，一个反问映带了无数游子，但第一个起了故园情的不正是李白自己吗？

客中作

李白

兰陵美酒郁金香，玉碗盛来琥珀光。[1]
但使主人能醉客，不知何处是他乡。

【赏析】

曹操说："何以解忧，唯有杜康。"更何况眼前这美酒，散发着如此馥郁的酒香，就如同异域的郁金草的芳香；酒在精美洁白的玉碗中微微晃漾，闪动着琥珀般晶莹的光泽。不等端起，这酒就已经令人心醉神迷了。

对酒没有任何抵御力的李白，见着此等美酒，怎能不开怀畅饮？主人大概是李白的"粉丝"吧，看着李白饮酒，丝毫不吝惜，一碗又一碗地为他斟满。李白可是曾经名列长安的"饮中八仙"啊，遇到美酒和慷慨的主人，当然要不醉不休了。

李白自己说："百年三万六千日，一日须倾三百杯。"尽情欢饮，是李白遇酒的常态；但是今天的李白，似乎特别急于酩酊大醉。今天的李白，想念家乡了。家乡远在万里之外，不知何日才能回去。醉了，才能忘却乡愁，忘却自己身在异乡。

不知酒醒之后的李白，是倍加惆怅，还是会重新兴致勃勃地踏上漫游之路？

---

1. 郁金香：美酒散发着郁金的香气。郁金，一种香草。

闻王昌龄左迁龙标，遥有此寄[1]
李白

杨花落尽子规啼，闻道龙标过五溪。[2]
我寄愁心与明月，随风直到夜郎西。

【赏析】

最温暖的友情，就是当你跌落至人生的低谷、陷于困穷悲愁的时候，朋友还在关心着你，和你一起度过黯淡的日子。

王昌龄获罪贬官并被发配到荒蛮遥远的龙标县任职的消息，是王昌龄将要到达贬所时，李白才听说的。暮春时节，柳絮飘零，杜鹃悲啼，王昌龄在贬谪路上所见的景色，李白能想象到。去国怀乡，忧谗畏讥，王昌龄一路上悲愁的心情，李白能体会到。相隔遥远，李白无法赶到王昌龄身边，去安慰和陪伴王昌龄。但他的关切和同情，却是空间所不能阻隔的。就像夜晚天上高悬的明月一样，不论王昌龄走到哪里，只要一抬头，就能看到。夜月的纯净明亮，就像他对王昌龄的友情；月色的悠远无边，就像他为王昌龄的不幸产生的愁绪。他把他的关切和同情，写进诗中，寄给王昌龄。

当王昌龄读到李白这首诗，在夜晚再看到月亮时，一定会觉得分外亲切，心中也一定会感到分外温暖吧。

---

1. 左迁：贬谪，降职。龙标：地名，今湖南省黔阳县。
2. 杨花：柳絮。龙标：指王昌龄，王昌龄此时被贬为龙标县尉。五溪：是雄溪、樠溪、西溪、舞溪、辰溪的总称，在今湖南省西部和贵州省东部。

望天门山
李白

天门中断楚江开，碧水东流至此回。
两岸青山相对出，孤帆一片日边来。

【赏析】

天门山，顾名思义，一座大山就像天设的门户，高高耸峙，牢不可破。但是长江奔腾咆哮而至，撞开了这座"天门"，大山被一分为二。然而大山只是被撞开，并未被撞倒，它依然高高耸峙，直面江水的冲击。江水至此激起巨大的回旋，从天门山让开的通道中流过。

浩荡的江水和巍峨的大山，仿佛在这里合奏了力与美的交响乐。坐在船上从上游顺流而来，在这交响乐里必然头晕目眩。可是如果你抬头远望，所见就是另一种景象，似乎这个世界变得安静了：两岸连绵不断的青山如迎面而来，更远处的江面上，太阳冉冉升起，一艘船正扬帆溯流而上。

这是一首纯粹写景的诗，诗中壮美与静美相映衬，近景与远景相搭配，读来犹如置身船上，船行江上，风景纷至沓来，如在眼前。

行路难三首（其一）

李白

金樽清酒斗十千，玉盘珍羞直万钱。[1]
停杯投箸不能食，拔剑四顾心茫然。[2]
欲渡黄河冰塞川，将登太行雪满山。
闲来垂钓碧溪上，忽复乘舟梦日边。[3]
行路难，行路难，多歧路，今安在？
长风破浪会有时，直挂云帆济沧海！

【赏析】

《蜀道难》强调路之难，《行路难》则侧重心之艰。

"兰陵美酒郁金香，玉碗盛来琥珀光。"美酒佳肴摆满餐桌，正是"会须一饮三百杯"的豪兴时刻，诗人却放下端起的酒杯，扔下手中碗筷，一任胸中块垒推成波澜，拔剑而起，四顾茫然。停、投、拔、顾，四个连续动作表现了他内心的激荡，连美酒佳肴都无法安抚。他抚剑吟啸，雄心万里，眼前却是一片空空，无处挥剑。现实世界处处挫败，使他被忧患笼罩，"欲渡黄河冰塞川，将登太行雪满山"。

那就安心归隐垂钓吧，李白自谓"吾亦澹荡人，拂衣可同调"。功成名就，拂衣远行，鲁仲连一般的潇洒正是李白心中的理想。但"深藏功与名"是在功成名就以后，竖子无所成名，潇洒何由而来？

---

1. 珍羞：珍贵的菜肴。羞：通"馐"。直：通"值"。
2. 箸（zhù）：筷子。停杯两句：化用鲍照《拟行路难·其六》："对案不能食，拔剑击柱长叹息。丈夫生世会几时，安能蹀躞垂羽翼？"
3. 垂钓：姜子牙未遇周文王时，曾在磻溪（今陕西宝鸡市东南）垂钓。梦日边：伊尹见汤之前，梦舟过日月之边。

心中不甘再度涌起，"忽复乘舟梦日边"，传说伊尹见商汤前曾梦见舟过日月之边。也许眼前的空茫正是黎明前的暗夜，当下的低回正是明主知遇的序幕？"何以慰我怀，赖古多此贤。"姜太公和伊尹的际遇给人很多安慰，但回到现实，我的明主安在？"行路难，行路难，多歧路，今安在？"疾风骤雨般的愁闷扑面而来，悲感至极，李白竟豪语出之，深重的压抑反逼出了他的最强音："长风破浪会有时，直挂云帆济沧海！"促迫中的精神越趋高昂，强健的主体意志发而扬之，这就是李白。

梦游天姥吟留别[1]

李白

海客谈瀛洲，烟涛微茫信难求。[2]

越人语天姥，云霓明灭或可睹。

天姥连天向天横，势拔五岳掩赤城。[3]

天台四万八千丈，对此欲倒东南倾。[4]

我欲因之梦吴越，一夜飞度镜湖月。[5]

湖月照我影，送我至剡溪。[6]

谢公宿处今尚在，渌水荡漾清猿啼。[7]

脚著谢公屐，身登青云梯。[8]

半壁见海日，空中闻天鸡。

千岩万转路不定，迷花倚石忽已暝。[9]

熊咆龙吟殷岩泉，栗深林兮惊层巅。[10]

云青青兮欲雨，水澹澹兮生烟。[11]

列缺霹雳，丘峦崩摧。洞天石扉，訇然中开。[12]

---

1. 天姥（mǔ）：山名，在今浙江新昌县南部。吟：歌行体的一种。

2. 瀛洲：海上有三神山，蓬莱、方丈、瀛洲。信：确实。

3. 拔五岳：超出五岳。五岳：东岳泰山、西岳华山、中岳嵩山、南岳衡山、北岳恒山。掩赤城：掩蔽了赤城山。

4. 天台：天台山。四万八千丈：极言山高。

5. 因：凭借。吴越：偏义复词，偏越。

6. 剡（shàn）溪：曹娥江上游，在剡县（今浙江嵊县）。

7. 谢公：南朝宋代诗人谢灵运，曾在剡中住宿。渌（lù）：清。

8. 谢公屐（jī）：谢灵运创制的登山木屐，屐底有齿，上山去前齿，下山去后齿。

9. 暝（míng）：天暗。

10. 殷：大，此处意为充满。栗、惊：使战栗惊恐。

11. 澹（dàn）：波浪起伏或流水迂回。

12. 列缺：闪电。霹雳：雷声。洞天：道教称神仙居住之所。石扉（fēi）：石门。訇（hōng）然：大声貌。

青冥浩荡不见底，日月照耀金银台。[13]

霓为衣兮风为马，云之君兮纷纷而来下。

虎鼓瑟兮鸾回车，仙之人兮列如麻。[14]

忽魂悸以魄动，恍惊起而长嗟。[15]

惟觉时之枕席，失向来之烟霞。[16]

世间行乐亦如此，古来万事东流水。

别君去兮何时还，且放白鹿青崖间，须行即骑访名山。

安能摧眉折腰事权贵，使我不得开心颜！

【赏析】

天宝元年，李白奉诏入长安，以"仰天大笑出门去，我辈岂是蓬蒿人"极写狂喜自得之情。在翰林待诏的任上，"云想衣裳花想容，春风拂槛露华浓"的华句、高力士脱靴的轶闻都让李白披上了一层传奇的色彩。当时在洛阳的杜甫笔下的李白更是"天子呼来不上船，自称臣是酒中仙"。面上春风得意，实则不过是文学弄臣，与李白心中"使寰区大定，海县清一"的期许相差甚远。当他逐渐意识到自己不过是"儿戏不足道"，于是在天宝三载"五噫出西京"，被赐金放还。

之后他在紫极宫接受道箓，成了在籍的道士，躬自实践，炼丹烧药，然而心中仍不平静。大病一场后欲南游越中。《梦游天姥吟留别》便是出发前的留别之作。

推高与反跌，是章法上的特征。第一层以瀛洲带出越中仙山，

---

13. 青冥：青色的天空。金银台：神仙所居宫阙。

14. 鼓瑟：奏瑟。鸾：凤鸟的一种。

15. 悸：心惊。恍：觉醒。嗟（jiē）：叹。

16. 向来：以往，指梦中。

并以天台赤城山陪衬天姥山的高峻。第二层先以两句七言押韵表现一夜飞度的顺利，接着以连续八句的押韵来表现登山的顺利与心情愉悦。随后开始迷幻、战栗，甚至天崩地裂，随即石门洞开，光芒万丈，璀璨瑰丽的仙境在眼前铺展，像一场欢畅快慰的美梦推至高潮。忽焉梦觉，"忽魂悸以魄动，恍惊起而长嗟。惟觉时之枕席，失向来之烟霞"。

幻灭感扑面而来，入梦出梦，大起大落，形成天风海涛般壮伟奇丽的气势。在汹涌奔踔之际诗人仍能高唱"安能摧眉折腰事权贵，使我不得开心颜"。难怪唐人殷璠在《河岳英灵集》中评曰："奇之又奇，然自骚人以还，鲜有此体调也。"

赠汪伦

李白

李白乘舟将欲行，忽闻岸上踏歌声。[1]
桃花潭水深千尺，不及汪伦送我情。

【赏析】

本来应该只是一次寻常的离别。

李白和汪伦——不论当时还是后世，本来都不会有人将这两个名字相提并论。闻一多曾经赞叹李白和杜甫的相遇，就像"青天里太阳和月亮碰了头"。而在李白漫游天下的一生中，遇见最多的还是像汪伦这样的普通人。这些人在生前身后都是无名之辈，转瞬就化为过往历史中的尘埃，这些相遇不会被记载，更不会被后人谈论。

然而李白却不这样看。在权贵面前高傲，甚至在皇帝面前也敢脱略无礼的李白，对杜甫这样的朋友、对汪伦这样的普通人，却是真挚热诚的。可以想见汪伦的欢悦，名满天下的大诗人突然出现在面前，平易近人，谈笑风生。李白盘桓数日，就要辞行，汪伦必然依依不舍，用最好的美酒为诗人饯别。

对于李白来说，他的一生都在路上，这是无数场离别中的一场，与汪伦执手告别，转身离去。当他走到桃花潭边，乘船将行的时候，忽然听到了岸上传来的歌声——是汪伦，边走边用歌声为他送行。这歌声完全意想不到，却又充满了深情厚谊。李白站在船头，望着渐渐向后退去的岸边和岸上的汪伦，歌声依然从水面飘来，内心的感动冲口而出："桃花潭水深千尺，不及汪伦送我情。"

这一场相遇，不及"青天里太阳和月亮碰了头"那么耀眼；这一

---

1. 踏歌：民间的一种唱歌形式，一边唱歌，一边用脚踏地打拍子，可以边走边唱。

场离别，也没有"人生在世不称意，明朝散发弄扁舟"那么让人心潮澎湃。但是这样一位大人物和一位小人物之间真挚的友情，和他们各自朴实无华的表达，直到今天还在感动着我们。

次北固山下[1]

王湾

客路青山外，行舟绿水前。
潮平两岸阔，风正一帆悬。
海日生残夜，江春入旧年。
乡书何处达？归雁洛阳边。[2]

【赏析】

王湾是洛阳人，见惯了汹涌湍猛、泥沙俱下的黄河急流，当他来到南方，在长江上乘船而行，看到的是另一种完全不同的景象。北固山位于现在的江苏镇江，此处已是长江下游，水面开阔，水流平缓，山青水绿，放眼望去，赏心悦目。尤其在涨潮之时，水位上升，江面更为广阔。江风吹来，船帆高挂，风力和风向都恰到好处，既没有大到在江中掀起波浪，又足够使船帆展开，助船前行。当船到达北固山，诗人在船上又迎来了新的一天。看着夜色渐渐退去，太阳从江上冉冉升起，新的一天开始了。此时已是暮冬岁末，毕竟是到江南了，不像北方那样寒冷，也不像北方的冬天那样山川毫无绿意，诗人感受到了春天的气息。而想到现在已是岁暮，也让诗人想到自己已离家太久，应该写封信寄回家中了。

"海日生残夜，江春入旧年"是千古传诵的名句，在当时就已脍炙人口。据说宰相张说曾将这一句亲手题于政事堂上。这一联写景，气象阔大，已是难得；但它又不仅仅写景：太阳从暗夜中诞生，又驱走了暗夜；春天的气息侵入了岁暮寒冬，很快就会取代冬天，而新的

王湾（生卒年不详），洛阳人。盛唐著名诗人，开元中卒。《全唐诗》存其诗十首。
1. 次：旅途中暂时停宿，这里是停泊的意思。北固山：在今江苏镇江北，三面临长江。
2. 乡书：家信。

一年也将到来。从这一联描述的景象中，我们看到了新旧交替，看到了新事物的强大的生命力，新事物取代旧事物无可阻挡的趋势，也感受到了面向新事物的欣喜。

从整体上来看，这首诗是一首行旅诗，写旅途中所见之景，表达思乡之情，在唐诗中颇为多见。但"海日生残夜，江春入旧年"这一句却使这首诗在佳作如繁星的唐诗中都显得熠熠生辉。不论王湾自己是否意识到了，这一句诗在阔大的景象中，的确还蕴含了一种更普遍的哲理，让人感受到一种积极的精神面貌。

黄鹤楼

崔颢

昔人已乘黄鹤去，此地空余黄鹤楼。
黄鹤一去不复返，白云千载空悠悠。
晴川历历汉阳树，芳草萋萋鹦鹉洲。
日暮乡关何处是？烟波江上使人愁。

【赏析】

黄鹤为仙界飞鸟，其名兼有黄的苍茫与鹤之高洁。《南齐书·州郡志》载仙人王子安曾驾黄鹤过此。《太平寰宇记》则称仙人费文祎乘黄鹤登仙，曾休憩于此，故名。黄鹤既为仙鸟，楼亦因仙人得名，"仙"乃为楼之精魂。然而"昔人已乘黄鹤去，此地空余黄鹤楼"，仙人潇洒飞逝，唯楼空矗江畔。过了千年，黄鹤却未曾飞回。千年的等待中，白云翻腾变幻。时光从不知何时的古代流转到了眼前的盛唐。

镜头追慕仙鹤远去，然后转回空落兀自峻拔的黄鹤楼。白云苍狗，日月变幻千年以后，黄鹤楼上伫立了一个志气高远却落拓无依的诗人，他极目远眺，景色一片鲜丽。晴日映照长江，江畔古树历历可见。芳草青绿蓬勃，蔓生在狂生埋骨的鹦鹉洲。鹦鹉洲给人鲜艳的画面感，却因狂士祢衡不遇被杀而使人心中落落。此时暮色袭来，黄鹤何时能返回栖止的黄鹤楼，我又何时回归无忧无惧的家乡？暮霭沉沉，烟波浩渺，最后以"愁"字锁结全诗。

开篇茫茫而后历历，终归于茫茫。历历反似一场昙花一现的幻梦，清晰得有点不真实。空落感弥漫了全诗，然而时空变幻、楼之峻拔、江景的鲜明与浩渺都使仙事与人事在意境上融为一体，使空落显出超迥和浑成的气象。

崔颢（约704—754），汴州（今河南开封）人。存诗一卷。

别董大二首（其一）

高适

千里黄云白日曛，北风吹雁雪纷纷。

莫愁前路无知己，天下谁人不识君。

【赏析】

这首绝句展露了一种极为矫健的力量。

诗歌一开始就呈现了一派冬日萧索凄寒的景象，太阳黯淡无光，天空迷蒙阴沉，北风呼啸，大雪纷飞。就在风雪弥漫的天空中，一只失群的大雁孤独地飞过。大雁在秋天就应该飞往温暖的南方去过冬的，风雪之中的大雁，必定处境艰难。这幅画面显然不仅仅是写实，它还暗示了董大目前的穷困潦倒，前路漫漫。在与朋友分别之际，说这样的话似乎让人感到丧气，实际上却是为接下来的转折蓄势。接下来高适十分肯定地告诉朋友："莫愁前路无知己，天下谁人不识君。"所以，根本不必为了眼前的困境而有丝毫沮丧悲愁。

诗的第一联渲染出了浓重的愁云惨淡的氛围，而第二联却猛然振起，犹如刺破阴云的灿烂的阳光，打破幽寂的嘹亮的号角。这其中的豪迈与自信，既是对朋友的勉励，更是高适的自我胸襟的写照。

高适（约700—765），字达夫。景县（今属河北省衡水）人。唐代边塞诗代表诗人，与岑参并称"高岑"。

题破山寺后禅院[1]

常建

清晨入古寺，初日照高林。

竹径通幽处，禅房花木深。

山光悦鸟性，潭影空人心。

万籁此俱寂，但余钟磬音。[2]

【赏析】

在清晨走进山中的古寺，偶尔与一两个面容平和的僧人擦肩而过，看晨光洒满干净整洁的寺院，人的心情一定和寺院一样安静明亮。

来到古寺后院，眼前兀然出现一片竹林，林中一条小路。如果说寺的前院还与世间红尘接壤，寺门打开，有僧俗往来，那么这片竹林才是与世俗的真正的隔离。小路曲折，竹林幽深，心情更加沉静，心中的俗念被一丝丝涤除。竹林尽处，一座禅房掩映在花木丛中。

仿佛走进了一个与外面完全不同的世界。这里不再是阳光朗照，但是山光潭影，绝不幽暗；这里生机灵动，时时响起鸟儿自在的鸣声，并非死寂。走到潭水边，看澄明平静的潭水，看水中的倒影，心也变得如潭水一般澄明平静。所有的声音，所有的喧嚣，都消退了。人和世界安静下来，只有寺院里的钟声，悠扬地在山中回荡。

在这个世界里，"空"去的是俗虑杂念，获得的是纯净愉悦。

常建（生卒年不详），长安（今陕西西安）人，诗以山水田园为多。

1. 破山寺：即兴福寺，在今江苏常熟市西北虞山上。

2. 钟磬：佛寺中召集僧众的乐器。

赠李白

杜甫

秋来相顾尚飘蓬，未就丹砂愧葛洪。[1]
痛饮狂歌空度日，飞扬跋扈为谁雄。[2]

【赏析】

李白和杜甫，是中国诗歌史上最耀眼的双子星座。尽管他们在漫长的一生中只有短暂的交集，却建立了深厚的友情。在他们相遇时，李白四十四岁，杜甫三十三岁；李白刚刚在长安度过了三年供奉翰林的生活，被唐玄宗赐金放还，不论是他的诗歌还是他的"谪仙人"风神，都已名满天下；而杜甫此时尚未写出建立起他在文学史上崇高地位的绝大多数诗作，和李白相比，他还只是盛唐诗坛上一名文艺青年。但年龄和名气的差异丝毫没有影响他们一见如故。在天宝三载（744）和天宝四载（745），他们先后在今天的河南、山东一带同游，"醉眠秋共被，携手日同行"，度过了极为快意的一段时光。这首《赠李白》就是作于两人于天宝四载再次同游后分别之际。

诗中回顾了和李白诗酒论交、裘马清狂的快意生活。从性格、年龄、声名等各方面来看，当杜甫和李白交游时，一定是李白对杜甫的影响更大些。李白笃信道教，曾接受道箓。杜甫在与李白同游时，也跟随李白进行过寻仙炼丹的活动。而李白狂放不羁、傲岸卓然的精神气质，也深深地感染了杜甫。"痛饮狂歌""飞扬跋扈"就不仅是在

杜甫（712—770），字子美。自号少陵野老，世称杜少陵。生于河南巩县（今河南省巩义市）。曾任左拾遗、检校工部员外郎，故又有杜拾遗、杜工部之称。杜甫与李白并称"李杜"，是唐代伟大的诗人，他的诗被誉为"诗史"，他也被奉为"诗圣"。

1. 丹砂：即朱砂，道教用来炼丹服食，以求长生。葛洪：东晋道士，自号抱朴子，入罗浮山炼丹。

2. 飞扬跋扈：不守常规，狂放不羁。

写李白，实际上是两人同游时精神面貌的共同写照。

然而杜甫的思想根底毕竟是儒家的，他此时也渐趋成熟。他意识到这样的生活不能引导他走向建功立业之路，他和李白至今都如"飘蓬"一般；炼丹活动的没有结果在表面上说是"愧"，其实是反省。"空度日"和"为谁雄"都显示出他对这种放荡生活的警醒。

事实上，杜甫在这次与李白作别后不久，就结束了"快意八九年"的漫游，西至长安，认真地开始了漫长的求取功名的生活。

月夜

杜甫

今夜鄜州月，闺中只独看。[1]

遥怜小儿女，未解忆长安。

香雾云鬟湿，清辉玉臂寒。

何时倚虚幌，双照泪痕干。[2]

【赏析】

天宝十五载（756）六月，长安陷落。杜甫携家眷逃往鄜州羌村。八月，肃宗在灵武（今宁夏灵武市）即位，杜甫闻知，只身从鄜州奔向灵武。不料途中被安史叛军所俘，押至长安。困于沦陷中的长安，杜甫望月怀远，写下《月夜》一诗，表达对家小的思念。

月下怀人是常见的主题。"海上生明月，天涯共此时""高高秋月照长城"都表达了思念之情。但杜甫独辟蹊径，从对面落笔，遥想"她"在月下倚楼神伤的场景。她的发、她的手、她的担忧、她的小儿女还未能理解的孤独与不易。小儿女的天真，反衬闺中人无可言说的忧思，是此诗神来之笔。诗人想象家人的处境，以此来表达自己的思念，这与王维的"遥知兄弟登高处，遍插茱萸少一人"，后来白居易的"想得家中夜深坐，还应说着远行人"异曲同工。超越自怨自艾，设身处地想象家人不易，犹能见出彼此深厚的情意。稍有不同的是，王维写兄弟，白居易写家人，杜甫写的却是唐诗中较少入诗的妻子。洁白如玉，云鬟袅袅，周围缭绕着香气和湿气。杜甫用乐府中描写后妃或宫女的程式化语词来描写妻子，稍显贵气艳丽。与之相比，

---

1. 鄜（fū）州：今陕西省富县。
2. 虚幌：透明的窗幔。双照：何时能一同在窗前看月，让月光照干我俩的泪痕，表达对未来团聚的期望。

杜甫逃出长安后再回羌村的家人描写倒更真实："……柴门鸟雀噪，归客千里至。妻孥怪我在，惊定还拭泪。世乱遭飘荡，生还偶然遂。邻人满墙头，感叹亦嘘唏。夜阑更秉烛，相对如梦寐。"《羌村》的尾联终于实现了《月夜》中的期盼"何时倚虚幌，双照泪痕干"。

春望

杜甫

国破山河在，城春草木深。
感时花溅泪，恨别鸟惊心。
烽火连三月，家书抵万金。[1]
白头搔更短，浑欲不胜簪。[2]

【赏析】

安史之乱中，杜甫是一个小人物。叛军在路上俘虏他后，仅仅是把他带到长安，既没有授予他伪职，也没有囚禁他——他们完全忽略了杜甫。但是杜甫的心中却装着天下。即使在被叛军占领的长安城中，他也仍然记录着那个时代。从国家的灾难，到普通人在乱离中的遭遇，他真实地记录下那段历史，并发出了那个时代最沉痛的声音。

《春望》便是作于失陷后的长安城中。杜甫曾在安史之乱前寓居长安十年，见证了盛唐的繁华。可是如今的长安城，已是满目荒凉。城池残破，人民或死亡或逃亡，曾经人烟繁盛的都城现在却荒草丛生。今昔对比，不由得不叫人"溅泪""惊心"。战争仍在进行，和家人被阻隔在两地，消息断绝，战乱之中更加担心家人的安危，这时候如果能知道他们平安的消息，是愿意付出任何代价的。忧国念家，让被困长安的杜甫心中伤痛，愁肠百结。

《春望》从"望"写起，站在残破的长安城中，远望近瞻，从山河远景，到身边花鸟，再到自身，无不触目惊心。而国家的危难，家庭的离散，和个体的遭遇息息相关。没有国哪有家，没有国和家的安

---

1. 连三月：连接起两个三月。指战争从去年延续到今年。
2. 白头：指白发。搔：梳理。浑：简直。簪：束发用的首饰。古人成年后束发于头顶，用簪子横插住，以免散开。这里用作动词。

定，哪有个人的幸福。杜甫的伟大之处，就在于从不以集体的名义取消个体的价值和情感，也从不仅仅囿于小我的悲欢，忽略对集体的关注和责任感。在他那里，在这首诗中，个人、家庭的命运是与国家连为一体的。

旅夜书怀
杜甫

细草微风岸，危樯独夜舟。[1]
星垂平野阔，月涌大江流。
名岂文章著，官应老病休。
飘飘何所似，天地一沙鸥。

【赏析】

《旅夜书怀》是杜甫的暮年之作。杜甫对自己在政治上有极高的期许，他的政治理想是"致君尧舜上，再使风俗淳"。但他一生都不曾接近过这个理想。尤其到了暮年的时候，他在成都得以存身的庇护人严武死去，他被迫离开成都，携家沿江东下。不论唐王朝的命运还是他个人的生活，都在飘摇动荡之中。他回顾自己的平生，发出了"名岂文章著，官应老病休"的自嘲。他的诗作越来越多，诗名越来越大，但仕途却越来越失意。在严武死之前，杜甫就已辞去了官职。这几乎也就意味着他放弃了在政治上的抱负。

自嘲的语气难掩心境的悲凉，心境的悲凉又投射到夜间所见的景物上。本应平静的夜晚，被杜甫写得动荡不安，微风吹动岸上的细草，星辰西落，明月东升，江中波涛滚滚。这些景物又被杜甫精心地组织成从近到远、从小到大的画面。细草微风、危樯孤舟，是近景，是夜色中微小的一个点；星辰明月、广阔的平野、流向远方的大江是远景，构成了从上到下的一幅广阔图景。在这幅广阔图景中，危樯孤舟更显渺小。而孤舟中正在失意伤神的诗人，内心深深地感到了渺小无助、孤独无依，就如同天地间漂泊的一只沙鸥，不知何处是归巢。

---

1. 危樯：高高的桅杆。

江南逢李龟年

杜甫

岐王宅里寻常见，崔九堂前几度闻。[1]
正是江南好风景，落花时节又逢君。

【赏析】

这首诗虽只四句，却跨越了四十年时间，绾结起恍如隔世的两个时代；看似简单的叙述，平平道来，却蕴含了异常复杂深沉的情感。

李龟年是盛唐的歌者，在开元年间"特承顾遇"，是唐玄宗极为赏识的乐工，常常出入于长安王公贵族的宅邸。当时年少的杜甫"出游翰墨场"，以其文学天赋得到了当时文坛一些著名文人的揄扬，因此杜甫有机会见到李龟年在许多公卿大臣的宴集盛会上的演唱。这个时候，正是杜甫《忆昔》诗中所说的"开元全盛日"，是国家最繁华鼎盛的时期。而四十余年后，当两人再次重逢，唐王朝却已是经历了安史之乱后的疮痍满目，杜甫和李龟年也都流离漂泊到江南。在杜甫的记忆中，李龟年是和开元盛世联系在一起的，也让他想起自己美好的早年时光。如今的李龟年却沦落天涯，从李龟年身上，杜甫看到了唐王朝的盛衰剧变，看到了时代的沧海桑田，也看到了自己的颠沛流离。

仅仅四句二十八字，杜甫却在其中寄寓了深沉的家国之悲、时世之叹、身世之感。在鲜明的今昔对比中，我们似乎听到了杜甫悲凉的慨叹。

---

1. 岐王：唐玄宗的弟弟李范。崔九：崔涤，在兄弟中排行第九，曾任殿中监，出入禁中，得玄宗宠幸。

蜀相

杜甫

丞相祠堂何处寻，锦官城外柏森森。[1]
映阶碧草自春色，隔叶黄鹂空好音。
三顾频烦天下计，两朝开济老臣心。[2]
出师未捷身先死，长使英雄泪满襟。

【赏析】

杜甫到蜀地时，已经四十八岁了。安史之乱中，他冒着九死一生的危险，穿越叛贼防线，奔赴唐肃宗所在，以一片拳拳忠爱之意，经历万难、衣衫褴褛而来，被授予"左拾遗"的官职。但诚挚忠爱的杜甫因直言上谏，由皇帝身边的谏官被贬为华州司功参军。这对杜甫是一个沉重的政治打击。于是他愤而弃官，流寓入蜀。此时杜甫的心中，想必有对朝廷深深的失望吧。

但他并未牢骚满腹，仍去诸葛亮祠堂以寄托爱国之情。"丞相祠堂何处寻"，可见诗人是主动寻找蜀相祠堂，而非偶遇。祠堂门口的老柏高古肃穆，威严森森。黄鹂鸣啭，碧草春色，生机盎然。但这些再热闹也只是背景，并非此间精神，因而碧草"自"春色、黄鹂"空"好音。真正使这个祠堂深挚动人的是"三顾频烦天下计，两朝开济老臣心"。临危受命，开创基业；后主不济，而仍鞠躬尽瘁、死而后已。这份老臣忠心，与"出师未捷身先死"的坚持，都让仕途失意的诗人泪洒长襟。面对扶不起的后主，诸葛亮尚且拳拳报国，知其不可为而为之，何况自己呢？

---

1. 丞相祠堂：诸葛亮庙，今名武侯祠。锦官城：今成都市南，三国蜀汉时管理织锦的官府驻此，故名锦城。
2. 两朝：刘备、刘禅父子两代。

春夜喜雨

杜甫

好雨知时节，当春乃发生。

随风潜入夜，润物细无声。

野径云俱黑，江船火独明。[1]

晓看红湿处，花重锦官城。[2]

【赏析】

说起杜甫，人们首先会想到他"一饭未尝忘君"的形象。其实他并不是每天都忧心忡忡，瞧，在春天晚上发觉窗外下起了雨，杜甫都会心生欢喜。

这场雨的确有让杜甫喜爱的理由。它是那么善解人意，在最需要的时候、在最合适的季节，它来了。在靠天吃饭的农业社会里，春雨意味着农作物的茁壮成长，象征着丰收的希望，怎能不让人喜爱？

这场雨又是那么轻柔，连风也是那么和顺，它们一起悄悄来到人间，不弄出一点声响，却无私地润泽万物。

大地上一片漆黑，阴沉沉的乌云一定遮蔽了整个天空。只有远处江上的一只渔船上，亮着一点灯光，虽然微小，却十分显眼。雨虽细微，但浓密的乌云一定能降下足量的雨水。

既然这是一场善解人意的雨，杜甫也就丝毫不担心明天早晨"花落知多少"。经过细雨的滋润，明天早晨的成都将会开满鲜花。杜甫的眼前，浮现出雨后鲜花的样子，浸透了雨水的花朵沉甸甸地压弯了花枝，迸发出生命的愉悦，实在让人喜爱。

---

1. 野径：田野间的小路。
2. 红湿处：经过一夜雨水浸洗的花丛。锦官城：成都的别称。

江村
杜甫

清江一曲抱村流，长夏江村事事幽。[1]
自去自来堂上燕，相亲相近水中鸥。
老妻画纸为棋局，稚子敲针作钓钩。
但有故人供禄米，微躯此外更何求？[2]

【赏析】

对于一个刚刚经历了极度匮乏和漂泊之苦的人来说，安定的、温饱能够得到满足的生活就是莫大的幸福。杜甫的《江村》就是在这种情况下写出来的。

在写此诗前的一年中，由于饥荒，杜甫从华州司功参军任上弃官而走，携全家到秦州就食。但在秦州并没有获得生活保障，不过一个半月，又迁至同谷，却在同谷陷入更加贫困匮乏的境况。于是杜甫带着家人继续南迁，经过长途跋涉，最后到达成都。在成都城外浣花溪畔的一个小村庄里，靠着朋友的资助，杜甫建了一座草堂，和家人终于有了一个安居之所。

杜甫此时不担任任何官职，不会被琐碎的公务烦扰；有朋友的馈赠帮助，暂时解除了生活来源上的后顾之忧。心情闲逸下来，他感觉自己就像一个隐士一样，这座平凡的小村庄也如世外桃源一般"事事幽"。看身外物，燕子和鸥鸟自在安然，与人和谐相处；看家中人，妻子正在纸上画出棋局，儿子正在用针制作钓钩，生活资料虽不丰裕，但每个人都悠然满足，自得其乐。对我们的诗人而言，在饱尝穷困之愁漂泊之苦的后半生，这样的日子就已殊为难得了。

---

1. 曲：曲折。
2. 禄米：这里指钱米。微躯：微贱的身躯，杜甫谦指自己。

客至

杜甫

舍南舍北皆春水，但见群鸥日日来。
花径不曾缘客扫，蓬门今始为君开。[1]
盘飧市远无兼味，樽酒家贫只旧醅。[2]
肯与邻翁相对饮，隔篱呼取尽余杯。

【赏析】

"有朋自远方来，不亦乐乎？"全诗洋溢着好友来访的喜悦，正合诗题原注"喜崔明府相过"中的"喜"字。

开篇四句一气而下。"舍南舍北皆春水，但见群鸥日日来"写住所僻静，只有春水鸟儿相伴，但"春"的明媚、"群"的热闹倒也为草屋平添了一份欢快的气息，足以自得其乐。"舍"的重复、"日"的叠词、流水对都使诗句有一种行云流水、欢脱前行的流荡感。虽然朴野，也自有一份清新的风致。只是鲜有来客，终究有些单调，于是第四句的喜客之情水到渠成，"蓬门今始为君开"，顺势也转入了后半待客的情景。

"盘飧市远无兼味，樽酒家贫只旧醅"是倒装，顺着说应是"市远盘飧无兼味，家贫樽酒只旧醅"。倒装后突出了"盘飧""樽酒"，表现主人竭诚以待的盛情和招待不周的歉意。而到第四联又欢乐起来，"肯与邻翁相对饮，隔篱呼取尽余杯"，主客和邻家老头隔着篱笆举酒欢饮，率真诚朴的气息感染了读诗的每一个人。

---

1. 缘：因。蓬门：用蓬草编成的门，借指贫苦人家。
2. 盘飧（sūn）：菜肴。兼味：各种味道的菜食。旧醅（pēi）：隔年的酒。

茅屋为秋风所破歌

杜甫

八月秋高风怒号，卷我屋上三重茅。
茅飞渡江洒江郊，高者挂罥长林梢，下者飘转沉塘坳。[1]
南村群童欺我老无力，忍能对面为盗贼。
公然抱茅入竹去，唇焦口燥呼不得，归来倚杖自叹息。[2]
俄顷风定云墨色，秋天漠漠向昏黑。
布衾多年冷似铁，骄儿恶卧踏里裂。[3]
床头屋漏无干处，雨脚如麻未断绝。[4]
自经丧乱少睡眠，长夜沾湿何由彻！[5]
安得广厦千万间，大庇天下寒士俱欢颜，风雨不动安如山！
呜呼！何时眼前突兀见此屋，吾庐独破受冻死亦足！

【赏析】

很可能由于成都城中官员的变动，原来向杜甫"供禄米"的故人离职，而后来给予杜甫更大资助的严武尚未到来，杜甫在成都的生活一度陷入贫困境地。这在他此时期的一些诗中多有体现，如"厚禄故人书断绝，恒饥稚子色凄凉""百年已过半，秋至转饥寒"等，《茅屋为秋风所破歌》是其中最著名的一首。

杜甫在浣花溪所建草堂的屋顶是由成束的茅草层层苫盖而成，大风吹来，掀起一束束茅草，吹得七零八落，有的挂在高高的树枝上，

---

1. 挂罥（juàn）：挂着，挂住。
2. 呼不得：喝止不住。
3. 布衾：布做的被子。
4. 床头屋漏无干处：整个房间里都没有干的地方了。屋漏，指房子西北角。床头屋漏，泛指整个屋子。雨脚如麻：形容雨点像下垂的麻线一样密集。雨脚，雨点。
5. 何由彻：怎样才能挨到天亮。

有的沉落在水塘中。一部分飘落在地上，可以捡拾回来的，偏又被一群顽童抱走。杜甫追喊不及，面对一群孩子的恶作剧无可奈何。屋漏偏逢连夜雨，夜里秋雨从秋风摧残过的屋顶滴下，房间里到处都被淋湿。床上的布被破旧不堪，已经失去了御寒的功用。本来心中就充满了种种烦忧，如此凄寒长夜，诗人倍感煎熬难耐。

从茅屋被秋风吹破写起，写到被一群孩童欺侮，写到秋雨长夜的凄冷，杜甫层层推进，十分真切传神地写出了他的狼狈困苦的生活。可是他写这些并不是为了获得同情，相反，他由自己的生活想到了天下更多像他这样穷困潦倒的人，他希望不再有人受苦，因而发出了"安得广厦千万间，大庇天下寒士俱欢颜"的宏愿，为了实现这一宏愿，他甘愿做出牺牲："何时眼前突兀见此屋，吾庐独破受冻死亦足！"

杜甫的伟大，就在于不论他自己陷入多么困苦哀愁的境遇，都不失对最广大人群的最深厚的仁爱精神。

赠花卿
杜甫

锦城丝管日纷纷，半入江风半入云。[1]
此曲只应天上有，人间能得几回闻。

【赏析】

唐诗中描写音乐的作品不少，名篇如白居易的《琵琶行》将商人妇弹奏琵琶曲的声音比作"大珠小珠落玉盘"，韩愈的《听颖师弹琴》从颖师的琴声中仿佛看到了"浮云柳絮"、看到了"孤凤凰"等形象，李贺的《李凭箜篌引》则想象着李凭的箜篌声能让"老鱼跳波瘦蛟舞"。从这些作品中，我们都能感受到演奏者技艺的高超和音乐本身的美妙。而杜甫的《赠花卿》，乍一看似乎句句都在表现音乐，细读却有着与以上各篇不同的滋味。

"锦城丝管日纷纷，半入江风半入云"的着眼点并不是这音乐如何动听，而是场面的盛大，如果没有一支颇具规模的乐队，是不会有"半入江风半入云"的效果的。很容易推想到，这音乐意味着一场更加盛大的宴会的举行，"日纷纷"的音乐演奏也就意味着花天酒地的宴会每天都在上演，而主人生活的豪奢也就不言而喻了。如果仅仅豪奢也就罢了，从"此曲只应天上有，人间能得几回闻"看，主人有僭越、不遵人臣之礼的嫌疑。"天上""人间"有明显的双关意，表面看是"仙界"与"凡间"对举，实际上是皇帝与臣民之别。

主人当然就是题目中的"花卿"，即当时驻守成都的西川节度使崔光远的部将花敬定。花敬定曾率军平定了东川一次叛乱，杜甫对他十分肯定，在另一首《戏作花卿歌》中不吝赞美之辞："成都猛将有

---

1. 锦城：即锦官城，成都的别称。丝管：弦乐器和管乐器，这里泛指音乐。

花卿，学语小儿知姓名""绵州副使着柘黄，我卿扫除即日平"。然而花敬定又有骄奢不法的一面。从杜甫称花敬定为"花卿""我卿"来看，两人之间似乎较为熟识。对花敬定的骄奢，杜甫主要持劝诫的态度，用"此曲只应天上有，人间能得几回闻"来委婉地告诫花敬定：作为一名将军，要懂得分寸。

闻官军收河南河北

杜甫

剑外忽传收蓟北，初闻涕泪满衣裳。[1]
却看妻子愁何在，漫卷诗书喜欲狂。
白首放歌须纵酒，青春作伴好还乡。[2]
即从巴峡穿巫峡，便下襄阳向洛阳。

【赏析】

763年，安史之乱终于结束。当唐军收复安史叛军老巢的消息传来，杜甫喜不自禁，挥笔写下了这首"生平第一快诗"。

这个消息来得太突然，杜甫喜极而泣，八年的阴霾，长久的忧苦之情，被一扫而空。家中充满了欢乐的气氛，妻子和孩子与杜甫一样激动。在那一刻，杜甫似乎已经看到，从此以后，国家安定，百姓幸福，而他和妻子、孩子也终于可以回家了，终于不用在漂泊动荡中度日了。在这快乐的时刻，他要纵酒高歌，他要赶快打点行装返回家乡。甚至回家的路线都浮现在了眼前，他的家乡在洛阳的偃师，他将沿长江东下，穿过三峡出川，然后再向北到达襄阳，从襄阳再向北，就能到达洛阳了——杜甫沉浸在胜利的喜悦和对未来的遐想之中。

都说"欢愉之辞难工，穷苦之言易好"，在杜甫这里却是不成立的，这首《闻官军收河南河北》就把欢快之情写得淋漓尽致。当然，杜甫诗里写得最多的还是沉郁顿挫的"穷苦之言"，这可能是老杜一生中欢愉的时候太少了吧。

---

1. 剑外：剑门关以南，今四川地区。蓟北：幽州、蓟州一带，今河北北部地区，是安史叛军的老巢。
2. 白首：一作"白日"。青春：指明丽的春天的景色。

咏怀古迹（其三）

杜甫

群山万壑赴荆门，生长明妃尚有村。[1]
一去紫台连朔漠，独留青冢向黄昏。[2]
画图省识春风面，环佩空归月夜魂。[3]
千载琵琶作胡语，分明怨恨曲中论。

【赏析】

"群山万壑赴荆门"，开篇极有气势，"赴"字将群山的走向和动势渲染出来，仿佛群山万壑的钟灵毓秀都奔赴至"生长明妃"的村中。于是佳人的灵秀、大气、正直也就不言而喻了。

然而如此绝代佳人的命运竟然是"一去紫台连朔漠，独留青冢向黄昏"。触目惊心的结局与首联的钟灵毓秀形成强烈对照，令人心疼，同时也造成悬念，不知佳人为何薄命？原来传说汉元帝依画像选宫女，大家争相贿赂画工，昭君不肯，便被丑化。后来汉元帝按图让昭君去匈奴和亲，召见时方知是后宫第一美人。然而成命难收，戎装出发的王昭君只有魂魄才能在月夜归来汉地。

诗歌至此，隐约能够领会杜甫在王昭君这个半历史半传说的女性身上所得到的共鸣了，王昭君天生丽质，却因不随流俗，终至在荒寒的北方沙漠中孤独地虚度一生。试想，如果拥有与王昭君一般的天生美质，然而也像王昭君一样，终身失意、落寞，那一定能体会"独留

---

1. 荆门：山名。夔州到荆门这一带山势连绵，如顺水奔赴之态。明妃：王昭君，名嫱，汉元帝宫人。
2. 紫台：天子宫廷。王昭君远嫁匈奴和亲，离开汉廷，一去不返。青冢（zhǒng）：昭君墓，传说墓上草常青。
3. 画图：汉元帝时，以画工所绘图像召幸后宫女子，此即指王昭君的图像。

青冢向黄昏"的深沉孤独和"分明怨恨曲中论"的不甘。身在胡地的王昭君那疾风骤雨的琵琶声分明诉说着"怨恨"二字，这怨恨是幽怨的，也是壮阔的。杜甫"悲昭以自悲"，将王昭君的一生提升到了悲剧的高度，留给后代文人无限的感慨。

登岳阳楼

杜甫

昔闻洞庭水，今上岳阳楼。

吴楚东南坼，乾坤日夜浮。[1]

亲朋无一字，老病有孤舟。[2]

戎马关山北，凭轩涕泗流。[3]

【赏析】

杜甫可谓"有情人"，对亲人，对朋友，对国家，对大自然中的山水花鸟，都满怀深情。但他也为"情"所累，常常处于忧念之中。

这首《登岳阳楼》，是杜甫晚年漂泊至洞庭湖畔的岳州时所作。安史之乱结束，杜甫携全家沿江东下，出川之后，并没能按预想的那样顺利返回家乡，而是辗转于今天的湖北、湖南一带。安史之乱虽然结束，但国家并没有安定下来，在安史之乱中形成的藩镇酝酿着新的危机。而吐蕃势力的扩张使唐王朝的都城长安都面临着严重威胁。

此时杜甫登上岳阳楼，心情是十分沉重的。八百里洞庭的壮观景象，早已闻名，如今登上岳阳楼，果然名不虚传。浩荡无边的湖水分割开吴楚两地，放眼眺望，除了眼前的湖水，就是头顶的天空了，似乎整个宇宙都是浮在湖水之上的。

但这雄阔的景色并没有让杜甫心旷神怡，他已经没有了年轻时"壮游"的豪情。暮年羁旅，风雨漂泊，寄居孤舟之上，顾影自怜，怎能不落寞伤感？更让杜甫关切的，是国家局势未稳，强敌入侵。凭栏远眺，百感交集，悲怆之情难以自抑，杜甫竟不由得放声大哭。

---

1. 坼（chè）：分裂，分开。
2. 无一字：没有任何音讯。字，这里指书信。
3. 戎马：指战争。涕泗：眼泪。

梁启超称杜甫为"情圣",认为杜甫富于情感而又善于表达情感。从这篇《登岳阳楼》看,杜甫的情感至暮年而无丝毫衰减。凭栏痛哭的身影,千百年来不知感动了多少读者。

登高

杜甫

风急天高猿啸哀，渚清沙白鸟飞回。[1]
无边落木萧萧下，不尽长江滚滚来。
万里悲秋常作客，百年多病独登台。
艰难苦恨繁霜鬓，潦倒新停浊酒杯。

【赏析】

盛唐的悲愁是浩大的，即使艰难潦倒，也有苍茫博大的境界。

开篇写秋风的动感：风急、天高、猿声哀鸣；渚清、沙白、鸟儿来回飞旋。每句都有三景，景物和音节的密集渲染了秋风的紧迫感。本来难以捉摸的秋气，诗人借风之凄急、猿之哀鸣、鸟之回旋来表现。这股飞旋回荡的秋气仿佛裹挟了江天之间的万物，催促着草木尽脱、江水急流，不由人不惶然无主。"落木萧萧下""长江滚滚来"本是常景、常句，但加了"无边""不尽"便气象浩大，由眼前之景而至于无穷无尽的时空之中。万物都在逝去，时光之河永在流淌，个人的愁苦在这肃杀的大背景中，沦于微渺，也更为悲壮了。

诗歌后半部分描述诗人自己。一生漂泊，客中悲秋，贫病交困，人到晚年。种种凄凉之景集于一身，登高四望，满目秋色悲凉。然而"万里""百年"四字使个人愁苦中仍有一股壮逸之气，即使诗人艰难苦恨、鬓发斑白，因肺病而新近戒酒。

"前四句景，后四句情。一、二碎，三、四整，变化笔法，五、六接递开合，兼叙点，一气喷薄而出"（方东树《昭昧詹言》）。"建瓴走坂之势，如百川东注于尾闾之窟"（胡应麟《诗薮》）。对仗如此精严，而笔势雄劲奔放，气势顺流而下，不愧为"古今七言律第一"。

---

1. 渚（zhǔ）：水中小洲。回：回旋。

登楼

杜甫

花近高楼伤客心，万方多难此登临。
锦江春色来天地，玉垒浮云变古今。[1]
北极朝廷终不改，西山寇盗莫相侵。[2]
可怜后主还祠庙，日暮聊为《梁甫吟》。[3]

【赏析】

《岘佣说诗》云："起得沉厚突兀，若倒装一转，'万方多难此登临，花近高楼伤客心'，便是平调。"因"花近高楼"是乐景，却"伤客心"，情理反常，顿起悬念。

此时的大唐王朝刚经历长安失守，吐蕃入侵，松、维、保三州陷落，还有蜀中的徐知道之乱。纵使春回大地，也难掩四境狼烟烽火，哀鸿遍野。锦江春色之下掩映着内忧外患、民不聊生，想及此，登楼的诗人如何不凄恻、不怃然？虽然"锦江春色来天地"，但"感时花溅泪"的慨叹暗含其中。诗人此次登临是在代宗广德二年（764）。二十年前，"稻米流脂粟米白，公私仓廪俱丰实"；十年前，国家虽有隐患，但还歌舞升平；而这八年来，内忧外患，战乱不息，处处"戍鼓断人行"，"有弟皆分散，无家问死生"。时代的剧烈变幻让人猝不及防，如同玉垒山的浮云古今变化，翻覆不定。但无论如何，朝廷不会变！诗人以坚定的决心和口吻突然振起。"北极朝廷终不

---

1. 玉垒：山名，在四川灌县西、成都西北。
2. 北极：朝廷像北极星一样不会改变。西山寇盗：吐蕃。
3. 后主还祠庙：后主刘禅昏庸亡国，只因刘备和诸葛亮的政绩，而人心不忘，还保有祠庙。聊为：不甘心这样做而姑且这样做。《梁甫吟》：相传诸葛亮躬耕农亩时"好为《梁甫吟》"，此指本诗。

改，西山寇盗莫相侵"，不容置疑的坚定口吻冲破原来忧虑的心境，充满力量与信念。即使当今天子像蜀汉后主刘禅一样昏庸轻信，即使代宗任用肖小，轻信宦官程元振、鱼朝恩致使长安失守，但大唐基业百有余年，不会就此灭亡。我姑且如孔明扶助后主一样，继续与国家同忧同乐。

忧虑国家而又充满希望，不满庸主又拳拳忠爱，不在朝却仍想为国尽忠，诗中糅杂着种种矛盾，却又一片温厚浑成、雄健高阔，相当动人。

白雪歌送武判官归京
岑参

北风卷地白草折，胡天八月即飞雪。[1]
忽如一夜春风来，千树万树梨花开。
散入珠帘湿罗幕，狐裘不暖锦衾薄。[2]
将军角弓不得控，都护铁衣冷难着。[3]
瀚海阑干百丈冰，愁云惨淡万里凝。[4]
中军置酒饮归客，胡琴琵琶与羌笛。[5]
纷纷暮雪下辕门，风掣红旗冻不翻。[6]
轮台东门送君去，去时雪满天山路。[7]
山回路转不见君，雪上空留马行处。

【赏析】

唐玄宗开元、天宝年间，是唐代国力最强盛的时期。作为"盛唐气象"的表征之一，便是在边境战争中不断取得胜利。从东北方向的契丹到北方的突厥，从西南方向的吐蕃到西域的天山南北及至中亚一带，唐王朝在总体上占据了明显的优势。而频繁的边境战争和将士得胜后的立功受赏，也引起了当时诗人们的普遍关注。一方面，边塞诗

岑参（约715—770），盛唐著名的边塞诗人，与高适并称"高岑"。官至嘉州刺史，故世称"岑嘉州"。

1. 白草：据说是西北一种草名，经霜后草脆，故会被风吹断。
2. 锦衾薄：指天气严寒，连锦缎的被子都显得单薄了。
3. 角弓：两端用兽角装饰的硬弓。都护：汉唐时均在西域设有都护府，都护府长官称都护，负责管理西域各国事务。此处泛指驻守西域的将领。
4. 瀚海：沙漠。阑干：纵横交错的样子。这句说大沙漠里到处都结着很厚的冰。
5. 中军：古时军队分为中、左、右三军，中军为主将率领，此处指主将的营帐。饮归客：宴饮归京的人，指武判官。
6. 辕门：军营的门。
7. 轮台：唐北庭都护府的下辖县。

的创作开始在盛唐诗坛流行；另一方面，很多诗人或是从军入幕，或是只身漫游，有了亲身游历塞外的经历。例如王维曾任河西节度副大使崔希逸的判官，高适曾为河西陇右节度使哥舒翰掌书记，李白、王之涣、王昌龄、王翰、李颀、崔颢等著名诗人都曾"一窥塞垣"，到过幽州、并州等边塞地区。其中出塞最远、在塞外生活时间最长的，则非岑参莫属了。

岑参曾两度出塞，先是入安西节度使高仙芝幕府，后又入安西和北庭节度使封常清幕府。长期的塞外生活，为岑参的创作提供了多姿多彩的素材；岑参自己又有旺盛的好奇心、丰富的想象力，这使岑参的边塞诗不论是写战争、写民俗还是写风景，都显得雄奇瑰丽，成为盛唐边塞诗中的一座丰碑。

这首《白雪歌送武判官归京》是岑参的代表作。从题目看是一首送别诗，但诗的开头，诗人却首先为"胡天八月即飞雪"的气候感到诧异，这是在中原地区没有经历过的。然后就彻底地沉浸在雪花漫天飞舞的美景之中，诗人恍若看到春天的梨花盛开，随风起舞，洁白纷繁。不过毕竟不是春天，除了春天的美丽，这里还有春天所没有的寒冷。这寒冷是连狐裘和锦衾都难以抵挡的，而将士们手持冰冷的武器，身穿沉重的铠甲，想一想都会感到一种刺骨的冷。

就在奇寒的天气里，武判官将要启程回京了。照例有置酒饯行，照例有音乐歌舞，但是诗人却没有把镜头给送别场景中的人。我们看到的是天空布满阴沉的乌云，雪花仍在纷纷扬扬地飘落，军营大门前旗杆上的红旗在浑然莹白的天地间十分醒目，可是尽管北风呼啸，红旗因为严寒而被冻住，并未随风招展。

诗歌的最后，武判官乘马而去，在雪地里留下一串马蹄印迹向着远方延伸。而诗人，还在大雪中伫立，向着武判官离去的方向眺望。这最后一联显露了诗人对武判官的惜别之意。而诗人在整个送别场面中传达的，与其说是离别的感伤，不如说是塞外的奇寒。

逢人京使

岑参

故园东望路漫漫，双袖龙钟泪不干。[1]
马上相逢无纸笔，凭君传语报平安。

【赏析】

现代人或许很难再能理解古人的思家之情了。不论身在何地，走得多远，当今快捷的交通工具，即时的通讯方式，都能使我们和家人随时保持联系。心里的思念刚刚生发，就可以立即通过电话、微信等方式听到彼此，看到彼此。但是也因此，就不容易如古人那样思念到刻骨铭心的地步。

当古人远行万里，少则几个月，多则若干年。这期间传递音讯更是千难万难，所以古人在无可奈何之中，有时会幻想天空的大雁或是水中的鱼能够为自己做信使。比较靠谱的方式，就是恰好遇有朋友、熟人要回家乡，请他帮忙带信给自己的家人。这种机会不多，遇到了当然要倍加珍惜。

岑参的这首《逢人京使》，所写就是在远赴西域的路上遇到东归的友人，可以请友人为自己捎带音讯，这是何等的惊喜；而漫漫征途上不断发酵的对家乡和家人的思念，也由此触发，以至于"双袖龙钟泪不干"。心中自然有千言万语想对家人诉说，然而旷野荒原，两人又各携使命，既无纸笔可以写信，也没有时间容他驻马细细嘱托，只有请友人转告自己的家人：自己在外一切安好。

是啊，家中人对于远行人最关切的牵挂、最深挚的祈愿，不就是希望他平安归来么？

---

1. 龙钟：湿漉漉的样子。此处指流泪不止，以袖拭泪，泪水沾湿双袖。

春梦

岑参

洞房昨夜春风起，遥忆美人湘江水。[1]
枕上片时春梦中，行尽江南数千里。

【赏析】

在盛唐诗坛，这首诗可说是写得旖旎至极。

日有所思，夜有所梦。宋朝的晏几道曾有词说："梦魂惯得无拘检，又踏杨花过谢桥。"梦就是这么随心任性，现实中的诸多无奈，诸多束缚，诸多不如意处，它都可以无视。于是恋情受阻的人，就常常借助于梦，在梦中遂成心愿。这叫作春梦。

岑参的这场春梦，迷离恍惚。他的心中那位美人是谁？他和美人之间有什么故事？那位美人远在湘江畔，他是否知道确切的地点？他和美人为什么不能在一起？

所有这些，岑参都留给了读者自己去想象。他只记下了自己的这场梦。他和美人相隔遥远，而梦能跨越时空。在梦中他瞬间千里，在梦中他可以纵情追寻。曾经的柔情，现今的思慕，如春天般美好，他在梦中都不再遮掩。

春梦是美好的，春梦也是空幻的。梦醒时分，不见梦中人，又将是怎样的怅惋，怎样的忧伤？

---

1. 洞房：此处指卧室、内室。

枫桥夜泊
张继

月落乌啼霜满天，江枫渔火对愁眠。
姑苏城外寒山寺，夜半钟声到客船。

【赏析】

一千多年前的那个夜晚，张继的船停泊在寒山寺外的河岸边。月亮已沉沉落下，无边的夜色中，传来几声乌鸦的啼叫。张继在船中辗转难眠。长夜漫漫，旅途孤寂，越发感觉到秋天深夜的寒冷，似乎整个世界都浸洗在寒霜之中。

江边的枫林，比暗夜更暗，勾勒出黑魆魆的轮廓。江上几点渔灯，如萤火一般，鲜明而微小。孤独就像这夜色一样无边无际，无可排遣的愁绪倒像一位不离不弃的旅伴，挥之不去。

就在张继难以为怀的时候，不远处的寒山寺响起了钟声。在寂静的夜晚，一声接一声的钟声显得格外悠长，从寒山寺悠然飘来，飘荡进船内。随着每一声钟响的余音袅袅，张继的愁绪也在拉长，在弥漫。

一千多年前的那个夜晚，那个夜晚的枫桥和寒山寺，就这样被张继定格在历史的长河中。那个夜晚的钟声，则穿越了千年历史，至今回响在每一个中国人的心头。

张继（生卒年不详），湖北襄州（今湖北襄阳）人。唐代诗人，唐玄宗天宝年间中进士，约卒于唐代宗大历末年。

除夜宿石头驿[1]

戴叔伦

旅馆谁相问，寒灯独可亲。
一年将尽夜，万里未归人。
寥落悲前事，支离笑此身。[2]
愁颜与衰鬓，明日又逢春。

【赏析】

对于无始无终的时间而言，每一年，每一天，都是相同的。但是我们却会赋予时间以意义，在人的一生中，总有一些日子会比其他日子更特别。例如除夕这一天，它意味着一年的结束，让人更鲜明地意识到时间的流逝，乃至生命的衰老；在习俗上它又意味着阖家团聚，温暖幸福。因此当诗人吟出"一年将尽夜，万里未归人"，就显得尤为凄苦。

在这样一个特别的时间点，别人家都是杯盘笑语，而自己孤馆寒灯，独身一人，离家万里，这时候更容易回首身世，更容易自叹自怜，诗人感到一生都如今天一般凄苦："寥落悲前世，支离笑此身。"明天也是一个特别的日子，是新的一年的开始，是一个象征着欢笑和希望的日子，然而诗人体会到的，却只有忧愁与衰老。

每个人都难免有困顿落寞、情绪黯淡的时候，难免会感叹万事惟艰，人生实难。不过这时候应该学会调整心态，换一种眼光打量自己。如果意识到了"明日又逢春"，何不一展愁颜呢？

戴叔伦（732—789），润州金坛（今属江苏）人。中唐诗人。
1. 除夜：除夕之夜。石头驿：在今江西新建区赣江西岸。驿，驿馆。
2. 寥落：冷落。支离：身体衰弱。

逢雪宿芙蓉山主人
刘长卿

日暮苍山远，天寒白屋贫。[1]
柴门闻犬吠，风雪夜归人。

【赏析】

"未晚先投宿，鸡鸣早看天"，是古人出门行旅的守则。如果走在荒山野岭中，天黑前没能找到投宿借助的驿站或人家，旅行者可能面临很危险的境况。不仅吃饭睡觉不知如何解决，还可能会有野兽袭击，或者强盗打劫。即便最终平安无事，旅行者内心的恐惧却是必不可免的，就像贾岛《暮过山村》中所写的："怪禽啼旷野，落日恐行人。"

你可以想象，"日暮苍山远"，在一名旅行者眼中该是怎样一幅令人恐慌不安的画面。而突然看到一所房屋，心中又该是怎样的惊喜欣悦！在天寒地冻中，在荒山野岭中，出现孤零零一座简陋的茅屋，这画面无疑是萧条冷落的。可对于饥渴劳顿的旅行者来说，却不啻于看到福音。

当旅行者敲开这所"白屋"的门，他一定受到了热情的招待。这所"白屋"，不知为多少旅人提供过住宿。旅行者安顿下来，也许就要进入梦乡时，主人回来了。在风雪交加的夜晚，道路一定异常难行。不过主人一路走来，心中不会有恐慌。因为他知道自己是在走向温暖，走向安定；不论路途多么艰辛，最终他会看到熟悉的灯光，听到欢快的犬吠。

刘长卿（约726 — 约786），字文房。宣城（今属安徽）人。后迁居洛阳，河间（今属河北）为其郡望。唐代诗人，玄宗天宝年间中进士，诗以五言见长，称"五言长城"。

1. 白屋：指平民所住的房屋，不作彩饰。或认为指以白茅作屋顶的房屋。

云阳馆与韩绅宿别[1]

司空曙

故人江海别，几度隔山川。
乍见翻疑梦，相悲各问年。
孤灯寒照雨，湿竹暗浮烟。
更有明朝恨，离杯惜共传。[2]

【赏析】

这首诗中的情感可谓"悲欣交集"。

曾经的好友，久别多年，天各一方，不期然地在旅途中重逢，既惊喜，又不敢相信。当第一眼认出对方的时候，简直怀疑在梦里了，这是刹那间地由惊而喜。待到定下心神相互打量，注意到了彼此的变化，回想分别以来自己经历的种种，又不由得由喜而悲。

司空曙及其同代的诗人都是出生于盛唐，在成长阶段经历了安史之乱，目睹了唐王朝的由盛转衰，亲身经历了多年战乱，备尝颠沛流离的艰辛。他们不再如初盛唐诗人那般壮志凌云、潇洒豪迈，他们更多感到个体在乱世中的无力和无奈。他们的诗歌的基调也总是感伤哀叹。当司空曙在这首诗里表达离别之意时，已没有了"海内存知己，天涯若比邻"的高朗，也不见了"莫愁前路无知己，天下谁人不识君"的自信。他们把握不了自身的命运，现在短暂相遇，明天就将各奔一方，而下次见面，便渺不可期了。

"孤灯寒照雨，湿竹暗浮烟"，渲染了这一夜黯淡悲凉的情绪，也是司空曙他们一代人心境的真实写照。

司空曙（约720—约790），洺州（今属河北省）人。中唐诗人，擅长五律，为"大历十才子"之一。

1. 云阳馆：云阳县的驿馆。云阳，在今陕西省。
2. 恨：遗憾。

滁州西涧

韦应物

独怜幽草涧边生，上有黄鹂深树鸣。
春潮带雨晚来急，野渡无人舟自横。

【赏析】

王国维先生在《人间词话》中提出艺术境界可以划分为"有我之境"和"无我之境"两种。按照王先生的标准，韦应物这首诗刻画出了"无我之境"。瞧，在春天傍晚的野外，涧边青草丛丛，随意生长，树冠枝叶茂密，有黄鹂清脆的鸣叫声从枝叶中传出，只闻其声，不见其处。一阵雨过后，涧中水势上涨，水流湍急。渡口一只空空如也的渡船横在岸边，既没有摆渡人，也没有要渡河的行人。这首诗中没有人，只有充满野趣的大自然。

不过"无我之境"其实并非真的无我，只是让"我"隐藏起来，藏到诗的更深处。而且不论怎样隐藏，总会露出痕迹。这首诗开头的第一个词"独怜"，便让"我"若隐若现地显露出来了。"独怜"即偏偏喜爱，原来这看似无人的世界，诗人一直站在旁边，眼中带着欣喜。

王国维先生又说："无我之境，人惟于静中得之。有我之境，于由动之静时得之。故一优美，一宏壮也。"诚然，这首《滁州西涧》，真是优美极了。

韦应物（约737—约791），京兆万年（今陕西西安）人，官至苏州刺史，故称韦苏州。中唐著名诗人，擅长写山水田园诗，后人将他与王维、孟浩然、柳宗元并称为"王孟韦柳"。

寄全椒山中道士[1]
韦应物

今朝郡斋冷，忽念山中客。[2]
涧底束荆薪，归来煮白石。[3]
欲持一瓢酒，远慰风雨夕。
落叶满空山，何处寻行迹。

【赏析】

这首诗如随口自语，毫无雕琢，却有一种非常真挚动人的力量。

一位是地方官员，每天案牍劳形，往来应酬，在名利场中周旋。一位是山中道士，隐居深山，远离红尘，潜心采药炼丹。

在一个秋天的黄昏，官员公务之余，独坐斋中，忽然感到了冷。既是秋风秋雨带来的气候的冷，也是从忙忙碌碌中突然脱离出来后的冷落。但也就是在这样的时刻，一个人才会静下来听听自己内心的声音，真实的情感才会从心中显现出来。

官员坐在房中，望向窗外的远方，风雨凄凄，想到了全椒山中的那位道士朋友。修炼生活一定很清苦寂寞，此时的山中一定更冷。他想去拜访，和道士饮酒闲聊。可是又一转念，落叶满山，道士已如仙人一般，缥缈难寻。

在天气变化的时候，对朋友问寒问暖，再平常不过的念头之中蕴含着殷勤的关切。看似平淡实则温厚的友情，即便是方外之士，也一定会被感动吧。

---

1. 全椒：县名，今属安徽省。
2. 郡斋：韦应物的衙署中的官舍，此时韦应物任滁州刺史。
3. 荆薪：柴草。煮白石：东晋葛洪《神仙传·白石先生》记一位得长生不死之术的白石先生"常煮白石为粮"，后以借指道家修炼。

塞下曲六首（其二、其三）
卢纶

林暗草惊风，将军夜引弓。
平明寻白羽，没在石棱中。

月黑雁飞高，单于夜遁逃。
欲将轻骑逐，大雪满弓刀。

【赏析】

　　这两首诗分别化用了西汉两位名将的故事。第一首诗取材于李广。据说李广有一次打猎，将乱草丛中的一块石头误作老虎，一箭射去，射中石头，整支箭竟几乎都要穿入石头之中。第二首诗取材于卫青。卫青率军远征漠北，与匈奴单于的大军遭遇，双方展开激战，战至日落时分，忽然风沙大作，单于带几百人逃跑，卫青派轻骑连夜追赶。

　　卢纶以这两件事入诗，并非简单地复述或袭取，而是进行了再创作，通过想象增加了新的元素。首先他注意到了环境的塑造。第一首中"林暗草惊风"是原来的故事中没有的，这一句突显了一种紧张甚至惊悚的环境，很自然地引发了"将军夜引弓"的动作。第二首中"月黑雁飞高"，既塑造了战场惨淡的环境，又用比兴手法照应了下一句的"单于夜遁逃"。

　　这两首诗还特别成功地运用了特写镜头。第一首诗里并没有去絮絮叨叨地强调将军如何镇定从容、箭术如何超群、膂力如何惊人，所有这些只用一个特写镜头就表达出来了，就是"没在石棱中"的那支箭尾部的"白羽"，这样一个特写镜头推出来，观众（读者）必然会

卢纶（约742—约799），河中蒲（今山西永济）人。中唐诗人，为"大历十才子"之一。

发出赞叹的惊呼。第二首诗里也没有写将军如何率军奋勇作战，战斗多么激烈，而是选取了一场激战接近尾声时单于败逃、我军追击的一个场面。这个场面中又给了大雪之中战士的武器一个特写镜头，战斗的艰苦和将士们的奋勇精神、昂扬斗志都不言而喻了。

卢纶的再创作是如此成功，以至于读者即使不知道这两首诗的本事，也不妨碍理解和欣赏。而这两首诗，也确实比它们的本事更加脍炙人口，深受喜爱。

寒食[1]
韩翃

春城无处不飞花，寒食东风御柳斜。
日暮汉宫传蜡烛，轻烟散入五侯家。[2]

【赏析】

长安的春天花开不断，自立春开始，杏花、李花、桃花，梨花，直到暮春时的牡丹，次第绽放。长安人喜欢春游，似乎整个春天都是出游的日子。从"长安二月多香尘，六街车马声辚辚"，到"三月三日天气新，长安水边多丽人"，再到"帝城春欲暮，喧喧车马度"，这是至今我们还能在唐诗中读到的繁华热闹。而在写长安春天的唐诗中，韩翃的《寒食》可能是其中最著名的一首了。

不过不同于其他诗歌极力描写长安的红尘滚滚、寻欢行乐，这首诗中的长安一下子安静了下来。依然是春天，依然是长安，清风吹来，朱雀大街两边柳条轻拂，满城落花飘舞。没有往来奔驰的骏马轻车，没有叫嚣喧呼的富少妖姬，长安的美丽中多了几分矜持和端庄。寒食节禁火，让长安城又增添了几分清冷。唯有皇宫之中点亮了蜡烛，皇帝再将点燃的蜡烛分赐给权贵近臣。从皇宫到少数权贵之家，烛光点点，轻烟袅袅。不作富贵语，但这首诗中的长安，具足了皇家的气象、帝都的气派。

据说唐德宗有一次欲任命韩翃为驾部郎中知制诰，当时的江淮刺

韩翃（生卒年不详），南阳（今属河南）人。中唐诗人，"大历十才子"之一。

1. 寒食：古代传统节日，在清明节前两天。这两天里家家禁火，只吃冷食，故名寒食。

2. 五侯：西汉和东汉都有"五侯"。西汉成帝时外戚王氏一家有兄弟五人同日封侯，汉桓帝时曾有宦官五人同日封侯。另外也有人认为指东汉外戚梁氏一族的五侯。此处以五侯泛指豪门权贵。

史也叫韩翃，承命的大臣就进一步请示任命的是哪一个韩翃。德宗在请示的奏折上写下这首诗，然后在旁边批道：与此韩翃。

假如这首诗真如有人所认为的暗含讽喻之意，讥刺了宦官专权的政治现象，那么唐德宗是不会如此欣赏这首诗的。

喜见外弟又言别[1]
李益

十年离乱后，长大一相逢。
问姓惊初见，称名忆旧容。
别来沧海事，语罢暮天钟。[2]
明日巴陵道，秋山又几重。[3]

【赏析】

战乱中，流离失所的人们在仓皇中相遇，仿佛似曾相识，但又不敢确定。于是上前端详，询问姓氏，让对方有些惊异。但当说到名字时，儿时的记忆络绎奔涌而来，随即班荆道故，兴致盎然，开始热烈地谈论儿时的嬉戏、亲友的变故、婚丧嫁娶、生老病死，有的让人意外，有的让人唏嘘。

"问姓惊初见，称名忆旧容。"其中问、惊、称、忆一系列动词精准地捕捉住了乱世中的兄弟长大后相逢时的戏剧感，将试探、惊异、回忆、意外之喜的过程细致地表现出来。于是，盛唐的繁华、儿时的无忧从记忆的深海中浮现，与当下的褴褛愁苦叠加，使"十年离乱后，长大一相逢"十个字血肉饱满起来。"一相逢"里包孕了十多年来的前尘往事和心路历程。这一瞬间，诗人遇到的何止是外弟，更是曾经的自己。人生几堪回首，不经意地回溯不由翻动早已平复的心潮起伏和离乱之感。此时，薄暮的钟声响起。声音回荡、盘旋，然后慢慢淡去，如同渐渐抚平的心绪。在苍茫杳远的意境中，各自起程吧。"明日巴陵道，秋山又几重。"

李益（748—约829），字君虞。陇西姑臧（今甘肃武威）人。中唐诗人。
1. 外弟：表弟。
2. 沧海事：《神仙传》中仙女麻姑对王方平说，"接待以来，已见东海三为桑田"。
3. 巴陵：唐巴陵县，今湖南岳阳。

夜上受降城闻笛[1]
李益

回乐烽前沙似雪，受降城外月如霜。[2]
不知何处吹芦管，一夜征人尽望乡。

【赏析】

　　大漠荒寒，平沙似雪，关塞屹立，冷月如霜。烽火台、受降城笼罩在一片迷茫幽邃的月色中。原本杀伐果决、坚毅挺拔的英锐士气此时渐渐消退了，取而代之的是心中柔和的情感。战争苦寒，不由渴望慰藉；边地寥廓，让人思念家人。月色下，难以言状的怅惘涌上心头。

　　此时，不知何处传来一曲胡笳声，声调悲凉，征人心中隐微的孤独与乡愁都被触发了，举头望月，何处故乡。"一夜"和"尽"写出了此景、此情对于征人的普遍与深长。但深想，他们还回得去吗？乡思中也许夹杂着他们对战事的忧思与不安。回乐回乐，但愿回乡，平安喜乐。

　　全诗先由景物渲染，后缓缓触发乡情。王昌龄的《从军行》则与之正相反："琵琶起舞换新声，总是关山旧别情。撩乱边愁听不尽，高高秋月照长城。"先写烦乱不定的别情，最后以景结情，使缭乱的心绪在边关月色中获得抚慰和平静。王诗意蕴雄浑含蓄，李诗风调细致悲凉，正是盛唐与中唐边塞诗的典型。

---

1. 受降城：灵州城，贞观年间唐太宗在此受突厥降，故名。
2. 回乐烽：灵州西南的属县回乐县的烽火台。

游子吟

孟郊

慈母手中线，游子身上衣。
临行密密缝，意恐迟迟归。
谁言寸草心，报得三春晖！[1]

【赏析】

母爱，在特殊时刻会以轰轰烈烈、惊心动魄的方式展现出来；而在绝大多数时候，母爱又表现在极其平凡的小事上，不被我们注意。母爱的伟大，是我们每个人都亲身感受到，却又是语言难以确切表述出来的。

孟郊的《游子吟》，所写就是一件小得不能再小、平凡到不能更平凡的事件——临出远门前，母亲为儿子缝制衣服。从小到大，母亲为子女不知缝制过多少件衣服，在母亲做来是理所当然，在儿女看来也是心安理得。而这次就要出远门了，母亲再次为儿子缝制衣服，还像以往那样。不过担心儿子在外太久，不知何时才能回家，这次缝制得更为细密，更为结实。母亲的担心和关心都无言地融入了这一针针一线线之中。儿子的心被触动了，意识到了平时被自己所忽略的母爱。母爱就像春天的阳光，无私、博大，时时刻刻哺育儿女的成长，从不求回报。而儿女们就像在阳光下茁壮成长的小草，怎么能报答得了阳光的哺育呢？

也许可以这样说，这首诗不仅仅是表现了母爱的伟大和无私，更是表达了天下儿女的感恩与愧疚，和他们对母亲的爱。

孟郊（751—814），字东野。湖州武康（今浙江湖州德清）人。中唐诗人，与韩愈并称"韩孟"；又与贾岛一起，有"郊寒岛瘦"之称。

1. 三春晖：春天的阳光。三春，春天的三个月分别称孟春、仲春、暮春。

题都城南庄

崔护

去年今日此门中，人面桃花相映红。
人面不知何处去，桃花依旧笑春风。

【赏析】

有人说：第一个把女人比作花的是天才，第二个把女人比作花的是庸才。这句话有点夸张，把娇艳美丽的女人和娇艳美丽的花联系到一起，好像不能算作多困难的事。特别是在女人和桃花之间，两千多年前的《诗经》里就已经说过"桃之夭夭，灼灼其华。之子于归，宜其室家"。在过了一千多年后，又有一个人用桃花来比女人，可我们也并不觉得他是庸才。这个人就是崔护。

崔护再次以桃花赞女人的美丽，并非拾人牙慧，这个比喻在崔护那里变得比《诗经》中更妙。《诗经》里的"之子"与桃花之间，还有一点距离；而崔护的《题都城南庄》中，直接将"人面"与桃花并置在一起，青春美丽少女如鲜艳的桃花一样的画面便呼之欲出了。而且这个画面是去年今日所见，经过了时间的过滤，现在回想，便愈加生动鲜明。

然而这样的画面只能在记忆中去寻找了，今年故地重游，曾让自己动情的少女已然不知去向，只有门前的桃花还如去年一般在春风中绽开。

物是人非，睹物思人，最是让人惆怅。人生之中，我们曾与多少美好的事物擦肩而过？

崔护（？—831），蓝田（今属陕西）人。中唐诗人。

左迁至蓝关示侄孙湘[1]

韩愈

一封朝奏九重天，夕贬潮州路八千。

欲为圣明除弊事，肯将衰朽惜残年！

云横秦岭家何在？雪拥蓝关马不前。

知汝远来应有意，好收吾骨瘴江边。[2]

【赏析】

元和十四年（819），唐宪宗派使者去凤翔迎佛骨舍利入大内。时任刑部侍郎的韩愈上《论佛骨表》，痛斥佞佛之荒唐，触怒唐宪宗，险些被处以死刑。幸得宰相裴度等人说情营救，免去一死，贬为潮州刺史。诏书一下，即刻启程，连与家人告别的时间都不给，而他的家人也被逐出京城，他的一个女儿因此惊吓而死。一家人仓皇至极，也凄凉至极。直到韩愈行至蓝关，他的侄孙韩湘才追上来，告知家人的消息。韩愈满怀悲愤，写下了这首诗。

韩愈致力于儒学复兴，排斥佛教，以卫道者的姿态谏阻宪宗迎佛骨，言辞激烈，即便因此惹恼皇帝也在所不惜。"朝奏""夕贬"形成鲜明对比，可见他获罪之速；"路八千"可见他受罚之重。"云横秦岭""雪拥蓝关"，可见眼前道路艰危，困顿坎坷。但他并不后悔，他相信自己是正确的，是在"除弊事"，无论付出多么惨重的代价都是值得的。他也为自己的结局做好了心理准备，未来自己恐怕会

韩愈（768—824），字退之。河南南阳（今河南孟州市南）人。中唐著名文学家，世称韩昌黎、韩吏部；倡导古文运动，被誉为"文起八代之衰"，与柳宗元并称"韩柳"，为"唐宋八大家"之一。

1. 左迁：降职。蓝关：即蓝田关，地处陕西秦岭北麓，自古为关中通往东南诸省的要道。侄孙湘：韩愈侄子的儿子，名韩湘。
2. 瘴江：古人认为岭南地区江水中能散发令人致病乃至死亡的瘴疠之气，故而称之为瘴江。

死于贬所，他告诉韩湘："好收吾骨瘴江边。"

不论当下招致多么严重的挫折和打击，也不论未来的命运多么黯淡和无望，韩愈没有丝毫畏惧和退缩之意。他坚持着自我，坚持着内心认定的真理。他的这种坚持和承担，可以向上追溯到孟子所说的"富贵不能淫，贫贱不能移，威武不能屈"的大丈夫精神。韩愈对后世的感召力量，除了他的文学上的杰出成就，还来自他这种光辉的人格。

早春呈水部张十八员外二首（其一）[1]

韩愈

天街小雨润如酥，草色遥看近却无。[2]
最是一年春好处，绝胜烟柳满皇都。[3]

【赏析】

韩愈也写过《晚春》，晚春的景色要更好写，因为晚春有"百般红紫斗芳菲"，有杨花榆荚"惟解漫天作雪飞"，风光满眼，纷至沓来。而"早春"能写什么呢？北方的早春还笼罩在严冬的余威之下，百花尚在蛰伏，树枝还是光秃秃的，到处都是荒凉萧条的景象。

可是诗人是敏锐的，他率先感受到了春天。初春的小雨湿润了承天门大街，铺成街道的黄土解冻了，表层像乳酪一样滋润。在街道的边沿，去年的枯草丛中，悄悄长出了纤细的小草，它们小心翼翼，唯恐被人发现。低头近前看还是去年的枯草，可是纵览远望，一层若有若无的绿色还是浮现了出来，而且一天比一天明显，很快就将藏不住了。那时所有人都会意识到：春天来了。

而现在，诗人是春天的最早发现者。这时候的春天，虽不盛大，却蕴含着欣欣之意，给你惊喜，给你希望。那满城杨柳堆烟的暮春时节，不是不美，却已到了盛极而衰的时候。两相比较，诗人毫不掩饰地厚此薄彼了。

---

1. 水部张十八员外：指张籍。张籍时任水部员外郎，在兄弟辈中排行十八。
2. 天街：指京城长安的承天门大街，与皇帝居住和处理朝政的太极宫相连，路面非常宽阔。酥：以牛羊乳制成的酪类食物。
3. 绝胜：远远超过。

节妇吟[1]

张籍

君知妾有夫，赠妾双明珠；
感君缠绵意，系在红罗襦。[2]
妾家高楼连苑起，良人执戟明光里。[3]
知君用心如日月，事夫誓拟同生死。[4]
还君明珠双泪垂，恨不相逢未嫁时。

【赏析】

梁武帝萧衍曾写过一篇题为《河中之水歌》的诗，讲一个名叫莫愁的女孩嫁入富贵之家，却还对曾经的一位邻家少年念念不忘，"恨不嫁与东家王"。张籍的这首《节妇吟》，写的则是一个女子在婚后又遇到一位狂热的追求者，追求者赠送给她珍贵的"双明珠"，女子一度也被感动，但想到自己的丈夫，最终还是将明珠奉还，拒绝了对方。

后人论此诗，对节妇的行为颇不以为然，认为节妇先是接受对方馈赠，送还时表现得柔情缱绻，节妇的节行也实在岌岌可危了。姑且不论后人的标准是否苛刻，张籍此诗的用意并不在歌颂"节妇"，而是用来自喻。在有的版本里，这首诗的题目下还有一个小注：寄东平李司空师道。

李师道是当时实力最强大的割据军阀之一，且与中央的对立态势十分明显，曾派刺客潜入京城刺杀了力主削藩的宰相武元衡，另一位

张籍（约767—约830），吴郡（今江苏苏州）人。中唐诗人，与另一位中唐诗人王建并称"张王"。

1. 节妇：此指坚守节操、对丈夫忠贞的妻子。
2. 罗：丝织品。襦：短衣。
3. 良人：古代妻子称丈夫。明光：明光殿，指皇宫。
4. 拟：打算。

宰相裴度也被刺伤。李师道征聘张籍做自己的幕僚，张籍一方面拥护唐王朝，另一方面也不愿得罪李师道，故而写了这样一首诗，通篇用比兴，将自己和唐王朝比作节妇和良人，明确自己的忠贞之节，"事夫誓拟同生死"；另外又委婉地拒绝了李师道，不是你不好，只是"恨不相逢未嫁时"。

的确，诗中的"节妇"表现出了很矛盾的心态和行为，由此也招致了后世很多人的非议和批评。不过，在现实生活中，不是所有人都能在最正确的时候遇见最爱的人，"恨不相逢未嫁时"的遗憾恐怕并不鲜见吧。

秋思
张籍

洛阳城里见秋风，欲作家书意万重。
复恐匆匆说不尽，行人临发又开封。

【赏析】

西晋时候，一位吴郡人陆机在洛阳做官，长期与家人离别，欲写信给家人，却苦于无人能够送信，就把信系在自己养的一只狗的脖子上，让它跑回吴郡，代为送信。这就是"黄耳传书"的故事。

还是西晋时候，另一位同样在洛阳做官的吴郡人张翰，见秋风吹来，想念家乡的鲈鱼、莼菜等美味，干脆辞官回家。

过了大约四百年，又一位在洛阳做官的吴郡人张籍，在秋风吹来时，勾起了对家乡和家人的思念。不过他比两位先辈幸运的地方是，他有信使可以代为送信。

首句"洛阳城里见秋风"，既写实又用典，写环境，恰好触发思念之情；用典，则不着痕迹。这一句十分巧妙，更巧妙的是诗人只选取了一个细微的动作——"行人临发又开封"，将很难表述的对家人深切的思念很形象地表达了出来，让读者都能感受到：对家人无尽的思念和牵挂，岂是一封信能说得完的？

新嫁娘词三首（其一）

王建

三日入厨下，洗手作羹汤。
未谙姑食性，先遣小姑尝。[1]

【赏析】

婆媳关系自古以来就是一个难题，但并非无解。瞧这位新嫁娘，新婚三日，按照习俗开始下厨做饭，这标志着她开始成为这个家庭的正式一员。而能否被这个家庭真正接纳，婆婆的态度至关重要。新嫁娘早已考虑周详，成竹在胸。她明白这第一顿饭的重要性，做好这一顿饭是让婆婆满意的第一步。是否符合婆婆的口味，则是这顿饭成功的关键。那么如何探知婆婆的口味呢？新嫁娘用了一个巧妙的方法——先遣小姑尝。这一家人此前的饭食，一直是婆婆做的。小姑的饮食习惯和口味当然是由婆婆塑造的，是跟婆婆保持一致的。小姑能够被新嫁娘"遣"，也可见她此时必然还是一个小女儿，全无心计，不会想到嫂子的目的。而新嫁娘也就在不动声色中获得了关于婆婆口味的第一手资料。

《诗经》里祝福新嫁娘时说："之子于归，宜其室家。"这首诗里的新嫁娘聪慧可人，在这样一件小事上都考虑得如此细致周到，婆婆怎会不喜爱呢？她一定能够让夫家和睦，为夫家带来幸福的。

王建（约767—约830），许州（今属河南许昌）人。中唐诗人，与张籍并称"张王"。
1. 姑：婆婆。小姑：丈夫的妹妹。谙（ān）：熟悉。

秋词二首（其一）

刘禹锡

自古逢秋悲寂寥，我言秋日胜春朝。
晴空一鹤排云上，便引诗情到碧霄。

【赏析】

悲秋，是历代文人的传统主题。从宋玉的"悲哉，秋之为气也"，到汉代的"秋风萧萧愁杀人"（《古歌》），再到杜甫的"万里悲秋常作客"，悲秋似乎成了一种惯性，一种程式。但刘禹锡说："我言秋日胜春朝。"以响遏行云的一声断喝，推翻悲秋主题，让天下人耳目一新。

"晴空一鹤排云上"勾勒了一幅明净的秋景图：一碧如洗的寥廓高天上，一只白鹤腾空而起，直上云霄，仿佛还能听见"鹤鸣于九皋，声闻于天"。鲜明的色彩、昂扬的精神、响彻云霄的鹤唳、令人感奋的速度，此情此景，让人不由心胸旷远，精神发越，"便引诗情到碧霄"！秋天，一样可以饱满高昂。

眼中之景，往往是胸中气象。秋天是阴惨衰飒，还是丰收高朗，往往能见出一个人的内在风骨。刘禹锡因永贞革新失败而被贬朗州，面对人生的秋天，他热烈地赞颂，之后的冬天便能坚强度过。朗州十年、连州四年、夔州三年、和州两年、苏州汝州同州共五年，作为朝之重臣，刘禹锡被贬离京这么多年，四处奔走，仍能精神健旺，支撑到七十一岁，这需要豪迈的气概与坚强的自信，《秋词》便是起点与明证。

刘禹锡（772—842），字梦得。洛阳人。与柳宗元一起参与"永贞革新"，世称"刘柳"，晚年与白居易并称"刘白"。

竹枝词二首（其一）

刘禹锡

杨柳青青江水平，闻郎江上唱歌声。
东边日出西边雨，道是无晴却有晴。

【赏析】

同样被贬出京，刘禹锡并未像好友柳宗元一样"悄怆幽邃"，他倒兴致勃勃地向当地人学习民歌创作，发展出文人诗和民歌结合的新道路。被贬朗州和连州期间，他一直坚持习作。十多年后，他因贬得福，来到了《竹枝词》的故乡——夔州。刘禹锡在这里亲自观摩"联歌竹枝"的盛会，还学习了《竹枝词》的演唱技巧，刻苦练习后甚至达到了"听者愁绝"的高妙境地。这首《竹枝词》正是他在夔州时的文字佳作。

诗的女主人公是一个情窦初开的少女，心有所属，又颇为矜持。早春时节，杨柳绽青，江水平堤，空气中飘浮着杳渺的情丝。这时，传来她心上人的歌声，歌声悦耳却又捉摸不定，他到底对自己有意还是无心呢？她揣摩许久，觉得看似无情，大概还是有意的吧。六朝乐府民歌里常见的谐音双关——"晴"通"情"，"丝"同"思"，"莲"谐"怜"——用来表现少女含羞宛转的心意真是再合适不过了。春夏之际，南方的天空往往这边乌云翻卷，那边却红日高照，一片晴朗。诗人以这种气候来摹写少女先惊喜，后疑虑，终究有些忐忑的心情，真是移情入景，物我相融。让人不由想，男孩之后会不会给出更明朗的爱的信息，让这可爱的姑娘少费些思量呢？

乌衣巷

刘禹锡

朱雀桥边野草花，乌衣巷口夕阳斜。

旧时王谢堂前燕，飞入寻常百姓家。

【赏析】

三国时东吴曾在乌衣巷设军营，军士皆穿黑衣，故名。东晋时，王、谢两家贵族多居于此。朱雀浮桥是连接金陵与乌衣巷的必经之路。可以想见当年桥上车马喧腾，冠盖往还，金鞭络绎，热闹非凡。如今却只剩下野草闲花，自生自灭。"野"字点睛，给人以强烈的今昔之感。高尚街区乌衣巷也曾雕梁画栋，金宇重重。然今只有夕阳西下，暮霭沉沉。

今昔对比是咏史诗常见的表现手法，只是有些诗歌显，有些诗歌隐。《乌衣巷》一、二句中地名与景致的对举，已流露浓浓的今非昔比之感。三、四句则将此与永恒自然对照，以不变的大自然参照出人事沧桑。燕子依旧归巢，而房屋却已易主。王谢豪宅沦为老百姓的栖身之所，潇洒任性的"王谢风流"已荡然无存。自然与人事的对照使人在怅惘的同时更多一分渺小的悲哀。

《乌衣巷》辞浅境深，篇幅短小，却呈现咏史诗的两种表现手法，深刻且生动，无愧于千古佳作。

石头城
刘禹锡

山围故国周遭在，潮打空城寂寞回。
淮水东边旧时月，夜深还过女墙来。[1]

【赏析】

刘禹锡并未到过金陵，在历阳任地方官时，对金陵很向往，于是凭想象写成了这套组诗，《石头城》是其中一首。

"山围"点出金陵的地理形势：群山环绕，确有"虎踞龙盘帝王州"的森严气象。"故国"二字包含了曾经的历史荣光，市列珠玑，户盈罗绮，周围山村水郭宛然尚在。但偌大一个金陵城如今已是"空城"，"家"徒四壁，空空如也，连来光顾的潮水也索然无味地掉头而回了。只有淮水东边的旧时月，还念旧情，在夜深时分前来看望。一座城池的盛衰兴亡之感被潮水和明月渲染得格外深长。仿佛在说，故国金陵已鲜有问津者，即使有，也只是出于念旧，甚或索然而归。

白居易读到"潮打空城寂寞回"一句后称赏不已，慨叹"吾知后之诗人不复措词矣"。巧妙的拟人使全诗荒凉孤寂，却又别开生面，新意盎然。可见刘禹锡不仅善于营造雄浑老苍的氛围，也能将旖旎巧思形诸笔端。

---

1. 淮水：今秦淮河，横贯金陵城，六朝时秦淮河畔是金陵最繁华的区域。女墙：矮墙，指城垣上的墙垛。

西塞山怀古[1]

刘禹锡

王濬楼船下益州，金陵王气黯然收。[2]
千寻铁锁沉江底，一片降幡出石头。[3]
人世几回伤往事，山形依旧枕寒流。
今逢四海为家日，故垒萧萧芦荻秋。[4]

【赏析】

横扫千军的气概，鳞次栉比的楼船，黯然飘逝的王气，沉入江底的铁锁，军垒后抖抖升起的白旗。西晋攻东吴的历史画面铺展开来。东吴认为天险足凭，仅以铁锁抵挡，最终铁锁沉江，败退亡国。一方来势汹汹，一方恃险固守，诗人心中的褒贬含蓄而鲜明。

五、六句以矫健的笔力囊括六朝更迭，无数历史画面迅速掠过，但西塞山依然冷峻地在那里。此句不仅以永恒的自然来反衬朝代沦替，"寒"字还隐含着历史的沉思：山形依旧险峻，历史的悲剧依然屡屡发生，这是为何？兴废由人事，山川空地形。修明政治才是长治久安的关键。如今天下虽然太平、四海可为家，但西塞山的天堑是否足以凭恃，以保证东南地区的长治久安？"故垒萧萧芦荻秋"的意境警策萧瑟，引人深思。

中唐以来，藩镇拥兵自重，元和初年，李锜就曾据江南东道叛

---

1. 西塞山：今湖北大冶市东，是长江中游的军事要塞之一，东吴曾以之为江防要地。
2. 王濬：西晋益州（今成都）刺史，受晋武帝命，造楼船可容二千人。太康元年（280）正月，王濬率船沿江而下，直取吴都建业（今南京），吴主孙皓出降。金陵王气：今南京，战国楚威王见其地有王气，乃埋金以镇之，故称金陵。
3. 千寻铁锁：东吴为抵阻王濬水师，曾在西塞山横江设铁锁，王濬以火焚断之，长驱而下。石头：石头城，金陵之别称。
4. 四海为家：四海归于一家，指全国统一。《史记·高祖本纪》："天子以四海为家。"

乱。因而本诗并非泛泛的历史情怀，而以咏史诗的形式表达有针对性的政治讽谏。刘禹锡毕竟曾任朝中要员，与一般文人的泛泛感慨不同。可贵的是，途经西塞山时，诗人已被贬离京近二十年，但他对这个国家仍有着深深的忧虑和关怀，令人感佩。

酬乐天扬州初逢席上见赠[1]

刘禹锡

巴山楚水凄凉地，二十三年弃置身。
怀旧空吟闻笛赋，到乡翻似烂柯人。
沉舟侧畔千帆过，病树前头万木春。
今日听君歌一曲，暂凭杯酒长精神。

【赏析】

永贞元年（805）九月，诗人因政治革新失败而被贬出京，先后在朗州、连州、夔州、和州等地任职。自首次被贬出京到此次应召回京，诗人谪居在外已有二十三年了。因此说"二十三年弃置身"，"弃置"固然有些哀怨，倒也坦直有力。

"闻笛赋"出典于晋人向秀的《思旧赋》。向秀的好友嵇康、吕安被政治迫害致死后，向秀路经他们的故居，此时邻人的笛声寥亮，让他想起了当年三人共同灌园弹琴的美好岁月，极为感伤，遂写此赋纪念。永贞革新失败后，和刘禹锡一起被贬的柳宗元等人都已纷纷谢世，诗人只能"怀旧空吟闻笛赋"。典故中蕴藏着对亡友缱绻悲凉的怀念，含蓄沉痛，耐人寻味。"烂柯人"一语出典于《述异志》，晋人王质入山砍柴，见两童子下棋，观棋至终，方觉手中斧柄已烂。回到家乡，才知已过百年，同辈人皆已亡故。诗人以王质自比，表达离京太久，回来后恍如隔世的慨叹。

颈联以"沉舟""病树"自喻，虽有自感衰沦、自叹落伍之意，但"千帆过""万木春"展示了一番生机勃勃的景象，寄寓了新陈代谢的思想和积极面对困厄的襟怀。经历二十三年的贬谪，诗人仍有坚忍不拔的意志和永葆劲直的情操，令人赞叹。

---

1. 乐天：白居易字。

再游玄都观
刘禹锡

余贞元二十一年为屯田员外郎，时此观未有花木[1]。是岁，出牧连州，寻贬朗州司马[2]。居十年，召至京师，人人皆言有道士手植仙桃，满观如红霞，遂有前篇以志一时之事[3]。旋又出牧，于今十有四年，复为主客郎中。重游玄都，荡然无复一树，唯兔葵燕麦动摇于春风耳。因再题二十八字，以俟后游。时大和二年三月。[4]

百亩庭中半是苔，桃花净尽菜花开。
种桃道士归何处，前度刘郎今又来。

【赏析】

刘禹锡被贬朗州十年后，曾在京城写过一首著名的讽刺诗："紫陌红尘拂面来，无人不道看花回。玄都观里桃千树，尽是刘郎去后栽。"（《元和十年自朗州承召至京戏赠看花诸君子》）长安街上川流不息，尘土飞扬，人人都说自己是看花归来；"无人不道看花回"一句尤其精妙地表达了，花美不美不重要，重要的是人们标榜自己看过花了——只为站队而不求真理的做派正是诗人要揶揄的。这玄都观里的千树桃花，尽是我刘郎去后所栽。看似热闹繁盛，但利益勾连，终难持久。此诗"语含讥刺，执政不悦"，于是不数日，刘禹锡又被贬为连州刺史。

---

1. 贞元二十一年：刘禹锡与柳宗元、王叔文等人推行永贞革新，由于反对派势力强大，而在政争中失败。
2. 牧：出任地方长官。寻：不久。
3. 前篇：即《元和十年自朗州承召至京戏赠看花诸君子》一诗。
4. 俟：等待。

时隔十四年，诗人再度回京，旧地重游，写下《再游玄都观绝句》，发出了正义者胜利的笑声。当年那些声势煊赫的权贵们如今"百亩庭中半是苔，桃花净尽菜花开"。朝中新贵如朝华夕落，过眼云烟，都已经翻云覆雨，更迭数代了。当年那些迫害自己的"种桃道士"早已不知人在何处，而我刘郎又回来了！天道轮回，正义不倒，二十三年，终于守得云开见月明。末句以极富挑战意味的自我亮相表达了胜利的喜悦和自豪的笑声。这笑声是快意的，也是庄严的。"前度刘郎"于是成为一个语典，代表了历尽劫难而无改贞操的人格典范。

赋得古原草送别[1]

白居易

离离原上草，一岁一枯荣。[2]
野火烧不尽，春风吹又生。
远芳侵古道，晴翠接荒城。
又送王孙去，萋萋满别情。[3]

【赏析】

野草随处可见，蓬勃茂盛，只要没有人力的阻拦，可以从眼前长到天边。古人送别，抬眼看到的就是野草，无穷无尽的离愁别绪和别后的思念，恰与无边无际的野草相似。写送别的诗词中，也就很容易出现野草。汉魏古诗里就有"青青河畔草，绵绵思远道"这样的句子，南唐后主李煜的《清平乐》则直接作比："离恨恰如春草，更行更远还生。"

白居易这首诗以"原上草"写别情，更是明显从《楚辞·招隐士》的名句"王孙游兮不归，春草生兮萋萋"中化用而来。他用"远芳侵古道，晴翠接荒城"来写荒原之上青草无边，随着路途向遥远的远方伸展，而离愁也如春草一般无边地蔓延开去。如果将这首诗置于送别诗的行列，只能说写得中规中矩，并无特别之处。但这首诗里"别情"只是配角，"原上草"才是主角。这繁茂的野草，生命力是多么旺盛，每年经历着从枯到荣的循环，哪怕遭遇了野火焚烧，只要春天来临，它还会再次长出，生机勃勃地长满大地。白居易通过"原

白居易（772—846），字乐天，号香山居士。唐代伟大诗人之一，中唐新乐府运动的倡导者，与元稹并称"元白"。

1. 赋得：诗人集会作诗，有时会限定题目，题前多加"赋得"二字。
2. 离离：繁茂的样子。
3. 王孙：贵族子弟。此处指即将远行的人。萋萋：草盛的样子。

上草"，写出了生命力的强大，写出了一种给人希望的天道。

　　这首诗是白居易十六岁时所作，从"赋得"这个诗题来看，对于当时的他而言，这首诗大概类似于今天的一次命题作文练习，却一不小心就写成了一首千古绝唱。

问刘十九

白居易

绿蚁新醅酒，红泥小火炉。[1]
晚来天欲雪，能饮一杯无？

【赏析】

冬天的黄昏，天空阴沉的云，空气中开始有了雪的气息。屋外越来越冷，屋内温暖明亮。红泥砌成的火炉内，火苗跳动，将炉壁映得更红，火炉上正温着酒。炉火虽不十分旺盛，却足以将寒冷御之门外。闲坐火炉前的诗人，举酒欲饮，忽然想到了友人，若能邀来同饮，岂不是一件美事？不过他肯在这样的天气里，冲风冒寒而来吗？

两人不是长久未见，也不是相隔遥远，只是很寻常的一次邀请，非常普通的一件日常小事，被白居易信手拈来，就写成了一首诗。看似平平道来，却用极简省的语言勾画出了极鲜明的画面。诗人用这幅画面告诉友人：来吧，这里有酒，有温暖，还有诗意的生活。

相信无论是谁，都不会拒绝如此充满诗意和温暖的邀请。

---

1. 绿蚁：新酿的酒未过滤时，酒面上会浮起酒渣，颜色微绿，故称"绿蚁"。醅：酿造。

长恨歌

白居易

汉皇重色思倾国，御宇多年求不得。[1]

杨家有女初长成，养在深闺人未识。[2]

天生丽质难自弃，一朝选在君王侧。

回眸一笑百媚生，六宫粉黛无颜色。

春寒赐浴华清池，温泉水滑洗凝脂。[3]

侍儿扶起娇无力，始是新承恩泽时。

云鬓花颜金步摇，芙蓉帐暖度春宵。[4]

春宵苦短日高起，从此君王不早朝。

承欢侍宴无闲暇，春从春游夜专夜。

后宫佳丽三千人，三千宠爱在一身。

金屋妆成娇侍夜，玉楼宴罢醉和春。[5]

姊妹弟兄皆列土，可怜光彩生门户。[6]

遂令天下父母心，不重生男重生女。

骊宫高处入青云，仙乐风飘处处闻。[7]

---

1. 汉皇：原指汉武帝，此处借指唐玄宗。唐人诗歌中常以汉称唐。倾国：指绝色女子。李延年曾在汉武帝前唱《佳人歌》："北方有佳人，绝世而独立。一顾倾人城，再顾倾人国。宁不知倾城与倾国，佳人难再得。"御宇：指统治天下。

2. 养在深闺人未识：此句与史实不符，杨贵妃十七岁先嫁与玄宗之子寿王李瑁为妃。二十七岁被玄宗册封为贵妃。

3. 凝脂：形容皮肤白嫩细腻，犹如凝固的脂肪。语出《诗经·卫风·硕人》："肤如凝脂。"

4. 金步摇：一种首饰，用金银丝盘成花之形状，上面缀着垂珠之类，插于发鬓，走路时摇曳生姿。

5. 金屋：据《汉武故事》记载，汉武帝幼时，他的姑姑问他愿娶谁为妇，他回答说："若得阿娇，当以金屋贮之。"阿娇，是汉武帝姑姑的女儿。

6. 列土：分封土地。杨贵妃有姊三人，玄宗并封国夫人之号。再从兄铦，为鸿胪卿。锜，为侍御史。从祖兄国忠，为右丞相。可怜：可爱，值得羡慕。

7. 骊宫：骊山华清宫，在今陕西临潼。

缓歌慢舞凝丝竹，尽日君王看不足。[8]

渔阳鼙鼓动地来，惊破霓裳羽衣曲。[9]

九重城阙烟尘生，千乘万骑西南行。[10]

翠华摇摇行复止，西出都门百余里。[11]

六军不发无奈何，宛转蛾眉马前死。[12]

花钿委地无人收，翠翘金雀玉搔头。[13]

君王掩面救不得，回看血泪相和流。

黄埃散漫风萧索，云栈萦纡登剑阁。[14]

峨嵋山下少人行，旌旗无光日色薄。[15]

蜀江水碧蜀山青，圣主朝朝暮暮情。

行宫见月伤心色，夜雨闻铃肠断声。

天旋地转回龙驭，到此踌躇不能去。[16]

马嵬坡下泥土中，不见玉颜空死处。

君臣相顾尽沾衣，东望都门信马归。

归来池苑皆依旧，太液芙蓉未央柳。[17]

芙蓉如面柳如眉，对此如何不泪垂。

春风桃李花开日，秋雨梧桐叶落时。

---

8. 凝丝竹：指弦乐器和管乐器伴奏出舒缓的旋律。

9. 渔阳：今北京市平谷区和天津市的蓟州区等地，当时属于安禄山的辖区。鼙鼓：古代骑兵用的小鼓，此借指战争。天宝十四载（755）冬，安禄山起兵叛乱。

10. 千乘万骑西南行：指安禄山叛军破潼关，玄宗得报后带领杨贵妃向西南方向仓皇出逃。

11. 翠华：用翠鸟羽毛装饰的旗帜，指皇帝仪仗队。

12. 宛转蛾眉：指杨贵妃。

13. 花钿：用金翠珠宝等制成的花朵形首饰。委地：丢弃在地上。翠翘：形如翡翠鸟尾的首饰。金雀：金雀钗。玉搔头：玉簪。

14. 云栈萦纡：指栈道高入云霄，萦回盘绕。

15. 峨嵋山下：玄宗不曾经过峨嵋山，这里泛指蜀中高山。

16. 天旋地转：指时局出现转机，唐军收复长安。回龙驭：皇帝的车驾归来。

17. 太液、未央：都是汉代池苑宫殿名，这里借指唐朝皇宫。

西宫南内多秋草，落叶满阶红不扫。[18]

梨园弟子白发新，椒房阿监青娥老。[19]

夕殿萤飞思悄然，孤灯挑尽未成眠。

迟迟钟鼓初长夜，耿耿星河欲曙天。[20]

鸳鸯瓦冷霜华重，翡翠衾寒谁与共。

悠悠生死别经年，魂魄不曾来入梦。

临邛道士鸿都客，能以精诚致魂魄。[21]

为感君王辗转思，遂教方士殷勤觅。

排空驭气奔如电，升天入地求之遍。

上穷碧落下黄泉，两处茫茫皆不见。[22]

忽闻海上有仙山，山在虚无缥缈间。

楼阁玲珑五云起，其中绰约多仙子。[23]

中有一人字太真，雪肤花貌参差是。[24]

金阙西厢叩玉扃，转教小玉报双成。[25]

闻道汉家天子使，九华帐里梦魂惊。

揽衣推枕起徘徊，珠箔银屏迤逦开。[26]

---

18. 西宫南内：皇宫之内称为大内。西宫即西内太极宫，南内为兴庆宫。玄宗返京后，初居南内，后迁往西内。

19. 梨园弟子：据《新唐书·礼乐志》记载，唐玄宗时宫中曾选"坐部伎"三百人教练歌舞，号称"皇帝梨园弟子"。椒房：后妃居住之所。阿监：宫中的侍从女官。青娥：年轻的宫女。

20. 耿耿：微明的样子。

21. 临邛（qióng）道士鸿都客：从临邛来长安的道士。临邛，今四川邛崃县。鸿都，东汉都城洛阳的宫门名，这里借指长安。

22. 碧落：即天空。黄泉：指地下。

23. 五云：五彩云霞。绰约多仙子：有很多体态轻盈柔美的仙子。

24. 太真：杨贵妃入宫前，先出家为女道士，道号太真。参差：仿佛，差不多。

25. 金阙、西厢：指宫殿。玉扃：玉门。小玉：吴王夫差女儿的名字。双成：传说中西王母的侍女，这里皆借指杨贵妃的侍女。

26. 珠箔：珠帘。银屏：饰银的屏风。迤逦：接连不断地。

云鬓半偏新睡觉，花冠不整下堂来。[27]

风吹仙袂飘飘举，犹似霓裳羽衣舞。

玉容寂寞泪阑干，梨花一枝春带雨。[28]

含情凝睇谢君王，一别音容两渺茫。

昭阳殿里恩爱绝，蓬莱宫中日月长。[29]

回头下望人寰处，不见长安见尘雾。[30]

惟将旧物表深情，钿合金钗寄将去。

钗留一股合一扇，钗擘黄金合分钿。[31]

但教心似金钿坚，天上人间会相见。

临别殷勤重寄词，词中有誓两心知。

七月七日长生殿，夜半无人私语时。[32]

在天愿作比翼鸟，在地愿为连理枝。[33]

天长地久有时尽，此恨绵绵无绝期。[34]

【赏析】

如果没有白居易的《长恨歌》，人们对唐玄宗李隆基与杨贵妃之间的爱情，会是另一种看法吗？毕竟，杨贵妃曾是寿王妃，是李隆基的儿媳妇，他们之间存在着事实上的乱伦关系。唐帝国的由盛转衰，他们也脱不了干系。而且，在后来的故事中，杨贵妃还曾与安禄山偷

---

27. 觉：醒。

28. 阑干：纵横交错的样子。这里形容满面泪痕。

29. 昭阳殿：汉成帝宠妃赵飞燕的寝宫。这里指杨贵妃在长安的宫殿。蓬莱宫：传说中的海上仙山。这里指杨贵妃在仙山的居所。

30. 人寰：人间。

31. 擘：分开。指一半给玄宗，另一半自己留下。

32. 长生殿：在骊山华清宫内。比翼鸟：传说中的鸟名，据说只有一目一翼，雌雄并在一起才能飞。

33. 连理枝：两株枝干合生在一起的树。

34. 恨：遗憾。

情，对唐玄宗不忠。可是在《长恨歌》中，这一切最终都被无视，诗人用最优美的语言，歌颂了唐玄宗与杨贵妃之间的爱情，对他们的悲剧给予了无限的同情。

唐人在诗中书写皇家宫廷之事，相比于历朝历代都是最大胆的，也没听说有谁因此得罪。《长恨歌》作于元和元年（806），其时白居易三十六岁，正是他提倡以讽喻时事为重要内容的新乐府运动的开端之年。所以不论从外在压力还是内在动因来看，白居易都无须刻意美化已经逝去了半个世纪的唐玄宗和杨贵妃。而诗歌第一句也确实透露出十足的讽喻之意——"汉皇重色思倾国"，对玄宗皇帝实在不恭敬。接下来写玄宗因沉溺美色而耽搁朝政，"春宵苦短日高起，从此君王不早朝"；写玄宗对贵妃家人的赐爵封赏，"姊妹弟兄皆列土，可怜光彩生门户"，几乎把玄宗写成了一位荒淫无道的皇帝。在写了玄宗对杨贵妃的宠溺之后，紧接着写安史之乱爆发，"渔阳鼙鼓动地来，惊破霓裳羽衣曲"，可见诗人对玄宗与贵妃还是持批判态度，认为他们两个要为这场让唐王朝由盛转衰的叛乱负责。

不过在写到马嵬事变之后，白居易对玄宗和杨贵妃的态度发生了完全的变化。他不再关心政治治乱的探讨，而是倾力描写玄宗在贵妃死亡后的痛苦和对她的思念。"蜀江水碧蜀山青，圣主朝朝暮暮情"，每一天都沉浸在对贵妃的思念中；"行宫见月伤心色，夜雨闻铃肠断声"，无论看到什么、听到什么，都会引发他的悲伤。这悲伤丝毫不能被时间的流逝冲淡，回到长安后，处处触景伤情，看到"太液芙蓉未央柳"，就会想到"芙蓉如面柳如眉"。每天晚上独对孤灯，思念着贵妃难以入眠。玄宗的痴情甚至感动了一位方士，方士为玄宗升天入地去寻找贵妃的魂魄，终于在海上的一座仙山找到。此时贵妃已位列仙班，尽管仙凡两隔，但她对玄宗同样也未忘情，仍然保留着当年的定情物，仍然记着当年的海誓山盟："在天愿作比翼鸟，在地愿为连理枝。"

行文至此，不论作者还是读者，谁还记得，谁还在乎玄宗和贵妃的身份呢？我们看到的，是一对经历了生离死别仍然忠贞不渝的恋人，是一出尽管深情相爱却不能在一起的爱情悲剧。"天长地久有时尽，此恨绵绵无绝期"，永远隔绝的遗憾，永远相爱的执着，随着这篇长诗传唱至今。

琵琶行

白居易

元和十年，予左迁九江郡司马[1]。明年秋，送客湓浦口，闻舟中夜弹琵琶者，听其音，铮铮然有京都声。问其人，本长安倡女，尝学琵琶于穆、曹二善才，年长色衰，委身为贾人妇[2]。遂命酒，使快弹数曲。曲罢，悯默。自叙少小时欢乐事，今漂沦憔悴，转徙于江湖间。予出官二年，恬然自安，感斯人言，是夕始觉有迁谪意。因为长句，歌以赠之，凡六百一十六言，命曰《琵琶行》。

浔阳江头夜送客，枫叶荻花秋瑟瑟。[3]
主人下马客在船，举酒欲饮无管弦。
醉不成欢惨将别，别时茫茫江浸月。
忽闻水上琵琶声，主人忘归客不发。
寻声暗问弹者谁？琵琶声停欲语迟。
移船相近邀相见，添酒回灯重开宴。[4]
千呼万唤始出来，犹抱琵琶半遮面。
转轴拨弦三两声，未成曲调先有情。
弦弦掩抑声声思，似诉平生不得志。
低眉信手续续弹，说尽心中无限事。
轻拢慢捻抹复挑，初为《霓裳》后《六幺》。
大弦嘈嘈如急雨，小弦切切如私语。[5]
嘈嘈切切错杂弹，大珠小珠落玉盘。

---

1. 左迁：贬官，降职。九江郡司马：即江州司马。
2. 倡女：歌女。善才：当时对琵琶师或曲师的通称。贾（gǔ）人：商人。
3. 瑟瑟：形容枫叶、芦荻被秋风吹动的声音。
4. 回灯：重新拨亮灯光。
5. 嘈嘈：指声音沉重。切切：指声音细碎轻幽。

间关莺语花底滑，幽咽泉流冰下难。[6]

冰泉冷涩弦凝绝，凝绝不通声渐歇。

别有幽愁暗恨生，此时无声胜有声。

银瓶乍破水浆迸，铁骑突出刀枪鸣。

曲终收拨当心画，四弦一声如裂帛。[7]

东船西舫悄无言，唯见江心秋月白。

沉吟放拨插弦中，整顿衣裳起敛容。

自言本是京城女，家在虾蟆陵下住。[8]

十三学得琵琶成，名属教坊第一部。[9]

曲罢曾教善才服，妆成每被秋娘妒。[10]

五陵年少争缠头，一曲红绡不知数。[11]

钿头银篦击节碎，血色罗裙翻酒污。[12]

今年欢笑复明年，秋月春风等闲度。

弟走从军阿姨死，暮去朝来颜色故。[13]

门前冷落鞍马稀，老大嫁作商人妇。

商人重利轻别离，前月浮梁买茶去。

去来江口守空船，绕船月明江水寒。

夜深忽梦少年事，梦啼妆泪红阑干。[14]

我闻琵琶已叹息，又闻此语重唧唧。[15]

---

6. 间关：形容鸟鸣声。幽咽：形容遏塞不畅状。

7. 四弦一声：一曲结束时，用拨子在琵琶的中部划过四弦，亦即上句中说的"当心画"。

8. 虾（há）蟆陵：在长安城东南，曲江附近。

9. 教坊：唐代官办管领音乐杂技、教练歌舞的机构。

10. 秋娘：泛指歌舞妓。

11. 五陵：在长安城外，因有汉代五个皇帝的陵墓而得名。年少：年轻人。缠头：用锦帛之类的财物送给歌舞妓女。

12. 击节：打拍子。

13. 颜色故：指容貌衰老。

14. 阑干：形容泪痕纵横散乱的样子。

15. 唧唧：叹声。

同是天涯沦落人，相逢何必曾相识！

我从去年辞帝京，谪居卧病浔阳城。

浔阳地僻无音乐，终岁不闻丝竹声。

住近湓江地低湿，黄芦苦竹绕宅生。

其间旦暮闻何物？杜鹃啼血猿哀鸣。

春江花朝秋月夜，往往取酒还独倾。

岂无山歌与村笛？呕哑嘲哳难为听。[16]

今夜闻君琵琶语，如听仙乐耳暂明。

莫辞更坐弹一曲，为君翻作《琵琶行》。

感我此言良久立，却坐促弦弦转急。[17]

凄凄不似向前声，满座重闻皆掩泣。[18]

座中泣下谁最多？江州司马青衫湿。

【赏析】

《长恨歌》和《琵琶行》是白居易最著名的两首长诗。在白居易去世后不久，唐宣宗写诗悼念，诗中说："童子解吟《长恨曲》，胡儿能唱《琵琶篇》。"可见这两首诗在当时流传之广。《琵琶行》作于元和十一年（816），其时白居易正在遭受一生中最沉重的政治打击，被贬九江司马。

《琵琶行》首先最让人津津乐道的是对音乐的描写。在一个"枫叶荻花秋瑟瑟"的夜晚，月光照在江面上，这时琵琶曲响起，从初始的"轻拢慢捻""弦弦掩抑"，到"大弦嘈嘈""小弦切切"的乐声逐渐纷繁变化，再到"弦凝绝""声渐歇"的再次幽缓，乃至"此时

---

16. 呕哑嘲哳：形容声音嘈杂。

17. 促弦：把弦拧得更紧。

18. 向前声：刚才奏过的单调。掩泣：掩面哭泣。

无声胜有声",乐声几不可闻,最后突然乐声陡起,越来越高昂、急促,在"四弦一声如裂帛"的高潮处戛然而止。诗人还用了大量精妙的比喻来描写美妙的音乐声,写乐音纷繁高低变化时如"急雨""私语",如"大珠小珠落玉盘",写乐音幽缓时如"间关莺语花底滑,幽咽泉流冰下难",写乐音高昂急促时则如"银瓶乍破水浆迸,铁骑突出刀枪鸣",而最后的收尾则如"裂帛"。这些比喻不仅在声音上惟妙惟肖,而且极富画面感,让读者不仅"听"到了音乐,似乎还"看"到了音乐。在描写音乐的同时,诗人也没有忘记琵琶女。随着音乐的展开,我们也听到了她的"平生不得志",音乐中传达着她的"心中无限事"。当音乐结束时,"东船西舫悄无言,唯见江心秋月白",不论演奏者还是听者,都沉浸在音乐和音乐在各自心中所引起的"幽愁暗恨"中。

诗人将一场琵琶弹奏写得声情并茂,如在耳边,如在眼前。但《琵琶行》最动人之处,在于它在音乐之外,还讲了两个故事。一个故事是琵琶女的,她曾经有过年轻得意的时候,见惯了繁华热闹,"五陵年少争缠头,一曲红绡不知数","今年欢笑复明年,秋月春风等闲度";但是后来年纪老大,风光不再,"门前冷落鞍马稀,老大嫁作商人妇",但是商人对她并不爱惜,如今她独守空船,在回忆以前的美好时光中度日。另一个故事是诗人自己的,诗人在元和年间意气风发,在朝堂上敢于直言极谏,在文学创作上写了大量新乐府诗,以诗歌补察时政、讽喻执政。然而终于在元和十年因得罪权贵遭到沉重打击,被贬谪到九江。他此时的处境是"住近湓江地低湿,黄芦苦竹绕宅生。其间旦暮闻何物?杜鹃啼血猿哀鸣"。他的心情也颇为消沉:"春江花朝秋月夜,往往取酒还独倾。"

尽管两个人的身份地位有天壤之别,但都命途多舛,都经历了自盛而衰的命运转折。因而琵琶女的音乐和身世,引发了诗人"同是天涯沦落人,相逢何必曾相识"的感叹。不论任何时代,总会有人由于种种原因，跌入命运的低谷，或在仕途上坎坷不遇，或在生活上穷困潦倒，或在情感上悲愁困苦。而这首诗，也就在后世持续地引起无数人的共鸣。

大林寺桃花

白居易

人间四月芳菲尽，山寺桃花始盛开。

长恨春归无觅处，不知转入此中来。

【赏析】

春天即将到来时，人们会去寻春、赏春；春天结束时，人们会惜春、伤春。但春天究竟在哪里呢？"天街小雨润如酥，草色遥看近却无"，韩愈从街边刚刚萌发绿意的小草那里看见了春天；"城中桃李愁风雨，春在溪头荠菜花"，辛弃疾从郊野溪边的荠菜花那里看见了春天；"春色满园关不住，一枝红杏出墙来"，叶绍翁从探出墙外的一枝杏花那里看见了春天。

白居易是在山寺桃花那里看见了春天，他更为惊喜。因为这时候已是四月，春天已经逝去，春芳都已凋谢，诗人正满怀惜春的遗憾。这时候突然在山上看见刚刚开始盛开的桃花，如何不让他诧异、惊喜？如果这时候你去告诉诗人，这是由于山上气温比山下低，是正常的物候现象，那你就太煞风景了。诗人也不会听，因为这时候诗人的眼中只有春天。

春天究竟在哪里，当代有一首儿歌这样回答："春天在那小朋友眼睛里，看见红的花呀，看见绿的草，还有那会唱歌的小黄鹂。"虽然是一首儿歌，它的答案却是通行于古今的：春天在我们的眼睛里。

钱塘湖春行[1]

白居易

孤山寺北贾亭西，水面初平云脚低。
几处早莺争暖树，谁家新燕啄春泥。
乱花渐欲迷人眼，浅草才能没马蹄。
最爱湖东行不足，绿杨阴里白沙堤。[2]

【赏析】

杭州西湖是天下胜景，连民间曲艺中都唱"杭州美景盖世无双，西湖岸奇花异草四季清香"。白居易曾任杭州刺史，西湖也是从他开始声名渐著。他有多篇歌咏西湖的诗作，《钱塘湖春行》是其中流传最广的一篇。

这首诗没有刻意去展现西湖的湖山美景，只用一句"水面初平云脚低"勾勒了一下西湖的样貌，然后就陶醉在西湖的春天里。诗人骑在马上，沿着湖岸，悠悠荡荡，听到近旁有黄莺在树上发出悦耳的鸣唱，看见不远处有燕子掠地飞过，花花草草都在春光中自由舒展。

诗人没有过多去写西湖的湖山，不等于诗人的眼睛没有去看。早莺、新燕、乱花、浅草，这些寻常景物，正是在西湖的湖光山色里，才格外引人沉醉。读者也需要展开想象的翅膀，将视线从这几样景物上延伸开去，才能看到诗人彼时彼地看到的画面，才能和诗人一起徜徉在西湖的春天里。

---

1. 钱塘湖：即杭州西湖。
2. 绿杨：柳树。

江雪

柳宗元

千山鸟飞绝，万径人踪灭。

孤舟蓑笠翁，独钓寒江雪。

【赏析】

这首被誉为"唐人五绝最佳"的小诗是柳宗元诗文冷峭风格的集中体现。天地开阔，却全无"飞鸟""人踪"，一个"绝"、一个"灭"，见出一片浩渺的洁白，极清寒，极寂寥。视线由千山、万径逐渐缩小到孤舟，最后聚焦于一个小小的渔翁。"寒""雪"渲染了寂寥肃杀之境，但"孤""独"却使蓑笠翁相当醒目。他并未被这清寒肃杀的冰雪所惧，而是倔强孤独地垂钓着冰雪。晶莹澄澈、幽寒高洁的境界不仅是画面，也是诗人精神世界的外现。渔翁的孤傲劲拔与环境的清冷开阔结合，构成了诗歌迥拔流俗、一尘不染的冷峭格调。

富于理想色彩的永贞革新失败后，柳宗元被贬永州。随他流徙的七旬老母半年后过世。政途黑暗，至亲离世，朝廷还下令"纵逢恩赦，不在量移之限"，他的人生如冰雪般严寒，但他为人为文仍追求"奥、节、清、幽、洁"，以纯粹和清洁来要求自我，绝不苟且媚俗。那个在风雪严寒中不避严霜的渔父何尝不就是诗人自己呢？

与之相较，柳宗元《渔翁》则表现了渔父散淡清新的一面："渔翁夜傍西岩宿，晓汲清湘燃楚竹。烟销日出不见人，欸乃一声山水绿。回看天际下中流，岩上无心云相逐。"

柳宗元（773—819），字子厚。河东（今山西运城）人。参与"永贞革新"，事败被贬永州司马，后调柳州刺史，世称"柳河东""柳柳州"，诗文峻洁流丽。

登柳州城楼寄漳、汀、封、连四州刺史

柳宗元

城上高楼接大荒，海天愁思正茫茫。
惊风乱飐芙蓉水，密雨斜侵薜荔墙。[1]
岭树重遮千里目，江流曲似九回肠。[2]
共来百越文身地，犹自音书滞一乡。[3]

【赏析】

元和十年（815），柳宗元远放柳州（今属广西）。如果说革新失败被贬永州司马还有东山再起的希望，那再次远放就意味着政治生命的结束。可以想见他心中难以言明的愤懑、幽怨和近乎绝望的孤独。因而即使被严密监控，他也要寄诗给同为永贞革新同志的四位友人——漳州刺史韩泰、汀州刺史韩晔、封州刺史陈谏、连州刺史刘禹锡。

边城拥托着城楼，城楼高处有一人，目光越过荒原，神思与海天相通。天地间仿佛都充盈着他的愁思。

芙蓉、薜荔都是《楚辞》中的美好之物。《离骚》曰："制芰荷以为衣兮，集芙蓉以为裳。不吾知其亦已兮，苟余情其信芳。"《九歌·云中君》曰："采薜荔兮水中，搴芙蓉兮木末。"可见芙蓉、薜荔之高洁美好。然而眼下，芙蓉被狂风刮倒，薜荔为暴雨摧残，美好之物被无情地打击破坏，正如充满理想的人们却被打压摧残。面对此种景象，令人不由为之忧恐、愤懑。

岭树青苍，阻隔了千里望友的视野；曲折江流，仿佛诗人回环不

---

1. 飐（zhǎn）：吹动。薜（bì）荔墙：蔓生香草的墙面。
2. 九回肠：愁思缠结。司马迁《报任安书》"肠一日而九回"。
3. 百越：南方少数民族的统称。文身地：越人断发文身。

解的愁肠。

前三联的景物描写已渗透了忧愤之情，尾联便点出诗人心中最深的怨愤：远放边州，幸尚五人同来，却因蛮乡异域而音书断绝。"共来"与"犹自"的鲜明对比突出诗人胸中强烈的不平之气。然而愁肠伤身，忧闷伤神，四年后，诗人殁于柳州。

闻乐天授江州司马
元稹

残灯无焰影幢幢，此夕闻君谪九江。[1]
垂死病中惊坐起，暗风吹雨入寒窗。

【赏析】

元稹与白居易的友情是文学史上的佳话。两人在文学创作上才华横溢，在政治上志同道合，一生中尽管聚少离多，但音讯通问频繁，诗歌唱和不断。两人都是通过科举考试早登仕途，满怀一腔热情，希望经世济民，补救时弊，因而刚直不阿，不畏权贵，但也因此在前半生仕途坎坷，屡遭打击。唐宪宗元和十年，宰相武元衡被藩镇派来的刺客暗杀，白居易上书请求搜捕凶手，触怒当权者，被贬江州司马。当时元稹已经被贬多年，在贬所听到这个消息后，愤而写下此诗。

诗歌开篇就用"残灯无焰影幢幢"一语，渲染了自己此时黯淡的心绪和凄凉的处境，在昏暗摇曳的灯光下，突然得知了好友被贬谪的消息。本来缠绵病榻毫无气力的自己，听到这个消息也竟然从床上"惊坐起"。这三个字，这一动作，可谓"含不尽之意，见于言外"，其中有诗人因友人遭此不幸的震惊，有对友人受此不公的愤懑，有为友人将如自己备尝艰辛的悲痛。可是，自己如今自身难保，对友人的不幸无能为力。因而"惊坐起"的诗人，更加感受到凄凉，此时陪伴他的，只有"暗风吹雨入寒窗"。

元稹（779—831），字微之。河南（今河南洛阳）人。与白居易是好友，世称"元白"。
1. 幢幢：灯影昏暗摇曳的样子。九江：江州的治所。

遣悲怀三首（其二）
元稹

昔日戏言身后事，今朝都到眼前来。
衣裳已施行看尽，针线犹存未忍开。
尚想旧情怜婢仆，也曾因梦送钱财。
诚知此恨人人有，贫贱夫妻百事哀。

【赏析】

不能白头偕老，是恩爱夫妻最大的遗憾。元稹与自己的第一任妻子韦丛共同生活了七年，琴瑟和鸣，感情深笃。但韦丛早逝，给元稹留下了无尽的遗憾。在韦丛身后，元稹在不同时期写下了许多悼亡诗，怀念亡妻，《遣悲怀三首》是其中最著名的一组。

本诗是《遣悲怀三首》中的第二首，记述了在韦丛离去后的日子里，诗人对韦丛的追念。如今和亡妻的阴阳两隔，在以前他们也开玩笑提起过，没想到竟然这么早地成为现实。韦丛穿过的衣服，他都已施舍给别人，韦丛用过的针线，他都封存起来。他以为这样可以减轻他对亡妻的思念，可是看到家中曾经服侍过韦丛的婢女，就会让他想起他与韦丛的恩爱；而梦中更是无可避免地梦见韦丛，他也因此到寺庙中施舍钱财。韦丛离开了，却仍在他心里。

元稹也想自我劝慰：生离死别是人世的普遍现象，最终都会落在每一对夫妻身上，自己不必为此过度悲伤。只是韦丛跟他在一起时他官职低微，俸禄微薄，而韦丛却十分贤惠，与他患难与共，一起度过了那些艰辛的日子。随着韦丛的离世，他再也没有机会弥补了。这是他最难以释怀的，正如他在第三首中所说的，如今他能做的，就是"惟将终夜长开眼，报答平生未展眉"。

离思五首（其四）

元稹

曾经沧海难为水，除却巫山不是云。
取次花丛懒回顾，半缘修道半缘君。[1]

【赏析】

缠绵悱恻，生死不渝，是这首诗的动人之处。

"曾经沧海难为水"一句化用了《孟子》中的"观于海者难为水，游于圣人之门者难为言"，"巫山云"则取典于宋玉《高唐赋序》中巫山神女自称的"妾在巫山之阳，高丘之阻。旦为朝云，暮为行雨，朝朝暮暮，阳台之下"。经过元稹巧妙的点化，赋予了这两个典故新的含义，表达了一种非你莫属的极为坚决的态度。

这种态度，这份爱，不因为爱人的离世而改变，诗人明确宣告：因为爱了你，再也不会爱别的人了；虽然你已离开人世，我的心里依然只有你。

"修道"，说到底还是由于爱人的离世，此时的诗人已生无可恋，唯有向"修道"寻求些许慰藉。可是如果"修道"真能让诗人超脱，也就不会说"半缘君"了。由于爱人的逝去，在尘俗已不能获得幸福，而"修道"也无法让自己从悲伤中解脱出来。

这首诗为我们诠释了人们所向往的爱情的最高境界：忠贞和永远。

---

1. 取次：任意，随便。修道：道教或佛教的修行。

行宫

元稹

寥落古行宫，宫花寂寞红。
白头宫女在，闲坐说玄宗。

【赏析】

红艳艳的宫花和白头宫女被并置在一幅画面内，形成了鲜明的对比，生机的勃发与生命的衰亡都是如此醒目。但宫花和宫女又有相同的命运，宫女曾如宫花一般鲜艳美丽，宫花也如宫女一般被禁锢在行宫内，无论多么美丽，也只能寂寞地绽放，然后寂寞地凋零。

白头宫女们的话题还停留在玄宗时代，那是一个鼎盛美好的时代，也是她们青春妙龄的时代。而从那以后，外面的世界就与她们无关了。时间从她们身边驶过，年复一年，日复一日，她们的生活却好像被定格了一般，唯一的变化是容颜在时光中渐渐老去。

"如花美眷，似水流年"，青春被无价值地损耗，生命被无意义地浪费，怎能不让人痛心惋惜？

题鹤林寺僧舍
李涉

终日昏昏醉梦间，忽闻春尽强登山。
因过竹院逢僧话，又得浮生半日闲。

【赏析】

我们常常迷失于忙碌的工作和琐碎的日常生活而不自知，在自己的一片小天地中，庸庸碌碌地度过一天又一天。曾经的许多计划和想法，找不到时间去实施，便被一次次推后，直到被我们放弃乃至遗忘。

诗人从这种生活中警醒了。他猛然发现春天已经在不知不觉中流逝，一年中最美好的日子还未察觉就要结束了。于是诗人下定决心，从日常的世界中挣脱出来，走向大自然。

在大自然中，没有功利目的，没有刻意安排，随意漫游，自由自在。来到一家寺院，遇到一位僧人，就停下来闲聊，聊一些世俗之外的话题。

半日的出游，让诗人感到轻松愉快。浮生如梦，大多数时候身不由己，但我们不能被生活奴役而不自知。让自己成为生活的主宰，哪怕只有半日也好。

李涉（约806年前后在世），洛阳人。中唐诗人。

江楼感旧

赵嘏

独上江楼思渺然，月光如水水如天。
同来望月人何处？风景依稀似去年。

【赏析】

这首诗的背后有一个故事，诗人却不肯述说明白。

江边月夜，诗人独自登楼，心中生出一种昨日重现的感觉，还是去年的江楼，还如去年的月色。只是昨日毕竟不能重现，去年曾与诗人同来赏月的人，今夜已不知身在何处。那人是谁？与诗人是朋友还是恋人？为了什么缘由而分别？诗人没有说，但我们能感到诗人对过去的人与时光的怀念；他在怀念中倚阑眺望，月色如水，江水茫茫，无边的思绪融入到无边的水光月色之中。

每个人都有属于自己的悲欢离合的故事，所以诗人即使不把他的故事讲述出来，在这样一个月色缥缈的夜晚，我们也能和诗人一起沉浸在物是人非的怅惘之中。

赵嘏（约806—852），字承祐。山阳（今江苏淮安）人。晚唐诗人。

长安秋望

赵嘏

云物凄清拂曙流，汉家宫阙动高秋。[1]

残星几点雁横塞，长笛一声人倚楼。[2]

紫艳半开篱菊静，红衣落尽渚莲愁。[3]

鲈鱼正美不归去，空戴南冠学楚囚。[4]

【赏析】

秋天的拂晓，长安城还未醒来。诗人登高眺望，看到了与白天不一样的长安。

曙光依稀中，空中有些云雾飘移，长安城的街道屋宇朦朦胧胧显出一些轮廓，最显眼的仍是皇宫中高大巍峨的宫殿楼阁，高高耸立，直指天空。远天几颗将落未落的残星，有一行大雁飞过。悠扬的笛声吹来，在寂静的清晨传得很远，有人倚楼吹笛。光线渐渐分明，能够看清篱边菊花正在安静地开放，在秋天的晨光中尤觉鲜艳，相比之下，水中的莲花已经凋零残败。

南飞的大雁，半开的菊花，零落的红莲。诗人看到了秋天，感受到了秋天拂晓的清冷和孤独，对故乡的思念在诗人心中油然而生。现在的故乡，温暖依旧，鲈鱼肥美。诗人忽然醒悟：为了空幻的浮名浮利，离弃了最可依恋的事物，这是多么的不明智啊。就如陶渊明所说的："悟已往之不谏，觉今是而昨非。"好在迷途未远，不如归去！

---

1. 云物：即云雾。拂曙：拂晓。流：流动。
2. 雁横塞：大雁飞越边塞，向南飞去。
3. 红衣落尽：指红色的莲花已经凋谢。渚：水中小洲。
4. 鲈鱼正美：此处用了西晋张翰的典故，张翰是吴（今江苏苏州）人，在洛阳做官，见秋风起，思念家乡的鲈鱼莼菜，遂弃官回家。南冠、楚囚：此处指南方人来到北方。典出于《左传·成公九年》，楚国乐官钟仪被俘虏到晋国，晋侯到军中视察时看到他，问："南冠而絷者，谁也？"他旁边的晋国官员回答说："郑人所献楚囚也。"

渡桑干

刘皂

客舍并州已十霜，归心日夜忆咸阳。
无端更渡桑干水，却望并州是故乡。

【赏析】

咸阳在今陕西咸阳，并州在今山西太原，桑干河在并州以北。诗人家乡在咸阳，却已旅居并州十年。古人安土重迁，离开家乡愈远，对家乡的思念愈切，"归心日夜忆咸阳"。可是"无端更渡桑干水"，要渡过桑干河，去往更北的方向。越期盼回乡，反而离家乡越远。"无端"是没有来由、没有原因的意思，诗人渡河北上，当然不会无来由，必是有着迫不得已的原因。只是不论什么原因，都非诗人所愿，都让诗人离家乡更远。

诗人本来日夜盼望期望离开并州，那是为了回到家乡。如今却是向着背离家乡的方向，去往完全陌生的地方，而回望之中，对客居了十年的并州竟有了熟悉亲切之感。

一句"却望并州是故乡"，道出了心中的苦涩。归乡之期，更为渺然；思乡之情，更觉凄然。

刘皂（生卒年不详），咸阳人。中唐诗人。

陇西行

陈陶

誓扫匈奴不顾身，五千貂锦丧胡尘。[1]
可怜无定河边骨，犹是春闺梦里人。[2]

【赏析】

唐代的边塞诗，题材丰富，主题多样，或反映奋不顾身杀敌立功的豪情，或抒发久戍边关念家思归的忧伤，或描写异域风光异族风俗。而频繁的边塞战争也会催生诗人对战争的意义、战争的后果作更深刻的思考和反省。陈陶《陇西行》就是这样一首将战争的灾难展示得怵目惊心的优秀之作。

诗人就像一位冷静的电影大师，四句诗犹如四个精心选取的镜头，被用蒙太奇手法剪切在一起。第一个镜头是出征的场景，将士们斗志昂扬，盔甲鲜明，义无反顾地奔向战场；第二个镜头就切换到了战场上，将士们奋勇杀敌，牺牲在遥远的土地上；接着仿佛一个长镜头缓缓掠过战斗结束后的战场，尸横遍野，惨不忍睹；最后一个镜头闪回到将士们的家乡，那里有他们的妻子正在日夜思念，盼他们早日返回。妻子还在梦着丈夫锦衣貂裘凯旋，哪里知道丈夫此时已是荒野枯骨。"河边骨"与"梦里人"的对比，让人震撼。妻子此时充满希望的等待，更让人同情。尽管诗人没有作任何宣告，但这组镜头却让人直面战争带来的痛苦和灾难。战争，无论是正义的还是非正义的，无论是胜利的还是失败的，对于倒在战场上的将士来说，都是灾难；对于他们的家人来说，都是难以承受的悲痛。

陈陶（生卒年不详），字嵩伯，自称三教布衣。晚唐诗人。
1. 貂锦：貂裘锦衣。此处为借代手法，指穿着貂裘锦衣的战士。
2. 无定河：在今陕西北部。

寻隐者不遇

贾岛

松下问童子，言师采药去。
只在此山中，云深不知处。

【赏析】

这首小诗写得既简省干净，明白如话，又言有尽而意无穷，读来趣味盎然。

从题目开始，诗人就点到为止，同时又给出一定的信息引读者去想象。"寻隐者不遇"，遇到了谁呢？读正文知其遇到了隐者的童子。"松下问童子"，问了什么问题呢？从以下三句童子的回答可以推想，一定是诗人发现隐者不在家，向童子询问隐者去了哪里，几时回来等等。这一番对答，只用了五言四句二十个字便说尽，可谓言简意赅。

更见诗人功力的是，虽然隐者不在场，却句句围绕隐者而写，短短二十个字说足了隐者的风采。"松下"点出隐者的居处环境，那是高雅幽洁的；"采药"点出了隐者的活动，此处的"药"当是术士服食以求长生的丹药，与李白"采药穷山川"同趣；"云深"衬托出隐者的踪迹难寻，远离人间。

司马迁对孔子是"读孔氏书，想见其为人"，而贾岛对隐者，则是闻其人童子之言，想见其为人。

贾岛（779—843），字阆仙。范阳（今属北京房山区）人。中唐著名的苦吟诗人。

近试上张水部[1]

朱庆馀

洞房昨夜停红烛，待晓堂前拜舅姑。[2]
妆罢低声问夫婿：画眉深浅入时无？

【赏析】

从后人的眼光来看，唐代科举考试不够严肃。试卷不糊名，考官能看到考生的名字；考生的出身门第、名声大小、有没有权势者举荐，都是影响能否被录取的重要因素。因此唐代士子都需在考试之外另下功夫，他们广事干谒，拜见名公巨卿，希望得到他们的赏识和举荐；考试前把平时所作诗文投给朝中显贵，以期待他们能转致主考官，称为"行卷"——要参加进士科考试的举子们是不能直接向主考官行卷的。行卷后隔一段时间，还可以再投卷或呈送书信，称为"温卷"。

朱庆馀这首《近试上张水部》就是这样一首温卷性质的诗。此诗妙在全篇用比，生动巧妙地表达了自己的目的。从字面上看，这首诗表现了新嫁娘在新婚第二日见公婆前的心情，她紧张而又期待，不知道自己是否会被公婆接受，这决定着将来她在这个家庭中的命运。所以她精心打扮，可又不知自己这样的打扮能否让公婆中意，于是她首先征询丈夫的意见——此时她身边唯一的也是最重要的参谋，他的意见在很大程度上也代表了公婆的看法。

而朱庆馀真正要表达的，是以公婆比主考官，以丈夫比张籍，以新嫁娘比自己。临近考试，他就像新嫁娘一样忐忑不安，希望知道自

朱庆馀（生卒年不详），越州（今浙江绍兴）人。中唐诗人。

1. 张水部：指中唐著名诗人张籍，时任水部员外郎。
2. 舅姑：公婆。

己的文章是否能让主考官中意。而张籍的意见，就是重要的参考。

这首诗如此巧妙，引得张籍也用一首比体诗给予了答复，他在《酬朱庆馀》中写道："越女新妆出镜心，自知明艳更沉吟。齐纨未足时人贵，一曲菱歌敌万金。"将朱庆馀比作明艳的"越女"，将朱庆馀的诗比作价值万金的"菱歌"，毫无保留地表达了对朱庆馀诗文的赞赏之情。

金铜仙人辞汉歌并序[1]

李贺

魏明帝青龙元年八月，诏宫官牵车西取汉孝武捧露盘仙人，欲立置前殿[2]。宫官既拆盘，仙人临载，乃潸然泪下。唐诸王孙李长吉遂作《金铜仙人辞汉歌》。

茂陵刘郎秋风客，夜闻马嘶晓无迹。[3]

画栏桂树悬秋香，三十六宫土花碧。[4]

魏官牵车指千里，东关酸风射眸子。[5]

空将汉月出宫门，忆君清泪如铅水。[6]

衰兰送客咸阳道，天若有情天亦老。[7]

携盘独出月荒凉，渭城已远波声小。[8]

【赏析】

金铜仙人建造于汉武帝时代，是汉王朝繁荣昌盛的标志物。但随着汉室败亡，它亦不免被魏官牵引，辞别曾经辉煌一时的汉都长安。诗人采用金铜仙人的独特视角，让它来见证朝代更迭的沧桑一幕。

李贺（790—816），字长吉。年少失意，郁郁而死，诗风诡谲，被称为"诗鬼"。

1. 金铜仙人：汉武帝于建章宫前造神明台，上铸金铜仙人，舒掌擎铜盘、玉杯以承云之露，以云露玉屑饮之以求仙道。

2. 魏明帝：三国时期魏国君主曹叡。宫官：宦官。

3. 茂陵：汉武帝的陵墓。刘郎：汉武帝刘彻。"夜闻"句：汉武帝阴灵夜出晓灭，与生前赫赫对照，加倍悲凉。

4. 秋香：林同济认为应作"枯香"。土花：苔藓。

5. 魏官：序中的宫官。牵车指千里：牵车指向千里之外的洛阳。东关：长安东城关。

6. 将：携。汉月：铜人在汉时所见之月，亘古不变，故魏时仍称"汉月"。君：指汉武帝。铅水：铜人的泪水。

7. 客：铜人。

8. 渭城：秦都咸阳，汉改称渭城，这里应指长安。

诗歌以铜人尚在汉宫的感受开篇。汉武帝刘彻早已葬身茂陵，夜间游魂马嘶，清早杳无踪迹，而他生前临幸的"三十六宫"也已尽生苔藓，不复当年的繁华景象。这已让铜人暗暗忧伤，更令它痛苦的是，曹魏统治者要将它迁往洛阳。从"魏官牵车指千里"一句始，金铜仙人开始辞别汉宫。一路景致都被铜人的感受渲染上了主观色彩。"东关酸风射眸子"以通感写尽风中酸楚，兰草芜败，月下荒凉，"渭城已远波声小"更写出渐行渐远中往日痕迹消失殆尽的惨痛。至此，铜人虽有金石之质，也不免"忆君清泪如铅水"，泪洒古道。然而，在这压倒一切的悲伤中，诗人是清醒的。"天若有情天亦老"，诗人从天道与人事关系的角度，清醒地认识到，怆别之情皆为空恨，只能独自承受。

　　李贺被称为"诗鬼"，其诗色彩浓郁，想象奇诡，拟人通感皆新意迭出，然其人其诗流于个人感伤，故杜牧称其"理不胜辞"。而"天若有情天亦老"一句却富于哲理，颇为后人称道。宋人石曼卿以"月若无恨月长圆"对之，被秦少游写入词中。毛泽东更将此句写入律诗，"天若有情天亦老，人间正道是沧桑"，从变化乃正理的角度赋予天道以雄健有力的新气象。

梦天

李贺

老兔寒蟾泣天色，云楼半开壁斜白。

玉轮轧露湿团光，鸾佩相逢桂香陌。

黄尘清水三山下，更变千年如走马。[1]

遥望齐州九点烟，一泓海水杯中泻。[2]

【赏析】

《梦天》是一首游仙诗。天色幽晦，一阵微雨，仿佛月宫里的玉兔蟾蜍在哭泣。随后雨停云开，月光斜照，幽深洁白。诗人由此进入天界。明月升起，像车轮碾压着清露缓缓前行，染湿团团月晕。在一片仙气茫茫中，诗人与佩戴鸾凤玉佩的神女相遇了。周围是桂树小道，阵阵飘香。

回望尘寰，海上三座仙山之下，万物变化如奔走的野马。海生陆沉，沧海桑田，人事代谢，往来古今。然而在时间永恒的仙界看来，这一切不过发生在白驹过隙的瞬间。正所谓"仙界方七日，世上已千年"。诗人超时间的幻想，与现代物理中的时间弯曲理论颇为相近。世人以为的广袤山河、九州大地，在天界看来不过只是九点烟尘，汗漫无边的海水也不过如一泓水在杯中倾泻。视角的切换带来新颖的感受，与现代人坐飞机的体验很相似。尾联中"九点烟"和"杯中泻"的表达富于动感，尤其新颖，使人难忘。

李贺善借仙姝、鬼魅等幽眇意象来表达内心的欲望和苦闷，并用五彩眩耀的词句将仙界形容得异常美妙。辞藻固然流光溢彩、新奇

---

1. 黄尘清水：陆地海洋。三山：蓬莱、方丈、瀛洲三座仙山。
2. 齐州：指中国。九点烟：古分中国为九州，即兖、冀、青、徐、豫、荆、扬、雍、梁，从天上看，九州不过九点烟尘。

诡谲，然其实质不过是通过神光折射自己未实现的世俗欲望。《梦天》即表达诗人对男女欢爱和超越生灭的向往。但诗人脆弱，且苦吟伤身，因而并未在短暂的一生中实现夙愿。二十七岁时，弥留之际，他仍耽于仙界的幻觉中来克服对死亡的恐惧，"将死时，忽昼见一绯衣人，驾赤虬，持一版，书若太古篆或霹雳石文者，云：'当召长吉。'长吉了不能读，欻下榻叩头言：'阿㜷老且病，贺不愿去。'绯衣人笑曰：'帝成白玉楼，立召君为记。天上差乐，不苦也。'……长吉竟死"。

雁门太守行

李贺

黑云压城城欲摧，甲光向日金鳞开。[1]

角声满天秋色里，塞上燕脂凝夜紫。

半卷红旗临易水，霜重鼓寒声不起。

报君黄金台上意，提携玉龙为君死。[2]

【赏析】

乌云压阵，正如与敌军对峙的紧张气氛。此时阳光破云隙而出，金甲反射阳光，令人耀目。两军开始冲杀，号角声闻满天，沙场鏖战的激烈可想而知。夜色凝紫，犹如燕地红蓝花汁制成的燕脂（胭脂）。《滕王阁序》云："烟光凝而暮色紫。"在边塞战地的急逼氛围下，这凝重的夜空更为复杂，不知蕴藏了多少拼杀与危机。

在这紧迫凝重的战地氛围中，跃动的"红旗"成为一抹亮色，战旗"半卷"，可"见轻兵夜进之捷"。王昌龄诗云："大漠风尘日色昏，红旗半卷出辕门。前军夜战洮河北，已报生擒吐谷浑。"联系"临易水"三字，迅捷有纪律的行军中还含有"风萧萧兮易水寒，壮士一去兮不复还"的悲壮，但却是内敛而紧迫的。"霜重鼓寒声不起"，严霜浓重，鼓声都低沉不响。如此严峻的天气，士兵们仍冒寒迎战，慷慨英勇的士气冲纸而出。

环境渲染至此，士兵们的战斗意志便可自然点出、画龙点睛：为报答明君养士之恩，甘愿"提携玉龙"，血洒疆场。

---

1. 甲光：铠甲之光。金鳞：连锁甲。
2. 黄金台：燕昭王置千金于黄金台上，以延天下之士。玉龙：剑。

寄扬州韩绰判官
杜牧

青山隐隐水迢迢，秋尽江南草未凋。
二十四桥明月夜，玉人何处教吹箫？

【赏析】

杜牧风流倜傥。《唐才子传》记载："牧美容姿，好歌舞，风情颇张，不能自遏。时淮南称繁盛，不减京华，且多名姬绝色，牧恣心赏。"时任扬州节度使的牛僧孺因爱才，派人暗中保护杜牧，收回的平安帖子甚至堆满了一书筐。对于在扬州的风流生活，杜牧自诗云："落魄江湖载酒行，楚腰纤细掌中轻。十年一觉扬州梦，赢得青楼薄幸名。"

《寄扬州韩绰判官》一诗正展现了诗人在扬州梦一般的生活。青山逶迤，隐于天际，绿水如带，迢递不断。"隐隐""迢迢"一对叠字，将扬州绰约多姿的山水点染开来，淡淡的思忆隐现其间。"秋尽江南草未凋"，深秋清寒，诗人将对扬州的眷恋融入江南未尽的生意中，一股朦胧的暖意轻轻涌起。

"二十四桥明月夜，玉人何处教吹箫？"明净莹洁，如仙如梦，风流俊爽的韩君此时在何处教人吹箫呢？调侃与艳情都能写得如此风调悠扬、清丽轻爽，大概也只有杜牧了吧！一丝歆羡，几分怅触，更有对梦一般的扬州亲切的怀念：吹箫的玉人披着银辉，洁白光润，呜咽悠扬的箫声飘散在已凉未寒的江南秋夜，令人心荡神移……"谁家唱水调，明月满扬州。"

杜牧（803—853），字牧之。京兆万年人。与李商隐并称"小李杜"。

山行

杜牧

远上寒山石径斜，白云生处有人家。
停车坐爱枫林晚，霜叶红于二月花。

【赏析】

这首小诗不仅即兴咏景，而且是诗人志趣的寄托、内在精神世界的表露。

"远上寒山石径斜"，"斜"与"上"写高而缓的山势，呼应第一个"远"字。起句深远开阔，寒山苍翠，石径裸露，山间已不复春夏的浓荫翠秀。一条小径向远处伸展，顺着这条山路向上望去，在白云飘浮的地方，有几间山石砌成的石屋石墙，也许还有犬吠、鸡鸣、炊烟。人的气息使石径不再冷寂，白云缭绕也不虚无缥缈了，寒山蕴含着生气。

流连之际，一片深秋枫林展现在眼前。诗人惊喜地发现，夕晖晚照下，枫叶流丹，层林如染，如云锦，如彩霞，这美景比江春二月更为绚丽。原来经过严霜的枫叶比娇嫩的美更打动人心。"霜叶红于二月花"不仅是眼中之景，更是心中气象。绚丽的秋色不逊于春朝，人生又何尝不是如此？于是一股英爽俊拔之气拂拂笔端，令人不禁精神发越，昂扬满足。

秋夕
杜牧

银烛秋光冷画屏，轻罗小扇扑流萤。
天阶夜色凉如水，卧看牵牛织女星。

【赏析】

冷与暖、明与暗的交织是此诗独有的美。

画屏精致，但屋内的烛影秋光一片寒白，照着画屏越精致，却越冷寂。到屋外走走吧。草间闪闪烁烁的是什么？近看，是飞复不息的流萤！轻纱罗裙的少女突然感到某种活泼的生趣。她手持小巧的团扇，欢快地追逐忽高忽低、忽东忽西的流萤，自在、唯美、轻盈。待到追累了，萤飞了，就仰卧在白玉宫阶之上，望向秋空。凉冷的玉石渐渐消去了运动后的燥热，她看到牛郎和织女星在夜空中熠熠闪耀。此时，她有何感受呢？少女的憧憬？还是自怜的忧伤？不得而知了，或许两样都有点吧。

冷、萤、凉、星，环境的凉冷与少女明澈的心境互相交织，共同构成了秋夕高迥澄明而微蕴轻愁的氛围。纯洁的少女心仿若表里澄微的秋夕，而秋夕的轻寒正照应少女心中隐约的悲凉之情。情景交织，莹白微寒的秋夜如水一般地流进读者的心里。

过华清宫绝句三首（其一）
杜牧

长安回望绣成堆，山顶千门次第开。
一骑红尘妃子笑，无人知是荔枝来。

【赏析】

站在华清宫上回望长安，市列珠玑，户盈罗绮，重檐叠瓦，一片繁华。如锦绣般绚烂的都城，令人心生自豪。经营如此繁华的都城和天下的统治者应当奏章满案、日理万机吧？

此时，厚重威严的宫门一道接一道徐徐打开，是军情急报吗？一名专使骑驿马风驰电掣而来，身后扬起团团红尘。边疆告急？还是藩镇举兵？门吏正为国事担忧之时，宫内的贵妃接过专使献上的包裹，展颜一笑。原来是加急运送的荔枝。《新唐书·杨贵妃传》："妃嗜荔枝，必欲生致之，乃置骑传送，走数千里，味未变，已至京师。"

诗人将历史的细节特写化、文学化，不动声色地将最高规格的专使与荔枝并举，贵妃恃宠而骄、玄宗淫逸误国便可管中窥豹。如此以公谋私，荒唐行事，长此以往，"长安回望绣成堆"的盛况还能维持多久？点到为止的描述背后是意在言外的质问。含而未发，却清晰有力。李商隐《贾生》的写法与本诗相近："宣室求贤访逐臣，贾生才调更无伦。可怜夜半虚前席，不问苍生问鬼神。"否定的表达暗含对君主的批评，但更有一片拳拳忠意和对君主履职的期待。可惜杜牧和李商隐一生都未遇上勤政的明君。两人不长的人生都经历了走马灯似的君主迭换，宪宗、穆宗、敬宗、文宗、武宗、宣宗，帝王的兴废生杀皆出于中官（太监）。难怪杜牧经过唐玄宗的"勤政楼"时不禁发出哀叹："唯有紫苔偏称意，年年因雨上金铺。"

赤壁
杜牧

折戟沉沙铁未销，自将磨洗认前朝。[1]
东风不与周郎便，铜雀春深锁二乔。[2]

【赏析】

断戟沉埋沙岸，诗人俯身捡起。断戟上的精铁尚未蚀尽，磨洗一看，竟是三国兵器。当年火烧赤壁、气吞万里如虎的壮景如史诗般浮现在眼前：舳舻千里，旌旗蔽空，火光映彻，三国就此鼎立。然而时光流转，万物生灭，白云苍狗，沧海桑田，人与物都变化了、模糊了。此时，"折戟沉沙"像一个道具、一个媒介，带我们穿越时空，到达某个特定的历史时刻。记忆中的那个场景突然鲜活起来，一切都清晰而真实，宛如当年，只等待着我们迈入。

杜牧此时已是四十岁的中年人，为治愈弟弟的眼疾四处奔走，又因党争而离开京城，出放黄州。他饱尝现实辛酸，已不复当年写《阿房宫赋》时的激越飞扬。"四十已云老，况逢忧窘余。"但作为宰相杜佑之孙，杜牧心中那份指点江山、激扬文字的壮志隐隐仍在。他曾为《孙子兵法》作注，与曹操注同为"孙子注"中最为人称道的两家。杜牧对曹操的军事才能颇为推崇，因而对曹注多有引用。此诗正是杜牧为曹操翻案的论史之作：若非当年东风助吴，胜局当属曹公。有趣的是，堂皇的史论竟用"铜雀春深锁二乔"的艳丽想象来表述，旖旎风流的诗人本色尽显无遗。

---

1. 将：拿起。
2. 铜雀：铜雀台，在邺城（今河北临漳），曹操所建，楼顶有大铜雀高一丈五尺。二乔：大乔小乔，分别为孙策（孙权兄）、周瑜之妻，是东吴著名的美女。

江南春
杜牧

千里莺啼绿映红，水村山郭酒旗风。
南朝四百八十寺，多少楼台烟雨中。

【赏析】

这首小诗千百年来素负盛名，不仅写出江南春景的明艳秀丽，还写出了它的广阔、深邃和迷离。

起首的"千里"二字将江南的春天长卷般地铺展在读者眼前。浩荡的春风拂过大地，千里繁花盛开。到处是莺啼，无边的绿叶映衬着红花，春深如海。起句开阔，而不失细节，将江南春天的绵延千里、生机勃勃充分表现。

"水村山郭酒旗风"是江南人的生活。临水有村庄，依山有城郭，在春天的和风中，酒旗轻轻招展。诗歌并未描写某个具体的地方，而是着眼于整个江南的生活环境，将江南水乡明净、安宁、健康的生活气息传递了出来。

"南朝四百八十寺，多少楼台烟雨中。"雨中的江南另有一番风光。南朝遗留下来的数百佛寺为江南的春天平添了历史的深邃。这些金碧辉煌、屋宇重重的佛寺，被迷蒙烟雨笼罩着，若隐若无。像一幅写意的长卷，画中随便哪处烟雨都有历史，都有故事，惹人遐思。而画者与观画人也将成为"江南春"的一处新景。

江南的春天明快、隽秀、迷离而又深邃，说不尽的江南美。一首七言绝句能展现出这样一幅丰富而广阔的画卷，真可谓"尺幅千里"了。

泊秦淮
杜牧

烟笼寒水月笼沙，夜泊秦淮近酒家。
商女不知亡国恨，隔江犹唱后庭花。[1]

【赏析】

"笼"字使寒水冷月交映的感伤气氛笼罩全诗。秦淮河畔本是一片莺歌燕舞，浮丽繁华，却在烟水迷蒙中被消解了。曼妙的欢歌隔着江岸传来，让听者无端感到悲凉。时代正在倾覆，歌女仍嘤嘤呀呀唱着靡靡之音，是该感慨歌女的无知，还是世人的纸醉金迷呢？

杜牧与晚唐的贵胄子弟、官僚大夫一样，也游宴享乐，声色歌舞，并留下风流之名。但自诩有王佐之才的杜牧不仅于此。晚唐宦官专政、藩镇作乱、回纥屡屡入侵，心怀家国的杜牧即使外放出京，也仍关心国事。宰相李德裕讨伐泽潞，抵抗回纥之时，身在黄州的杜牧积极上书，规划出一套攻取泽潞的战策，相当具体。李德裕采纳其言，顺利奏功，但并未引用其人。即便如此，之后转任池州刺史的杜牧仍上书李德裕，论列对付回纥残部的方策。一生关怀国家边务民生，对于王朝面临的问题能提出实际的方略，并切实奏效，其人其志如此，绝非风流倜傥所能概论。

---

1. 商女：以歌乐为生的乐伎。陈后主作舞曲《玉树后庭花》，辞甚哀怨，"玉树后庭花，花开不复久"，时人以为歌谶，后来成了"亡国之音"的代表。

赠别二首（其二）
杜牧

多情却似总无情，唯觉樽前笑不成。
蜡烛有心还惜别，替人垂泪到天明。

【赏析】

"黯然销魂者，唯别而已矣。"《赠别二首》分别表现了离别的两种心情：留恋与凄伤。"娉娉袅袅十三余，豆蔻梢头二月初。春风十里扬州路，卷上珠帘总不如。"第一首《赠别》深深赞叹于少女之美，豆蔻般的清新自然，在一片珠光宝气中脱颖而出，明净脱俗。要告别如此青春的美好，自然眷恋难舍，哀婉伤别。

此刻，浓烈的情感在心中五味杂陈，一时不知从何说起。"多情却似总无情，唯觉樽前笑不成。"美好甜蜜，忧伤酸楚，过往的场景一帧帧地络绎奔涌而来；此时的留恋，未来的祝福，谆谆的叮嘱，都在心中翻涌。"别情无处说，方寸是星河。"心中涛澜汹涌，洪波奔流，脸上只是一副惨然木然。"多情却似总无情"，有一种压抑的美感，很真实。

离人"无情"，蜡烛却有心（芯）。蜡滴如泪滴，垂泪到天明。心中的伤感无处纾解，于是移情至外物，以补偿离人欲哭无泪的凄伤。

清明

杜牧

清明时节雨纷纷，路上行人欲断魂。
借问酒家何处有？牧童遥指杏花村。

【赏析】

唐代的清明寒食，是家人团聚、游玩观赏、踏青扫墓的大节日。而这个行人却在佳节赶路，心绪不由繁杂。又值雨丝风片，纷纷扬扬，路人冒雨赶路，春衫尽湿，心境就更加纷烦了。于是想要找个酒家，歇歇脚，避避雨，小饮几杯，解解春寒，暖一暖被淋湿的衣服，更重要的是，散散心头的愁绪。

清明的雨与黄梅、秋季的不同。清明的雨是春雨，草木萌发，春回大地。在清明的雨泽滋润下，庄稼地一片油绿，天地间充满生机。"暮春三月，江南草长，杂花生树，群莺乱飞"，正是清明时节。因而清明的烟雨凄迷中暗藏着活力，这活力正由牛背上娇憨的牧童表现。吹着横笛的牧童憨态可掬地遥指杏花村。那是一个杏花深处的村庄，还是村名或酒店名？答案已不得而知。但"杏花村"给人美丽的联想，红杏梢头，分明挑出一个酒帘。行人于是沿着牧童所指的方向，找到酒家，欣慰地避雨、消愁，获得满足和快意……然而这一切诗中都没有说，都被包含在牧童天真的一指中，令人遥想无穷，正是此诗妙处所在。

题宣州开元寺水阁，阁下宛溪，夹溪居人

杜牧

六朝文物草连空，天淡云闲今古同。

鸟去鸟来山色里，人歌人哭水声中。[1]

深秋帘幕千家雨，落日楼台一笛风。

惆怅无因见范蠡，参差烟树五湖东。

【赏析】

开成三年（838），杜牧第二次来到宣州。八年前，初出茅庐的青年才俊跟随尚书右丞沈传师第一次来宣州时，可谓春风得意、前程似锦。一晃八年过去了。这八年里，幕主沈传师过世，自己也宦海沉浮、岁月蹉跎。甘露之变后，朝政尽落入宦官手中，更无希望。此次诗人离京赴宣州，心情是消沉的。

故地重游，景物仍是天闲云淡，但自己已不复当年。《大雨行》中说"大和六年亦如此，我时壮气神洋洋"，而"今来阆茸鬓已白，奇游壮观唯深藏。景物不尽人自老，谁知前事堪悲伤"。岁月流逝、人事变迁，六朝、飞鸟、人间早已死生迭代，天与水却仍闲散疏淡。"鸟去鸟来山色里，人歌人哭水声中"，如延时镜头一般将世间的生死荣枯快速推进，唯独青山绿水不变。"今古同"的慨叹寄寓了人已非的沧桑，于是心中眼前一片苍茫，"深秋帘幕千家雨，落日楼台一笛风"。或者就归隐这亘古不变的山水吧，像范蠡一样功成身退。但功尚未成，身如何退？内心仍是迷茫，仿若"参差烟树五湖东"。

全诗诗意低回惆怅，语调却轻快流走、明朗健爽。这就是杜牧，蕴藉宛转，仍能清丽俊逸，哀而不伤。

---

1. 《礼记·檀弓下》："晋献文子成室，晋大夫发焉。张老曰：'美哉轮焉，美哉奂焉！歌于斯，哭于斯，聚国族于斯。'"

金谷园

杜牧

繁华事散逐香尘，流水无情草自春。
日暮东风怨啼鸟，落花犹似坠楼人。

【赏析】

繁华历史与眼前之景的浑然对接是此诗独有的美。

金谷园是西晋豪富石崇的别墅，极繁华富丽之能事。王嘉《拾遗记》："石季伦（崇）屑沉水之香如尘末，布象床上，使所爱者践之，无迹者赐以真珠。"诗中的"繁华事散逐香尘"正出典于此，但不知典故者从字面上也能领会诗意：金谷园的繁华、石崇的豪富，都如园中花瓣飘零散落，云烟过眼，唯有尘屑的暗香犹存。于是，历史、感慨与园景彼此交织，三维一体。诗句意蕴丰富，却用词晓畅，典故了无痕迹，正是杜牧诗的高妙之处。

末句更新巧奇绝。"落花犹似坠楼人"，唯美与伤逝夹缠，景致和典故对接，花与人的香消玉殒一齐扑面而来。《晋书·石崇传》记载："石崇有妓曰绿珠，美而艳。孙秀使人求之。……崇正宴于楼上，介士到门。谓绿珠曰：'我今为尔得罪。'绿珠泣曰：'当效死于君前。'因自投于楼下而死。"

全诗繁丽感伤，唯美却不柔靡，笔力能如此矫健深沉，不知杜牧经过洛阳金谷园时，是否也将盛唐已逝的时代悲慨寄寓其中？

咸阳城西楼晚眺

许浑

一上高城万里愁，蒹葭杨柳似汀洲。
溪云初起日沉阁，山雨欲来风满楼。
鸟下绿芜秦苑夕，蝉鸣黄叶汉宫秋。
行人莫问当年事，故国东来渭水流。

【赏析】

诗人喜欢登临眺览，可以散心遣愁，比如李商隐"向晚意不适"后，就"驱车登古原"。可登临之后，有时反会招愁聚恨，比如许浑这首《咸阳城西楼晚眺》，"一上高城万里愁"，刚刚登上高高的城楼，极目远眺，便有愁绪弥漫开来。随着在城楼上的徘徊，眼中所见的一切都让这愁绪愈来愈浓重、复杂。

眼前看到的是"蒹葭杨柳"，许浑是润州丹阳人，在现在的江苏镇江，这景象让他联想到了江南水乡常见的汀洲。他的"万里愁"，是对万里之外的家乡的乡愁，同时也会让人感到他的愁绪似乎弥漫万里，无穷无尽。

向天空眺望，看到乌云开始聚合，夕阳西下，晚风飒飒，眼看就要下一场大雨的样子。"溪云初起日沉阁，山雨欲来风满楼"，写出了一种让人忧虑的动荡之势，也写出了诗人内心的不平静。

纵览整个荒原，还能从一些遗迹看出这里曾是秦汉帝国的都城。遥想当年的宫苑楼台，豪奢繁盛，如今只有荒草黄叶，飞鸟鸣蝉。王朝的兴亡，怎不让人感伤？

诗人的思乡之愁，时局动荡之愁，凭吊江山之愁，融汇于一体，

许浑（生卒年不详），润州丹阳（今属江苏）人。晚唐诗人。

茫无边际，以至于诗人不忍继续追思王朝兴废。无论多么强大的帝国，也已在历史的长河中雨打风吹去，唯有眼前的渭水，从古到今，不变地向东流去。

谢亭送别[1]

许浑

劳歌一曲解行舟，红叶青山水急流。[2]
日暮酒醒人已远，满天风雨下西楼。

【赏析】

唐人送别之际，往往饮酒唱歌。这首诗从送别仪式完成、友人解舟远去的那刻写起，诗人站立江边，目送友人乘船远去。从下一句的"红叶青山"可以看出此时已是深秋，"水急流"可以看出船行之快和诗人的不舍之情。

友人的船已经驶出目力所及的范围，但是诗人并没有即刻返回，也许是饯行时喝的酒起了作用，更多是友人离去后诗人感到的寂寞惆怅，竟让诗人在谢亭睡着了。等一觉醒来，天色已晚，外面下起了雨。友人的船已经行到很远的地方了。外面满天风雨，整个世界一片凄迷，诗人踽踽走下西楼，留给我们一个孤独落寞的背影。

这首诗并没有明写惜别之情，也没有直说别后的惆怅之感，而是以景写情，寓情于景，短短四句，如有余音绕梁，令人回味。

---

1. 谢亭：在宣城北面，谢朓所建，又称谢公亭。
2. 劳歌：指送别时所唱的歌。

赠少年
温庭筠

江海相逢客恨多，秋风叶下洞庭波。
酒酣夜别淮阴市，月照高楼一曲歌。[1]

【赏析】

题目中的"少年"，其实指少年侠士。汉魏以来，诗歌中出现了诸如"少年行""结客少年行"之类的标题，内容都是对侠的描写与赞颂。唐人也喜欢写侠客，如王维《少年行》赞美少年侠士杀敌报国："孰知不向边庭苦，纵死犹闻侠骨香"，李白《结客少年场行》描写侠客的快意恩仇："笑尽一杯酒，杀人都市中。"唐诗中的侠的形象，更多是诗人的文学想象，这种想象既有战国秦汉时候的真实的侠的记载作为基础，又有诗人自己的主观发挥。

温庭筠这首诗虽名为"赠少年"，但看来更多是抒写自己心中的情绪。在一个冷风萧萧、落叶纷纷的秋天，诗人与少年侠士邂逅于羁旅途中。两人俱是落拓江湖，萍水相逢，一见如故，把酒痛饮。喝酒的地点在"淮阴"，这里就是韩信年轻时屡遭困辱的地方，但他在后来的楚汉战争中大展身手，建立了盖世的功业。想到韩信，眼前的这些不如意算得了什么呢？诗人和少年豪情渐生，此时明月照高楼，在这明朗的夜晚，两人高歌而别，各奔前程。

温庭筠才华极高，但一生仕途不得意。这首诗写"少年"，他着重表现的是侠的豪气，表现在流落江湖的困顿中仍然睥睨豪迈，未尝不与他自己胸中块垒有关。

温庭筠（约812—866），字飞卿。太原（今属山西）人。晚唐著名诗人、词人，与李商隐齐名，并称"温李"。

1. 淮阴市：淮阴的集市。此处用韩信的典故，韩信早年曾在淮阴集市上受胯下之辱，后助刘邦一统天下，建立功勋。

锦瑟

李商隐

锦瑟无端五十弦，一弦一柱思华年。[1]
庄生晓梦迷蝴蝶，望帝春心托杜鹃。[2]
沧海月明珠有泪，蓝田日暖玉生烟。[3]
此情可待成追忆，只是当时已惘然。

【赏析】

琵琶有四弦，古琴五弦、七弦，筝有十三弦，锦瑟为何偏偏比别者多出许多弦来？这多出来的思、多出来的情让人平白地更敏感、更纤细，在生命的历程中多了许多顾虑、许多怅惘。

庄生梦蝶，物我相通。诗人加一"晓"与"迷"字，便翻出一层新意。"迷"字强化梦的浑然忘我、强烈迷离。而"晓"字却说，这让人痴狂的美梦竟是拂晓时快要破灭的残梦。曾经狂乱的心跳、热烈的眼神、无忧的时光转头都将成空，庄生梦蝶的迷幻于是叠加了梦醒时分的哀凉。

迷梦醒来，旧情已逝，但春心仍在，如望帝一般杜鹃啼血，至死方休。"春心"给凄绝的杜鹃带来一分浪漫热烈的色彩。但春心也往往伴随许多痛苦与悲哀，"春心莫共花争发，一寸相思一寸灰"。明

李商隐（约813—约858），字义山，号玉溪生。诗风深情绵邈，与杜牧并称"小李杜"。

1. 锦瑟：装饰华美如锦绣纹的瑟。《史记·封禅书》："太帝使素女鼓五十弦瑟，悲，帝禁不止，故破其瑟为二十五弦。"柱：弦乐器中用以固定弦索的柱头。

2．"庄生"句：《庄子·齐物论》："不知（庄）周之梦为胡蝶与？胡蝶之梦为周与？""望帝"句：《华阳国志》载，蜀帝杜宇号望帝，为佞臣害死，魂魄化为杜鹃，夜啼达旦，血出口中。历来为悲怨的典故。

3．珠有泪：晋张华《博物志》："南海外有鲛人，水居如鱼，不废织绩，其眼能泣珠。""蓝田"句：长安南蓝田山产玉，精美温润，有言曰："诗家之景，如蓝田日暖，良玉生烟，可望而不可置于眉睫之前也。"

知春心终将成灰，还要"望帝春心托杜鹃"，诗人的执迷不悔，令人感喟。

"沧海月明珠有泪，蓝田日暖玉生烟。"句首沧海与蓝田对举，暗指沧海桑田，时光流迁；句中以明珠和良玉自比，表明此心明澄，日月可鉴。心中的伤悲是海上月满之时蚌珠的眼泪，一片怅惘是蓝田玉石焕发出的凄迷烟光。这份执迷，事后看来也许只是一段云淡风轻的记忆，但是当时怎么也走不出这若有所失的忧伤。

全诗低回宛转、幽隐哀怨，唤起了无数人心中的憾恨与温厚的忧思。

嫦娥
李商隐

云母屏风烛影深，长河渐落晓星沉。
嫦娥应悔偷灵药，碧海青天夜夜心。

【赏析】

嫦娥是传说中有穷国后羿之妻，羿从西王母处求得不死神药，嫦娥偷食之，成仙奔月，长住月宫。

宫中有云母石装饰的屏风，华美绝伦。烛影映照着，却只有光影忡忡。杜牧诗云"银烛秋光冷画屏"，也是相似的意境。越精致，却越孤清。她从烛檠初燃，一直等到星河落，晓星沉，东方渐明，终夜难以入眠。诗人之所以写后半夜，大概不如此不足以概括整个夜晚。连后半夜都醒着的人可谓真正的彻夜难眠吧。

嫦娥在月宫中望着碧海无涯，青天罔极，深感无可为友，无可为侣，心已寂寞难平。"夜夜心"三个字更让彻骨的寂寞蔓延开来，渗透到生命的每一天中。空间的开阔与时间的拓展使这寂寞充斥于天地古今之间，因不死神药而没有终结。这可真是最大的寂寞，最大的悲哀了。由此，便能领会"应悔"二字中的沉痛与深厚。

本诗意旨众说纷纭。有说"自悔才思深颖，孤高不能谐俗者"；也有说同情某位修行的女道士，因"灵药"与道教求升仙界相关，而李商隐本人早年也有求道的经历。

无题

李商隐

相见时难别亦难，东风无力百花残。

春蚕到死丝方尽，蜡炬成灰泪始干。[1]

晓镜但愁云鬓改，夜吟应觉月光寒。

蓬山此去无多路，青鸟殷勤为探看。[2]

【赏析】

"相见时难别亦难"中的两个"难"不同。第一个"难"指相见不易。茫茫人海，相遇相知，结下尘缘，并非易事。第二个"难"指难分难舍，相遇相知后的分离，"黯然销魂者，唯别而已矣"！两个"难"字叠加，加重了心中离恨，于是移情于物，风也为之伤，花亦为之残，万物都为此离别而缠绵哀恻。

别后，心中的情思如蚕丝，至死方休；脸上的离泪如蜡泪，成灰始干。这联诗句以谐音、比喻来表达至死不渝的执着与无穷无尽的思念，其中浑然忘我、全部付出、毫无保留的态度令人动容。

离别之后，诗人对所别之人依然魂萦梦牵。故而晨起揽镜，担忧年华老去；夜凉吟诗，又感月色凄寒，心绪悲凉。相思之情难以消解，好在对方的居所正好不远，希望青鸟代为传书，殷勤致意。

---

1. 丝：谐音"思"。
2. 蓬山：海外三神山之一蓬莱山，此指所思之人的居所。青鸟：西王母的使者，此指传信人。

无题二首（其一）

李商隐

昨夜星辰昨夜风，画楼西畔桂堂东。[1]
身无彩凤双飞翼，心有灵犀一点通。[2]
隔座送钩春酒暖，分曹射覆蜡灯红。[3]
嗟余听鼓应官去，走马兰台类转蓬。[4]

【赏析】

这首《无题》表达了一种阻隔未通的情感。

李商隐的《无题》诗是神秘的，它仿佛告诉你一个秘密，但又不告诉你是什么秘密。李商隐的《无题》诗又是艳丽的，让人有爱情的联想，但又不像杜牧那样风流坦荡。两相结合，人们便感觉，诗人好像有一些必须保密的私情，暧昧幽眇、扑朔迷离。美丽的意象、零碎的印象拼贴在一起，诗的主旨、背景、用意千百年来聚讼纷纷，难得定论。所以，读者无妨根据文本，发挥想象，摹画出自己心中的《无题》故事。比如，可以将全诗读作诗人对发生在昨夜的一件情事的回忆：

星辰和风，画楼和桂堂，昨夜的一切都是那么美好。这是一场达官贵人家的宴会，在宴席之上，诗人和一位女子一见倾心。出现在这样场合的女子，大约是达官贵人家的侍儿歌女吧。两人虽然不能明言，但心意相通。在人群之中，注意到了彼此的存在，"送钩""射

---

1. 画楼：雕画的楼阁。桂堂：以桂木为材的厅堂。
2. 灵犀：犀牛角中央有一道贯通上下的白线。
3. 送钩：两队游戏，一队藏钩，暗中相传，另一队猜钩在谁手，输者罚酒，是谓"春酒暖"。分曹：分组。射覆：将所猜之物覆盖，给对方猜，唐时亦为酒令。
4. 余：我。听鼓应官：听更鼓而去上朝站班。兰台：秘书省。转蓬：离根飘转的兰草。

覆"的游戏也成为他们传情达意的机会。在欢乐的宴会上，他们别有一种秘密的欢乐。但这欢乐是如此短暂，天亮了，诗人有公务在身，不得不离去。这场恋情，还没开始就结束了。

诗的前三联极写一场浪漫的邂逅，目成心授的欢愉，心照不宣的默契，使诗人沉浸在温馨甜蜜之中，春酒有别样之"暖"，蜡灯有别样之"红"。而最后一联却顿转凄凉，诗人感到自己如飘蓬一般身不由己，昨晚发生的一切都将如一场梦一般结束。但这将是一场刻骨铭心的、再难忘记的梦，而"身无彩凤双飞翼，心有灵犀一点通"遂成为千古名句。

安定城楼[1]
李商隐

迢递高城百尺楼，绿杨枝外尽汀洲。[2]
贾生年少虚垂涕，王粲春来更远游。[3]
永忆江湖归白发，欲回天地入扁舟。[4]
不知腐鼠成滋味，猜意鹓雏竟未休。[5]

【赏析】

开成三年（838），二十六岁的李商隐参加博学鸿词科考试，落选。之后到岳父泾原节度使王茂元幕中，登临安定城楼望远抒怀，写下此诗。其时落第远游，寓居泾幕，心情颇为悒郁。

年轻的李商隐虽出身寒门，也希望像贾谊一样为国分忧，但得不到当权者的重视，只能"虚垂泪"，来此远游。此间虽好，但"信美而非吾土兮，曾何足以少留"。

"永忆江湖归白发，欲回天地入扁舟"是诗中名句，也是中国读书人的人生理想。建功立业后，功成身退，不贪恋权位，知进退，能上下，收放自如。既能实现自我价值，又不被富贵羁绊自由。李白就曾盛赞逼退秦军又高风亮节的鲁仲连："齐有倜傥生，鲁连特高

---

1. 安定：郡名，泾州，今甘肃泾川县北。
2. 迢（tiáo）递：绵长缭绕。
3. 贾生：西汉贾谊，青年时呈上的《陈政事疏》中针对国家种种弊端，指出当时形势"可为痛哭者一，可为流涕者二，可为长太息者六"。王粲：东汉末建安七子之一，曾离京城而赴荆州依刘表，时作《登楼赋》表达心怀家国但不得志的苦闷。
4. 入扁舟：越国大夫范蠡助越王勾践兴国后归隐，乘扁舟泛五湖。
5. 腐鼠、鹓（yuān）雏：《庄子·秋水》："惠子相梁，庄子往见之。或谓惠子曰：'庄子来，欲代子相。'于是惠子恐，搜于国中三日三夜。庄子往见之，曰：'南方有鸟，其名为鹓雏。……发于南海而飞于北海，非梧桐不止，非练实不食，非醴泉不饮。于是鸱得腐鼠，鹓雏过之，仰而视之曰：吓！今子欲以子之梁国而吓我邪？'"

妙。……却秦振英声,后世仰末照。意轻千金赠,顾向平原笑。吾亦澹荡人,拂衣可同调。"宋人岳飞在黄鹤楼上也说:"何日请缨提锐旅,一鞭直渡清河洛。却归来,再续汉阳游,骑黄鹤。"率兵北征,归来骑鹤。这与范蠡帮助越王兴越灭吴后就泛舟归隐一样,是明智而潇洒的人生。"永"字起首,尤其表现诗人奋发有为而一贯淡泊的心志。

全诗笔力健举,风骨清峻,用典自然妥帖,将羁旅之愁、奋发之心、压抑之感,不汲汲于荣利而又睥睨一切的精神充分表现了出来。尾联两句,更借庄子中的典故,表达诗人对世间功名利禄的不屑,足成此意。

登乐游原

李商隐

向晚意不适，驱车登古原。
夕阳无限好，只是近黄昏。

【赏析】

乐游原是长安城东的登临胜地，汉宣帝时开始建设，至晚唐时已有九百多年。临近黄昏，诗人心情郁结。或者驾车去乐游原登高临远吧，也许能消愁。意图从抑郁中自我振起的渴望使"驱车登古原"一句声调平亮，仿佛传递了扫平哀愁、一往无前的勇气。

登上古原，望见余晖映照，山凝胭脂，气象万千，可惜"只是近黄昏"。李商隐当然不知道自己是一位晚唐诗人，但此诗无意中流露了衰世的悲感。也许诗人只是嗟叹自己岁月蹉跎，或者只是表达一种哲理性的沉思。巧合的是，此诗作后六七十年，盛极一时的大唐帝国就覆灭了。像一曲时代的挽歌，敏感的诗人在某个不经意的黄昏预感到了壮美之后的衰飒之气，这大概就是"亡国之音哀以思"吧。

夜雨寄北

李商隐

君问归期未有期，巴山夜雨涨秋池。[1]
何当共剪西窗烛，却话巴山夜雨时。[2]

【赏析】

夜幕、雨水消隐了一切背景，黑暗中只剩下山屋与孤灯。重峦叠嶂、夜幕雨帘像层层屏障，将诗人与外界隔绝开来。今晚，他只能在灯下浮想。亲爱的妻子已经离世，自己也已过不惑之年，半生蹉跎，功业无成，几堪回首。看着灯下自己忧心忡忡的身影，诗人轻叹了口气。

远方的朋友殷殷致意，问我何时回长安。我自己也不知道。但这来自山外的一声温暖问候不经意间打开了巴山夜雨的隔绝世界。于是神思飞起：什么时候能回到长安，和好友一起在西窗下，长谈共剪烛？到那时再回忆今夜萧索的巴山夜雨，大概会一笑而过、云淡风轻吧。

诗的妙处在于以回环往复的节奏呈现巴山夜雨的两重含义：一层是当下漫天铺地的孤独，另一层是未来眼中的现在，早已释然恬淡，坐看云起。于是恍然大悟，每一个当下都同时拥有两层意义，现在的此刻，与未来的回溯。当我们深陷当下的孤独中不可自拔时，无妨遥望未来，再回溯当下，也许就会看到另一种不同的面貌，从而赋予当下以新的意义和视角。

---

1. 巴山：泛指四川东部的山。
2. 何当：何时。

和袭美春夕酒醒[1]
陆龟蒙

几年无事傍江湖，醉倒黄公旧酒垆。[2]
觉后不知明月上，满身花影倩人扶。[3]

【赏析】

诗里使用了一个典故"黄公旧酒垆"，竹林七贤中的嵇康、阮籍、王戎等人曾在此饮酒。诗人用这个典故，表明了自己的隐士身份。作为隐士，处江湖之远，闲居无事，与朋友酣饮酒家，饮醉即睡。既不用为浮名浮利奔波劳碌，也不用为宦海风波忧心劳神，能够痛快饮酒，能够随意地在酒家酣眠，这的确是一种洒脱闲适的生活。

一觉醒来，已是夜晚，诗人起身回家。头顶明月高悬，路边树上鲜花盛开，花影落在诗人身上。诗人酒意尚在，走路摇摇晃晃，被别人搀扶着，在月色花影中，往家走去。满满是隐士的闲逸和自得。

陆龟蒙（？—881），长洲（今属江苏苏州）人。晚唐诗人，与皮日休并称"皮陆"。
1. 袭美：晚唐诗人皮日休，字袭美，和陆龟蒙是朋友。
2. 傍江湖：指隐居。黄公旧酒垆：见《世说新语·伤逝》："（王濬冲）乘轺车，经黄公酒垆下过，顾谓后车客：'吾昔与嵇叔夜、阮嗣宗共酣饮于此垆。'"此处指喝酒的地方。
3. 倩：请。

台城

韦庄

江雨霏霏江草齐，六朝如梦鸟空啼。

无情最是台城柳，依旧烟笼十里堤。

【赏析】

南京是六朝古都之一，以其虎踞龙蟠的地理形势，被认为是"自古帝王州"，在历史上也确实有过十个政权先后定都于此。然而这些政权几乎都是短命的，长不过百年，如东晋；短则只有十来年，如太平天国。特别是从东吴、东晋到宋齐梁陈，三百年中，有六个王朝在此建都，然后覆灭。后人来到这座城市，自然而然会兴起历史兴亡、王朝盛衰的感慨。韦庄作为由晚唐入五代的诗人，亲身经历过王朝末年的丧乱和政权的更迭，历史与现实交融，这种感慨会尤其强烈。

诗人所聚焦的台城，从东晋到宋、齐、梁、陈，都是宫城，是王朝中枢所在地，也是六朝政权更迭的直接见证者。只是到韦庄的时代，已经荒废了三百年。韦庄看到的台城，江雨霏霏，野草荒芜，曾经的宫殿楼阁，只剩下了断壁残垣；曾经的帝王将相，都化为了黄埃尘土；曾经的富贵繁华，都成为了过眼云烟。伤今怀古，真如梦幻一般。唯一不变的，就是长堤上的青青杨柳，它们还如三百年前那样，依旧轻盈繁茂，对人事的变化无动于衷。

柳树没有知觉情意，诗人指责柳树"无情"当然是毫无道理的。但从指责柳树"无情"中，正可见出人在面对历史沧桑、人世变幻时的悲怅。

韦庄（约836—约910），字端己。长安杜陵（今属陕西西安）人。晚唐著名诗人、词人。

社日[1]

王驾

鹅湖山下稻粱肥，豚栅鸡栖半掩扉。[2]
桑柘影斜春社散，家家扶得醉人归。

【赏析】

读这首诗，就仿佛跟随诗人走进了桃花源。

依山傍湖的村庄，放眼望去，田野里庄稼长势喜人，预示着丰收的年景。走进村庄，看到家家户户都养猪养鸡，禽畜兴旺。在古典农业时代，猪和鸡是农家重要的财产。整个村庄静悄悄的，村民家里看不见人影，听不到人声，院门却都没有上锁。这可以感受到当地乡俗良好，民风淳朴。只是村中人都去哪儿了？

原来他们都去参加春社了。春社是农业社会里最重要的节日之一，在这一天，人们祭祀土地神，祈求好收成。祭祀土地神的酒肉是大家共同出资，祭祀完后也由大家共同分享这些祭品，还会有社鼓、社戏之类的节目表演。今年的社戏看来尤其热闹，直到傍晚日落，树影长长，人们才返回村中。很多人已喝得醉醺醺的，脚步踉跄，需要家人搀扶。

富足的生活，欢乐的节日，淳朴的民风，构成了古代农业社会最美好的画面。

王驾（生卒年不详），字大用，号守素先生。晚唐诗人。
1. 社日：古代祭祀土地神的传统节日，分春社、秋社，时间分别在每年立春、立秋后的第五个戊日。
2. 豚栅：猪栏。鸡栖：鸡窝。

寄人

张泌

别梦依依到谢家，小廊回合曲阑斜。[1]
多情只有春庭月，犹为离人照落花。

【赏析】

一句"别梦依依到谢家"，透露了无限的思念与留恋，也能看出诗人对这里很熟悉。他在梦中回到这里，经过庭院，看到回环的游廊，曲折的栏杆。这里曾经留下多少他所思念的那个人的身影，他们曾经多少回在这里携手漫步，轻言浅笑。

夜晚的庭院寂寂无人，天空明月高照，月光将庭院照得很明亮，亮得能看清地上的落花。明月也曾经照着他们在这里夜半私语，似乎也知道他们如今已天各一方，当他在梦里返回到这里，明月特意为他照亮夜晚的庭院，照亮地上的落花堆积。春天就要过去了，恋情也要结束了么？

说不尽的相思，道不尽的忧伤，都在这幅画面里了。

张泌（生卒年不详），唐末五代诗人。

1. 谢家：东晋谢道韫出身高门，为历史上著名才女，故后人常以"谢家"泛指闺中女子。

贫女

秦韬玉

蓬门未识绮罗香，拟托良媒益自伤。
谁爱风流高格调，共怜时世俭梳妆。[1]
敢将十指夸针巧，不把双眉斗画长。
苦恨年年压金线，为他人作嫁衣裳！[2]

【赏析】

中国文学中有愤世嫉俗的传统，将自己或贤士的怀才不遇归咎于政治的混乱、社会风气的败坏以及其他人的道德感丧失。东汉赵壹在他的《刺世疾邪赋》中就感叹"邪夫显进，直士幽藏"，李白有《答王十二寒夜独酌有怀》，也愤激地高唱"吟诗作赋北窗里，万言不值一杯水"。秦韬玉的《贫女》继承了这一传统，不过通篇用了比的手法，略显含蓄。诗中的"贫女"出身贫寒，但既具备"风流高格调"，有美丽的容貌，高雅的气质，又"敢将十指夸针巧"，对自身的才能十分自负。可是现在这个时代的人们赞誉喜爱的是"时世俭梳妆"，贫女与时髦的社会主流格格不入，无人赏识她，这让贫女"拟托良媒益自伤"。她一方面坚持着自己的品格，"不把双眉斗画长"，一方面又对自己不能出嫁，年年"为他人作嫁衣裳"的处境而哀怨。

诗歌表面上在写感伤没有良媒不能出嫁的"贫女"，实际上句句都是出身寒微、仕进无路的"贫士"的牢骚，自叹沉沦下僚，无人荐举，自己的才华只能用来为上司捉刀代笔。

秦韬玉（生卒年不详），字中明。湖南人。唐末诗人。
1. 怜：喜爱。时世俭梳妆：即"时世妆"，当时流行的一种装扮。俭，通"险"，意为怪异。
2. 苦恨：非常懊恼。苦，形容程度极深。恨，遗憾。压金线：用金线刺绣。

雨夜

张咏

帘幕萧萧竹院深，客怀孤寂伴灯吟。

无端一夜空阶雨，滴破思乡万里心。

【赏析】

帘幕在微风中轻摆，像一种诱惑，昭示着会有人来。院子里竹林深邃，风吹竹叶，满院萧声，预示着某种变化，但什么都没有发生。目中所见，皆是寂寞。诗人怀着客居异乡的孤寂，在灯影下独吟，满纸惆怅。

哪堪此时突然下起雨来，淅淅沥沥地下了一夜。雨滴在阶上，更滴在心头。原本还能承受的烦恼与乡愁此时突然奔涌而来，让人毫无防备。"无端"二字轻微的埋怨口吻表现乡愁噬心，诗人的情绪于是急转而下，甚至有些烦躁了。但夜雨哪有这等能耐？还不是因为诗人心头早已涸满了乡思？只是满载的那一刻，夜雨触发了而已。于是诗歌的节奏感清晰可见。全诗由景物的铺叙、渲染，氤氲到第四句，达到高潮。

思乡之"心"被空阶之雨声"滴破"，无形无相的乡思被赋予了质感，构思纤细新巧，令人耳目一新。

张咏（946—1015），字复之，号乖崖。北宋初诗人。

村行

王禹偁

马穿山径菊初黄，信马悠悠野兴长。

万壑有声含晚籁，数峰无语立斜阳。

棠梨叶落胭脂色，荞麦花开白雪香。

何事吟余忽惆怅？村桥原树似吾乡。

【赏析】

开篇闲适怡人，信马由缰，诗人心中全无挂碍，谛听着山间生机勃勃的万千声响。虫鸣鸟啼，花落草长。山间万籁奏成一曲和谐的交响乐，自然活泼，生机盎然。而夕照时的山峰更有一种肃穆之美。光影切割出线条，山峰像雕塑一般静默无言，如天地观照山间生命的欢悦与消长，以沉默包容一切声响。"万壑有声含晚籁，数峰无语立斜阳"，其中融入了诗人对世界的领悟，静穆中包含活力，而真正的活力又是静穆的，万物喧腾，天何言哉。领会了这一点，诗人对山间艳丽的色彩、满缀的果实、扑鼻而来的花香就更能感到天地间的大美了。

然而明朗的欢悦总会被触动心弦，如同绚烂的西天暮色渐沉。也许是山村原树引起了乡愁，也许还有别的什么。但无论是什么原因，人们情绪跌落的瞬间被诗人不经意间捕捉了。"何事吟余忽惆怅"，"忽"字真实地表现人们在日常生活中情绪的颠簸，没来由的，只是在突然之间。诗人的"野兴"褪去时，忧伤的底色自然浮起。也许这就是生活。真实的每一天不正是在"野兴长"和"忽惆怅"之间徘徊来去、此消彼长吗？

王禹偁（954—1001），字元之。济州钜野（今属山东）人。宋初文学家。

微凉

寇准

高桐深密间幽篁，乳燕声稀夏日长。

独坐水亭风满袖，世间清景是微凉。

【赏析】

寇准是北宋著名政治家。景德元年（1004），契丹入侵，中外震怖，他力排众议，坚请宋真宗渡河亲征，至澶州迫成澶渊之盟而还。

然而一代名相寇准的诗风却清隽浑雅，风神秀逸，并无朝堂上"能断大事，不拘小节"的豪逸风采。他的名作《江南春》便是如此："波渺渺，柳依依。孤村芳草远，斜日杏花飞。江南春尽离肠断，蘋满汀洲人未归。"寇准颇爱王维、韦应物的诗，自己的诗风更近后者，因而蕴藉深婉，才思融远。

本诗写的是炎炎夏日中的一阵微凉。先以绵密的意象渲染浓密的树荫和蒸腾的夏日，"高桐深密间幽篁，乳燕声稀夏日长"。扑面而来的紧凑节奏恰好用来表现热浪的压迫感，连欢腾的幼鸟都不太叫唤了，人的懒散可想而知。此时，一句流畅疏朗的"独坐水亭风满袖，世间清景是微凉"像一股清流，驱散了炎炎夏日中的睡意沉沉，让人神清气朗、满目清凉。

诗句的紧与松、实与宕、浓与淡，和诗的内容、情绪贴合无间，堪称佳作。

寇准（961—1023），字平仲。宋真宗时的宰相，北宋著名政治家。

梅花

林逋

众芳摇落独暄妍，占尽风情向小园。[1]

疏影横斜水清浅，暗香浮动月黄昏。

霜禽欲下先偷眼，粉蝶如知合断魂。[2]

幸有微吟可相狎，不须檀板共金尊。[3]

【赏析】

"疏影横斜水清浅，暗香浮动月黄昏"可谓历代写梅花的诗歌中最为人称道的一联了。本诗也以此联为胜。

首联盛赞梅花在百花凋零的严冬凌寒盛开。以"独"字带出颔联中梅花特有的美，神清骨秀，高洁端庄，幽独超逸。颔联以相关意象的叠加来表现梅之神韵：疏朗的影子、横斜欹侧的姿态、清浅的水面、浮动的暗香、月夜黄昏，都是幽静雅致、似有若无的状态。此联更妙在"横斜""浮动"两词，它们同时搭配了前后名词，使这些意象飞动交织起来，充满了组合的可能。此联中的"疏影""暗香"还被南宋词人姜夔用作两首咏梅诗的词调名。

诗人之所以能够精准地描述梅花的精神，因为他自己"弗趋荣利""趣向博远"的品格。林逋，隐居西湖孤山，以种梅养鹤为伴，终身弗娶，人称"梅妻鹤子"，西湖处士，谥号和靖先生。他是宋初著名的隐逸诗人，虽然二十多年足迹不出城市，却声闻天下，引得许多士大夫前往西湖拜访。宋真宗甚至还命地方官特加劳问。欧阳修说林逋去世后，"湖山寂寥，未有继者"，可见对其仰慕之情。

林逋（968—1028），字君复。钱塘（杭州）人。隐居西湖。

1. 摇落：凋谢。

2. 霜禽：羽毛洁白的鸟。偷眼：偷看。合：应当。

3. "幸有"两句：还好有诗人的低吟与之般配，而无须世俗歌舞相伴。

江上渔者
范仲淹

江上往来人，但爱鲈鱼美。
君看一叶舟，出没风波里。

【赏析】

人人只道鲈鱼味美，诗人却关心捕鱼人的辛劳艰难。这首小诗的动人处正是诗人关心民生疾苦的政治家胸怀。"但爱"一句是普通民众的视角，"君看"一句则以谦谦君子的口吻道出诗人的悲悯情怀。吃鱼享受之余，不忘家国民生，此非心中有大爱，不可为之也。由此可见，"先天下之忧而忧，后天下之乐而乐"乃范公肺腑之语，绝非虚言。据江少虞《宋朝事实类苑》卷三十四，范希文为诗，不徒然而作也，有《赠钓者》诗云云。率以教化为主，非独风骚之将，抑又文之豪杰欤！可见，范公写诗作文，不仅为纾解个人情感，更有天下胸怀。

但本诗并无说教气，以生动的画面含蓄地道出诗旨，将情怀收于隽永的"出没风波"中，意在言外，耐人寻味。

范仲淹（989—1052），字希文，谥文正。苏州吴县人。北宋著名文学家、政治家，推动了"庆历新政"。

寓意

晏殊

油壁香车不再逢，峡云无迹任西东。
梨花院落溶溶月，柳絮池塘淡淡风。
几日寂寥伤酒后，一番萧索禁烟中。
鱼书欲寄何由达，水远山长处处同。

【赏析】

全诗写了分手后淡远的忧伤，想写信致意又动力不足的心情。然而写得绵渺清雅，铅华尽去。

诗歌首联借用乐府诗句"妾乘油壁车，郎骑青骢马"（《钱塘苏小歌》）表述与情人分手，未再相逢。"峡云"出典于宋玉《高唐赋》，巫山神女自云"且为朝云，暮为行雨"。"峡云无迹"便指情人离散，旧情难续。有趣的是诗人的态度，"任西东"，由着她去向何方。"任"字的潇洒、不执着奠定了全诗的基调，与后文的"淡淡""溶溶""几日""一番"，一起构成诗歌轻倩的风调。

"梨花院落溶溶月，柳絮池塘淡淡风"一联，既写眼前的花月晚风，也是回忆中与情人相见时的景色。过去的幽情与眼下的感伤，相互引发，相融一片。这不着痕迹又无处不在的感伤如何排解呢？借酒消愁吧。但几日下来，酒意伤人，愈感寂寞。举首翘望，寒食节因为禁烟而没了往日的热闹，只一番萧索景象。想将这心绪说与人听，音信却不知寄往何处，水远山长，哪儿都相同。尾联可用晏殊自己的词句来做笺注"欲寄彩笺兼尺素，山长水阔知何处"。

晏殊（991—1055），字同叔。宋代著名词人。早慧，以神童召试，曾任宰相兼枢密使。

宿甘露僧舍

曾公亮

枕中云气千峰近，床底松声万壑哀。
要看银山拍天浪，开窗放入大江来。

【赏析】

甘露寺坐落于镇江北固山，北固山只有三个山峰，何来"千峰""万壑"呢？想来诗人在湿漉漉的枕上，感觉到了缭绕千峰的云雾之气。风吹松声，诗人听到的是万壑齐鸣的气势撼人。这虽非实际景象声响，但未尝不是诗人心中的真实体验。"飞流直下三千尺，疑是银河落九天"也不真，但确是李白心中的气象格局。诗人将精神景观与实际结合，往往会产生比实际景象伟岸浩渺得多的诗歌意境。此时，读者看到的不只是客观世界，更是透过诗人之眼看到的精神景观。

曾公亮是宋仁宗、英宗、神宗时期的三朝元老，曾任宰相，主持朝政，向神宗举荐王安石。执掌大国的人胸中自有天风海阔、千岩万壑，绝不局限于眼前耳目之间。只是前两句诗中，诗人还有些压抑，"哀"字流露出诗人被动的，甚至有些惊恐的心情。但伟大的人不会甘于被动的局面，他们会化被动为主动，以主宰的姿态迎接更大的风涛。因此诗人说"要看银山拍天浪，开窗放入大江来"。天浪不是涌进来，而是我放进来的。其中"要看""开""放"的主动态都显示了诗人面对惊恐迎难而上的豪迈英越之气，昂扬大气，令人振奋。

曾公亮（999—1078），字明仲。泉州晋江（今福建泉州市）人。宋仁宗时曾任宰相。

戏答元珍[1]

欧阳修

春风疑不到天涯，二月山城未见花。[2]

残雪压枝犹有橘，冻雷惊笋欲抽芽。[3]

夜闻归雁生乡思，病入新年感物华。[4]

曾是洛阳花下客，野芳虽晚不须嗟。[5]

【赏析】

此诗作于宋仁宗景祐四年（1037），其时欧阳修正被贬官峡州夷陵（今湖北宜昌）令。身遭贬谪，是一个人仕途上的重大挫折，通常都会心情不佳，意志消沉。如江淹《恨赋》中所说："或有孤臣危涕，孽子坠心。迁客海上，流戍陇阴。此人但闻悲风汩起，血下沾襟。"范仲淹《岳阳楼记》也曾为这样的迁客骚人画像："登斯楼也，则有去国怀乡，忧谗畏讥，满目萧然，感极而悲者矣。"同样遭贬谪，欧阳修却在这首诗中表现了一种截然不同的心境。

诗题中的"戏答"就透露出欧阳修写这首诗的心情不错。尽管诗的开头第一句"春风疑不到天涯"像一般被贬谪者的口吻，哀怨自己地处偏远，抱怨春风该来不来。这座山城中的物候也确实如此，已是

欧阳修（1007—1072），字永叔，号醉翁，晚号"六一居士"，谥文忠，世称欧阳文忠公。吉州永丰（今江西永丰）人。北宋政治家、文学家、史学家，北宋诗文革新运动的领袖，"唐宋八大家"之一。

1. 元珍：丁宝臣，字元珍，诗人的朋友，时为峡州（治所在今湖北宜昌）军事判官。

2. 天涯：此处指诗人贬谪之地夷陵（今湖北宜昌市）。

3. 冻雷：初春时节的雷。

4. 物华：美好的景物。

5. 洛阳花下客：宋仁宗天圣八年（1030）至景祐元年（1034），欧阳修曾任西京（洛阳）留守推官。洛阳以牡丹花著称，欧阳修写过《洛阳牡丹记》。

二月，山城还看不到花开，橘树枝头还留有残雪和去年摘剩下的几个橘子，冬天似乎迟迟不肯离去。但诗人还是感受到了春天，从第一声春雷想到山中竹笋一定作势欲出了，夜晚北归大雁的鸣叫声让他动了思乡之情。从去年以来就抱病在身的诗人，感受到了春天的讯息，病也好了大半。

　　春天已经来了，虽然尚未看到花开，但诗人既不沮丧，也不焦虑，他知道山花烂漫的时候一定会来，只须耐心等待。

画眉鸟

欧阳修

百啭千声随意移，山花红紫树高低。
始知锁向金笼听，不及林间自在啼。

【赏析】

画眉鸟鸣声动听，喜爱的人把它捉来，千方百计地驯化，把它养在装饰华美的笼子里，用精美的食物饲养，于是人就能随时听到它的叫声。

诗人以前听到过这样被锁在金笼里的画眉鸟的鸣叫，那时听来也是很好听的。而现在走入山林中，遍山万紫千红的野花点缀，种类繁多的林木茂盛，画眉鸟在林中飞来飞去，鸣叫不断。诗人这时听到的画眉鸟的啼鸣声，与以前听到的竟大不相同。这里的画眉鸟，没有人强迫，没有人逗弄，它们随意的鸣叫声千变万化，充满快活自在，美妙极了。

这首绝句写的虽是画眉鸟，其中恐怕不无诗人的人生体悟。一方面，"修齐治平"是古代读书人基本的人生价值追求，读书入仕是人生价值实现的基本道路；另一方面，进入官场意味着成为官僚体制的一分子，案牍劳形，名缰利锁，从此身不由己。当诗人从繁忙的公务中暂时脱身，来到山林中游憩，获得了片刻的自由，此时的心情，正与自由自在啼鸣的画眉鸟相近。

淮中晚泊犊头[1]
苏舜钦

春阴垂野草青青，时有幽花一树明。[2]
晚泊孤舟古祠下，满川风雨看潮生。

【赏析】

现代人想想古人的旅途，一定是很乏味的。不论乘车还是乘船，一日不过行数十里，没有数码产品可以解闷，沿途风景整天里也不会有什么变化。如果再赶上阴雨天，心情会更加郁闷。

但苏舜钦给我们看到了古人旅行中的乐趣。他遭到政敌的打击，被剥夺官职，离开京城，乘船沿运河南下。黄淮大平原上，在野外可以看出很远，一直看到极远处的地平线。此时正是春天，不过不是阳光明媚的天气，而是阴云密布，笼盖旷野。沿河青草弥望，看得久了恐怕会让人发困，宁可躲在船舱里睡觉。但诗人不觉得单调，随着船的行进，他饶有兴味地看着河的两岸，有时会看到一两株开满鲜花的树，在阴暗的天空下，让他眼前一亮。

船至犊头，日晚停泊，孤舟古祠，风雨大至。诗人也不因荒凉孤寂而愁苦，而是看河中潮水上涨，安闲自若，似乎连刚刚遭遇的政治陷害都忘了。

反而是我们现代人，由于有了更便捷的交通工具，帮助我们更快速地赶路，却也让我们忽略了旅途中的风景。

苏舜钦（1008—1048），字子美。绵州盐泉（今四川绵阳东）人。北宋诗人，与梅尧臣齐名，并称"梅苏"。

1. 淮：淮河。犊头：淮河边的一个地名，在今江苏淮安市淮阴区境内。
2. 春阴垂野：春天的阴云笼罩原野。幽花：幽静偏暗之处的花。

春晚

王令

三月残花落更开，小檐日日燕飞来。
子规夜半犹啼血，不信东风唤不回。[1]

【赏析】

春天是欣然的时节，它的逝去往往会令人叹惋，然而本诗却半不如是。

诗中的核心是半夜啼鸣的子规，也就是杜鹃。据说杜鹃是古蜀国国君杜宇的魂魄所化，由于他生前失去了国家，因而化为杜鹃后的鸣声也极其悲苦。于是在中国古典诗文中，杜鹃向来是一个悲苦的意象。例如白居易《琵琶行》中说"其间旦暮闻何物？杜鹃啼血猿哀鸣"，李商隐《锦瑟》中说"庄生晓梦迷蝴蝶，望帝春心托杜鹃"，秦观《踏莎行》中说"可堪孤馆闭春寒，杜鹃声里斜阳暮"，都极尽悲伤之意。

王令笔下的杜鹃，在悲情之外，更多了一份豪情。暮春三月，花时已过，诗人却看到有残花凋落后再次开出新的花，燕子也仍天天飞到檐前。春天似乎并未逝去。这让诗人想到了夜晚听到的杜鹃的啼鸣，那么悲伤，却又那么坚毅，分明是在挽留春天，唤回春风。

春天，是如此美好。美好的事物，值得用生命去争取。

王令（1032—1059），字逢原。魏郡元城（今河北大名）人。北宋诗人。
1. 东风：即春风，这里指春天。

明妃曲[1]

王安石

明妃初出汉宫时，泪湿春风鬓脚垂。

低徊顾影无颜色，尚得君王不自持。

归来却怪丹青手，入眼平生几曾有；[2]

意态由来画不成，当时枉杀毛延寿。

一去心知更不归，可怜着尽汉宫衣；

寄声欲问塞南事，只有年年鸿雁飞。[3]

家人万里传消息，好在毡城莫相忆；[4]

君不见咫尺长门闭阿娇，人生失意无南北。[5]

【赏析】

王昭君，是中国历史上获得后人同情最多的女子之一。昭君出塞的故事，被一代代演绎，不断增饰。增加了画工毛延寿这个角色，由于他从中作梗，使王昭君入宫后从未被汉元帝召见；增加了对王昭君心情的描画，王昭君被迫远嫁塞外，必然哀怨愁苦，思念家乡。这两方面的增饰，成了昭君故事最吸引人的地方。而王安石偏偏在这两个方面都有话要说。

他说毛延寿死得很冤，王昭君是如此美丽，以至于她的画像远不

王安石（1021—1086），字介甫，号半山，封荆国公，世人又称王荆公。抚州临川人（今江西抚州）。北宋著名政治家、思想家、文学家，"唐宋八大家"之一。
1. 明妃：即王昭君。历史上记载，汉元帝时南匈奴呼韩邪单于向汉臣服，汉匈再提和亲，汉元帝欲从宫女中选人出嫁单于为阏氏，王昭君主动请行。
2. 丹青手：指画师毛延寿。
3. 塞南：指汉朝。
4. 毡城：指匈奴。游牧民族住在以毡做的帐篷里。
5. 阿娇：汉武帝陈皇后小名阿娇，失宠后被幽禁长门宫。

及本人，这是由于"意态由来画不成"，责任不应该由画家来担负。

他说王昭君在塞外当然是愁苦的，是思念家乡的，但昭君的家人却寄信给她，要她安心在塞外，不要留恋汉朝宫中的生活，因为即使回到宫中也未必有幸福的生活。汉武帝的皇后阿娇就是一个例子，失宠后被打入冷宫，从此过着暗无天日的日子。

王安石一反此前人们写到王昭君时就表达同情的惯例，反而指出在塞外还有可能过得更幸福，得出"人生失意无南北"的结论，令人耳目一新。实际上王安石的《明妃曲》共有两首，另一首态度相同，发论更为惊人，竟然说出"汉恩自浅胡自深，人生乐在相知心"这样大胆的话，难怪在当时及后代都引起很大的争议。

示长安君[1]
王安石

少年离别意非轻，老去相逢亦怆情。[2]
草草杯盘供笑语，昏昏灯火话平生。[3]
自怜湖海三年隔，又作尘沙万里行。
欲问后期何日是，寄书应见雁南征。

【赏析】

相传为苏洵所作的《辨奸论》中，指斥王安石是古今罕见的大奸大恶之徒，其中一个重大的理由是王安石"不近人情"。这里不谈王安石在政治上的是是非非，从王安石的诗歌看，说王安石"不近人情"是很难令人认同的。《示长安君》一诗就体现了王安石深笃的兄妹之情。

王安石此诗作于四十岁时，长安君是他的大妹。古人结婚较早，从长安君出嫁到现在，漫长的二十余年已经过去。二十余年里，王安石仕途辗转，与妹妹相见的次数寥寥。长久别离后的每一次重逢，自然会有聊不完的事情，发不尽的感慨。尤其是这一次别后，王安石将要出使辽国，什么时候回来，什么时候再次相逢，都是未知。

简单的家常便饭，昏暗的烛光灯火，一家人围坐桌前，随意漫谈，说到开心处欢声笑语，说到伤感时黯然神伤。在诗中，我们读到的是手足情深的兄长，是感于哀乐的中年情怀。

---

1. 长安君：王安石的大妹，嫁与工部侍郎张奎为妻，后受封为长安县君。
2. 怆情：悲伤。
3. 草草杯盘：随便准备的酒菜。

泊船瓜洲

王安石

京口瓜洲一水间，钟山只隔数重山。[1]
春风又绿江南岸，明月何时照我还。

【赏析】

瓜洲在长江北岸，与京口隔江相对；从京口再往钟山，也不过只隔了几座山。钟山所在的江宁，是王安石青少年时期生活过的地方，也是王安石罢相后为自己选择的终老之地。此时是熙宁八年（1075）二月，王安石正在进京第二次拜相的途中。这时距他熙宁二年（1069）第一次拜相开始推行新法已有六年，距他熙宁七年（1074）第一次罢相不到一年。此时的王安石，经历了推行新法以来的各种非难抨击，经历了政坛上的各种风波，心情与他六年前第一次进京拜相时已大不相同。刚刚渡江北上，就已回首瞻望。他知道前路将是艰难险阻，成败难料，而身后则是江南二月，草长莺飞。还没有离开，他已在希望着早日回来。

这首诗最被人津津乐道的是王安石在"绿"字上的反复推敲修改。据说看到过王安石创作这首诗的手稿，最初写作"又到江南岸"，"到"字被圈去改为"过"，又先后改为"入""满"等十几个字，最后定为"绿"字。相比于其他几个字，"绿"具有鲜明的视觉形象，再辅以春风、明月，这美丽的江南的确值得王安石念兹在兹。

王安石的心愿也很快得以实现：一年后，王安石再次罢相，退居江宁，终老于此。

---

1. 京口：在长江南岸，今江苏镇江。瓜洲：在长江北岸，今扬州南郊。钟山：今南京紫金山。

梅花

王安石

墙角数枝梅，凌寒独自开。

遥知不是雪，为有暗香来。

【赏析】

梅在中国古代文人心目中有特殊地位。它是君子四友（梅兰竹菊）之首，也是岁寒三友（松竹梅）之一。它清高脱俗，幽香淡雅，被视为君子人格的象征。历代咏梅之作极多，名家名篇也不胜枚举，王安石的这首《梅花》即是其中之一。这首小诗看似脱口而出，不加雕琢，却每一句都极形象地刻画出了梅花的特征。

梅花是清高的。一树梅花静静地绽放于墙角，不炫耀，不迎合，远离尘俗。

梅花是孤傲坚贞的。它不畏严寒，经受住了严酷环境的考验，在百花畏伏的时候，它傲然绽放。

梅花是高洁的。它有雪一般的颜色，远远看去，仿佛白雪积于枝头。但你立刻就能分辨出那不是雪，因为你远远就会闻到它的清香。

这首诗意象鲜明，颇富理趣，写出了梅花的精神，也写出了一种理想人格。直到现在，仍然脍炙人口，受人喜爱。

春日偶成
程颢

云淡风轻近午天，傍花随柳过前川。
时人不识余心乐，将谓偷闲学少年。

【赏析】

日近中天，云淡风轻。淡与轻是天气，更是心境。诗人穿越花草，擦身柳条，跋涉前川，触目皆是游春之乐。这快乐看似源于春日风物，其实由内而外，源于一颗哲人的"心"，因而诗人说"时人不识余心乐"。程颢以为，仁者以天地万物为一体，莫非己也。风云花木，是天地之仁。若能超越万物区别之心，便能感受到生活中处处有仁、有美。哲学的思力终将回归生活，返璞归真，外发为一派少年般的快乐。

这与曾点相似，孔子问学生们的志向，他最喜欢曾点的回答："莫（暮）春者，春服既成，冠者五六人，童子六七人，浴乎沂，风乎舞雩，咏而归。"程颢赞美曾点说："其胸次悠然，直与天地万物上下同流，各得其所之妙，隐然自见于言外。"他认为，曾点的"乐"源于充盈饱满的内在和对大道周流的领会，"胸次悠然"，"天理流行，随处充满，无少欠阙。故其动静之际，从容如此"。程颢的快乐心境与之相似，"廓然而大公，物来而顺应"，"乐其日用之常"。明道先生用诗歌来表达快乐，凡人如你我何不用生活来践行呢？

程颢（1032—1085），字伯淳，世称明道先生。著名理学家，与其弟程颐并称"二程"。

偶成

程颢

闲来无事不从容，睡觉东窗日已红。
万物静观皆自得，四时佳兴与人同。
道通天地有形外，思入风云变态中。
富贵不淫贫贱乐，男儿到此是豪雄。

【赏析】

一觉醒来，天已大亮，侧听鸟啼虫鸣，卧看云卷云舒。此刻，心中没有预设、没有成见、没有私心，万物与我浑茫为一。于是"万物静观皆自得，四时佳兴与人同"。滔滔逝水、花叶生灭、四季流转，大自然的荣枯像是天道的容颜，展示着与人相似的哀乐与兴衰。因而程颢不除窗前的草，他要留下来观察造物生意，又用小盆养鱼数尾，时时观之，观万物自得意。

人与万物在同一片天空下，自然遵循着同样的法则，一花一世界，一叶一菩提。放下"私""智"，静观万物，便能感受到物我通灵，天人合一。庄生梦蝶、子非鱼、天籁之声，即超越万物的分别，在有形之外的风云、光影、声音变幻中领会世界运行的奇妙机理。

于是理解"夫天地之常，以其心普万物而无心；圣人之常，以其情顺万事而无情。君子之学，莫若廓然而大公，物来而顺应"。"大公"之人"适道"而无私心，以欣赏的眼光、淡然的心境"物来而顺应"，自不会被物界的贫富、琐碎所左右，而有从容的定力与自信。但"到此是豪雄"的又岂止是男儿呢？

和子由渑池怀旧
苏轼

人生到处知何似，应似飞鸿踏雪泥：
泥上偶然留指爪，鸿飞那复计东西。
老僧已死成新塔，坏壁无由见旧题。
往日崎岖还记否，路长人困蹇驴嘶。

【赏析】

人与外界的相遇是流动的。一次会面，一行旧题，都留有我们生命的痕迹。当我们起身前行时，那些痕迹被理所当然地抛在脑后。但当我们瞻顾过往，回味余温时，发现那些痕迹竟也和我们一样在时间的长流中改易或新生。此时，唯一能承载过去的，只有回忆了。

苏轼二十六岁时便有这样的领悟，并在唱和弟弟苏辙（字子由）的诗作中以雪泥鸿爪的形象表现出来。原诗《怀渑池寄子瞻兄》怀念的是兄弟俩第一次途经渑池、离乡赴京的场景。那时苏轼二十一岁，风华正茂，三苏同行，壮志凌云。然而此次，苏轼却是单独经过渑池。这五年间他经历了兄弟高中科考、母亲过世、回乡丁忧、赴京制科考首名、长子诞生等人生起伏。此次再见渑池，不免有物是人非、雪泥鸿爪之叹。岂知鸿爪也在变化！渑池寺庙的主持奉闲和尚圆寂了，弟子为安置舍利建了新塔，当年在寺壁上的题诗也不见了。留有那时痕迹的大概只有你我心中的回忆了。还记得吗？崎岖的路漫长，人马疲惫，跛驴嘶鸣，现在想起来依然有趣而温馨。人生无常，世上留踪倏忽难留，长久存留的怕只有你我的记忆了吧。

苏轼（1037—1101），字子瞻，号东坡居士。眉州眉山（今属四川）人。与父亲苏洵、弟弟苏辙并称"三苏"。北宋杰出的散文家、诗人、词人、书法家，"唐宋八大家"之一。

饮湖上初晴后雨（其二）
苏轼

水光潋滟晴方好，山色空蒙雨亦奇。
欲把西湖比西子，淡妆浓抹总相宜。

【赏析】

此诗出口成诵，耳熟能详，乍看是赞美西湖两种不同的美，但配合第一首读，便发现"此中有真意"，这首诗是苏轼日后达观心态的诗意展现。

"朝曦迎客艳重冈，晚雨留人入醉乡。此意自佳君不会，一杯当属水仙王。"早上还是艳阳高照，晚间却下起雨来，难免有人觉得扫兴。但苏轼说"此意自佳君不会"，如果放下对雨的偏见，抖落雨带来的烦恼，那西湖夜雨自有空蒙诗意之美。于是顿觉，"淡妆浓抹总相宜"。妙处就在这一个"总"字。若以天地之眼观照万物，放下个人得失与偏见，那万物"总"有其美好。如《超然台记》中所说："凡物皆有可观。苟有可观，皆有可乐，非必怪奇伟丽者也。"如果打开理解，放下执念，拥有一双发现美的眼睛，那万物"总"有其可观可乐相宜之美。

于是人生的升迁贬逐也不再是欢乐与苦闷的两端。无论哪种境遇，皆有风味妙处。即使被放到天涯海角的海南，苏轼也能找到快乐。"日啖荔枝三百颗，不辞长作岭南人"，"但寻牛矢觅归路，家在牛栏西复西"，"小儿误喜朱颜在，一笑那知是酒红"。西湖的那一场雨，不仅是一场空蒙的盛宴，更开启了苏轼超然物外的智性人生：无论生命阴晴圆缺，他"总"能感知内在的自信与自由。

题西林壁
苏轼

横看成岭侧成峰，远近高低各不同。
不识庐山真面目，只缘身在此山中。

【赏析】

经历了人生的起伏跌宕，苏轼眼中的大自然充满了哲理与深意。

"横看成岭侧成峰，远近高低各不同"，从不同角度看一个事物，往往会有不同的观感和结论。科恩的歌词说："万物皆有裂痕，那是光照进来的地方。"从完整性的角度看，裂痕自是一道醒目的疤，但换一个角度，又何尝不是光明的入口呢？横看成岭，侧看为峰。贬谪是放逐，也可以是奇游，就看选择"远近高低"哪个视角了。苏轼的选择是——"九死南荒吾不恨，兹游奇绝冠平生"。

但智慧不仅在于视角的转换，更在于整体观瞻和超越个人得失的眼光。远近高低，无论怎么转换都仍未跳出身在其中的局限，只得一隅，不见其余。《超然台记》中说："物非有大小也，自其内而观之，未有不高且大者。彼挟其高大以临我，则我常眩乱反复，如隙中之观斗，又乌知胜负之所在。"因而当我们以天地视角给眼前碎片一个整体的观瞻时，个人命运的起伏就如四季流转、花谢花开，都是自然的，而这才是人生的"真面目"。

此诗看似浅白，其实渗透了苏轼被贬黄州后的解悟，也融合了在庐山学禅的心得，因而古人说此诗"亦是禅偈，而不露禅偈气"。

惠崇春江晚景[1]
苏轼

竹外桃花三两枝，春江水暖鸭先知。
蒌蒿满地芦芽短，正是河豚欲上时。[2]

【赏析】

这是一首题画诗，再现了画中春日萌发的细节：翠嫩的竹林旁绽放了三两枝艳丽的桃花，鸭子水上游来游去；滩涂上长满了蒌蒿，短平平地像庄稼人剃头后新生的青发；哦，也许还有水波的微颤，让好胃口的诗人想到了当季最鲜美的河豚。"三两枝""先""短"家常的字眼，将三四月间春天即将盛放的清新可爱点染得恰到好处。

然而诗不仅是静止画面的罗列，更拥有温度和浓浓的生活情趣。"暖风熏得游人醉"，人在春风中会散淡陶醉，鸭子在融漾的春水中想必也很享受吧。于是有了"春江水暖鸭先知"这句天趣盎然的诗。不承想这句诗竟引来清代诗人的纷纷聚讼。毛奇龄说："鹅也先知，怎只说鸭？"真是令人哭笑不得。诗中的鸭可以是春日里的任何风物。诗句的妙处在于诗人物我两忘、陶然忘机的童趣，想到鸭子享受着暖洋洋的水，苏轼的表情大概和小孩子一样惬意快活吧。这样天真有趣的人才会由满地柔嫩的蒌蒿想到鲜美的河豚，作诗时的诗人恐怕已经馋涎欲滴了吧。此时的苏轼已经历了残酷的乌台诗案和黄州之贬。年近半百的他却毫无阴影，仍葆有活泼可爱的性灵，这大概正是这首小诗生命力之所在吧。

---

1. 惠崇：宋初僧人，能诗善画。
2. 蒌蒿：一种水草，既是河豚的食物，又是鱼羹的佐料，且能解毒。

正月二十日与潘郭二生出郊寻春忽记去年是日同至女王城作诗乃和前韵
苏轼

东风未肯入东门，走马还寻去岁村。
人似秋鸿来有信，事如春梦了无痕。
江城白酒三杯酽，野老苍颜一笑温。
已约年年为此会，故人不用赋招魂。[1]

【赏析】

正月里，春风还不肯来到东门，那我们就主动"还寻去岁村"吧。去年此月此日，也是我们来到这里，连记录感想的诗韵也一样。苏轼以主动寻春的姿态给黄州的贬谪生活制造了一个有趣的节日。每年的同月同日，在同样的地点庆祝节日，像秋日南来的鸿雁，很准时。

场景再现消解了中间的时光，一下子从去年跳到今年，仿佛这一年什么都没发生过，"事如春梦了无痕"。当然，其间肯定发生过很多事，留下很多痕迹，但又何须挂怀呢？就让它们如春梦一般缥缈远逝吧。人的一生要经历那么多纷杂之事，其中有多少真正值得记忆，又有多少会在心田留下痕迹呢？忘记，也许正好不忘初心。

春寒料峭，喝下几杯浓浓的酒。野外耕作的老头苍老的脸上露出温厚的笑容。山水之乐，人情朴野，诗人渐渐淡忘了他当时的困厄，说："我和朋友们约了每年都来这儿，我过得很好，大家不用为我调离黄州之事而奔走麻烦。"一个人在失意痛苦的时候，还总想着让大家都能得到安慰，都生活得愉快些，真是忠厚心肠、旷达襟怀。千百年来，苏轼总能得到后世人们的喜爱和敬仰，大概正是因为他的温厚、有趣和坚强总能给人们带来温暖的感召与力量吧。

---

1. 招魂：《楚辞》中有《招魂》篇。

海棠
苏轼

东风袅袅泛崇光，香雾空蒙月转廊。
只恐夜深花睡去，故烧高烛照红妆。[1]

【赏析】

春风袅袅，高处海棠泛着清丽的光泽。花香融在朦胧的雾里，月亮要转到回廊那边去了，海棠将沉没于黑暗。此时，诗人顿起怜惜之心，如此芳华，怎能独栖于昏昧幽暗中？于是诗人持高烛照之，以免娇艳妩媚的海棠无人欣赏。"只恐"二字表现了诗人对海棠的宠溺和小心护爱。"睡"和"红妆"更将海棠花比作美人，表达诗人对海棠的多情、痴情，颇有几分神瑛侍者对绛珠仙草的怜惜爱护之意。

"此诗极为俗口所赏，然非先生老境。"清代诗人查慎行评论说。但这是真实的苏轼。东坡之所以可爱，正在于其雅俗共赏。他有"也无风雨也无晴"的超越，也有"一树梨花压海棠"的谐趣，他有"自爱铿然曳杖声"的忠贞气概，也有"春宵一刻值千金"的旖旎风情。他在"尚余孤瘦雪霜姿"的《红梅》诗中寄托人格，也在缱绻多情的《海棠》诗里展现怜爱。他坚贞、忠厚、幽默、多情，这所有一切的叠加，才是一个真实而丰富的苏轼。

---

1. 花睡去：唐明皇登沉香亭，召太真妃，于时卯醉未醒，命高力士使侍儿扶掖而至。妃子醉颜残妆，鬓乱钗横，不能再拜。明皇笑曰："岂妃子醉，直海棠睡未足耳！"（宋释惠洪《冷斋夜话》）

六月二十日夜渡海

苏轼

参横斗转欲三更，苦雨终风也解晴。
云散月明谁点缀？天容海色本澄清。
空余鲁叟乘桴意，粗识轩辕奏乐声。[1]
九死南荒吾不恨，兹游奇绝冠平生。

【赏析】

斗转星移，已近深夜。呼啸了大半夜的风雨终于停下，一片清朗。六十五岁的苏轼正要告别谪居三年的海南，回到中原。再渡琼州海峡时，他写下了这首诗。

于是首联中的"苦雨终风"有了深意，仿佛遥远而漫长的贬谪。恩赦还朝的喜讯好比"云散月明"。这一夜的"参横斗转"，似乎浓缩了无数个日夜的星辰变幻；三更之夜，像一场无比漫长的等待。看似写了气象变化，细味却是人生的本相。豁然开朗的不仅是天空，更是心境。"云散月明谁点缀，天容海色本澄清。""本"字表现了诗人对"飘风不终朝，骤雨不终日"（《老子》）的信念。即使门下秦观写下万艳同悲之句"落红万点愁如海"，苏轼也说"新恩犹可觊，旧学终难改"——即便赦免可期待，自己一贯的见解也不更改。"天容海色本澄清"中有着解悟的自信，归去也，"也无风雨也无晴"。因此，苏轼不怨。在这天之涯海之角，他领略了来自太古的天地之美，也做好了"乘桴浮于海"的准备。只是被召回中原而空余壮志。诗人积极地看待儋州之行，"所欠唯一死"的贬谪于是成了他一生最骄傲的游历，"九死南荒吾不恨，兹游奇绝冠平生"！

---

1. 鲁叟：孔子。乘桴：《论语》子曰："道不行，乘桴浮于海。"轩辕：黄帝。奏乐声：《庄子》说，黄帝在洞庭湖边奏乐。此指海涛声。

临平道中

道潜

风蒲猎猎弄轻柔，欲立蜻蜓不自由。
五月临平山下路，藕花无数满汀洲。

【赏析】

"参寥子尝在临平道中赋诗云云，东坡一见而刻诸石。""宗妇曹夫人善丹青，作《临平藕花图》，人争传写。"可见当时人们对这首小诗的喜爱与赞叹。

农历五月是夏季最舒服的时候。微风柔暖，抚弄着山间万物，柔韧的蒲草在风中摇摆，猎猎微响。羽化不久的小蜻蜓在风中飞累了，想停在蒲草上歇一会。然而轻柔的风像在和它玩有趣的游戏，摆弄着小草，总不让它稳稳停下。看它稚拙而又有些着急的样子，参寥子像儿童一般感到了大自然生动的情趣。他就这样在山间小道上自得其乐地走着，一路玩赏着花草树虫，自由自在。峰回路转地走到山下，忽然一片豁然开朗，无边无际的荷花盛放满整个水面，甜美的色彩，荷风的清香，还有如此盛大而宁静清丽的美，让诗人无比惊喜、赞叹而又沉醉！

诗人以敏锐的细节捕捉了五月江南独特的美，细物灵动轻柔，远景宽广而又甜美。诗人还在行进中自然地带出路转溪头忽见的意外惊喜，节奏的变化构成诗歌的戏剧性。若非一颗超越凡俗的赤子之心，岂能将灵动流转的生趣写得如此自然浑成？不知佛家去执无我的修养是否有助诗人毫无成见地观察这个有趣的世界，至少南宋另一个诗僧志南也有如此玲珑的诗："古木阴中系短篷，杖藜扶我过桥东。沾衣欲湿杏花雨，吹面不寒杨柳风。"

道潜（1043—约1106），字参寥，本名昙潜，苏轼为其更名道潜。宋代诗僧。

雨中登岳阳楼望君山二首
黄庭坚

投荒万死鬓毛斑，生出瞿塘滟滪关。
未到江南先一笑，岳阳楼上对君山。

【赏析】

绍圣初，五十岁的黄庭坚修国史被诬陷，而被贬至万死之地，诗人却将被动的贬谪化为主动的奔"投"，豪迈勇敢的态度令人赞赏。

但诗人的逆境才刚刚开始。移徙戎州（今四川宜宾）之后，他又一直流转于四川湖北一带，远离家乡，奔波劳碌。七年里，鬓发斑白的诗人身处逆境，却安然度之。"胸中已无少年事，骨气乃有老松格"，"坐对真成被花恼，出门一笑大江横"是他流寓江湖时的诗句。他还为苏轼的《和陶诗》作跋："子瞻谪岭南，时宰欲杀之。饱吃惠州饭，细和渊明诗。彭泽千载人，东坡百世士。出处虽不同，风味乃相似。"在"杀"气笼罩下，苏轼照样"饱吃饭""细和诗"，淡定坦然的气度让身为苏门学士的诗人备受激励。

历尽坎坷后，五十七岁的老诗人不想竟等来恩赦，活着走出瞿塘峡、滟滪关。此处的"瞿塘滟滪"既是诗人回乡之路的最艰险处，更是生命中最难度过的流离贬谪。如今已然度过，劫后重生的喜悦油然而生。因而虽未到江南，诗人不由"先一笑"，放逐归来的欣幸跃然纸上。这"笑"源于洞庭湖壮阔的自然风光，更源于诗人度过逆境后不畏磨难、豁达自信的自然流露。"对君山"中"对"的沉着，正表现了诗人从死地中走出的自信和坦荡不惧的内心化境。

黄庭坚（1045—1105），字鲁直，号山谷道人。苏门四学士之一，"江西诗派"的开创者，与苏轼合称"苏黄"。

登快阁
黄庭坚

痴儿了却公家事，快阁东西倚晚晴。[1]
落木千山天远大，澄江一道月分明。[2]
朱弦已为佳人绝，青眼聊因美酒横。[3]
万里归船弄长笛，此心吾与白鸥盟。[4]

【赏析】

登快阁自然是快乐的，何况繁杂的工作都完成了。登楼时，诗人不禁步履带风，跃级而上。到达阁顶后，眼前一片开阔清朗。倚栏而望，夕阳映照漫天霞光。远处的树摇落了满身树叶，只留下高阔清癯的树身。视线穿过不再绵密的树冠，到达更远的远方。疏朗带来的通透给秋日带来旷远的气息。千山绵展，天际远大。能领会这澄明开阔之美的人一定有皓月清风般的胸襟。只是诗人的知音不在身边，无人领会他的拨弄珠弦的心声。好在还有美酒相伴，足以令人兴致盎然。万里归家吧，吹奏那澡雪滓垢的长笛，我心只与那毫无机心的白鸥结盟。

诗歌借秋景表现内在澄明高旷的人格境界，在文字上则充分表现"江西诗派"的特点：字字有来历，但又被诗人点化得不着痕迹，在平淡浑然中蕴有一份醇厚的知趣。这就是江西诗派的"点铁成金""夺胎换骨""以故为新"之法。

---

1. 痴儿：夏侯济写信给傅咸说"生子痴，了官事。官事未易了也。了事正作痴，复为快耳"。此处作者自谓，反用其意。
2. 落木：杜甫《登高》"无边落木萧萧下"。
3. "朱弦"句：钟子期死，伯牙破琴绝弦，终身不复鼓琴。青眼：阮籍能为青白眼，见礼俗之人，以白眼对之，嵇康造访，乃见青眼。
4. 长笛：马融《长笛赋》"可以通灵感物……写神喻意……溉盥污秽，澡雪垢滓"。白鸥：《列子·黄帝》海上有好鸥者，每日从鸥鸟游，父亲说："听说鸥鸟和你玩，你抓一只来给我玩玩。"次日此人至海上，鸥鸟不复来。

寄黄几复
黄庭坚

我居北海君南海，寄雁传书谢不能。[1]
桃李春风一杯酒，江湖夜雨十年灯。
持家但有四立壁，治病不蕲三折肱。[2]
想得读书头已白，隔溪猿哭瘴烟藤。

【赏析】

万里之遥的朋友之谊是本诗的最动人处。山谷与黄几复是早年知交，作此诗时，山谷在山东德州，黄几复在广州四会县，都在海边，却相隔万里，因而首句说"我居北海君南海"。如此山长水远的距离，写信不免周期过长或难以寄达，连传书的大雁也只能婉拒了吧。诗人以奇思妙想来表达音讯难通之慨，心思新巧，情意深沉。

"桃李春风一杯酒，江湖夜雨十年灯。"一连串普通的名词被诗人组合出两个对比鲜明的意境，是读书人诗意生活背后的艰辛，抑或当年桃李树下对酒清谈后，十年之久的风雨离别？这两个相反的面向可能同处于一段生活中，也可能分布于人生不同的阶段。但它们都是诗。它们像生活中的黑白两键，古往今来的人都用它们来弹奏自己生活的乐章，弹出起伏跌宕，含韵悠长。

此刻的黄几复恐怕正在一段压抑的乐音中吧。一介寒儒，家徒四壁，诗人希望他在蛮荒之地凡事都能顺利，但岭南言语不通、文化迥异，大概只有在书里，黄生还能得到些慰藉。而书外与之相伴的恐怕也只有悲哀的猿声和弥漫的瘴疠之气了。尾联中，诗人流露了对友人深深的担忧与同情。

---

1. 不能：传说大雁南飞至衡阳回雁峰而止，难以到达广东。
2. 蕲（qí）：乞求。三折肱：断了三次胳膊，则为良医。此处反用其意。

偶题

张耒

相逢记得画桥头，花似精神柳似柔。
莫谓无情即无语，春风传意水传愁。

【赏析】

四目相对的那一瞬间，眉梢眼角，波光流转，空气中悬浮着情丝，绵密而静定。

《偶题》第二首云："偶然相值不相知。"可见这组诗写的是一个在桥头相逢而不相识的女子，这位女子如花一般娇美，如柳一般柔情。"邂逅相遇，适我愿兮。"虽然遥遥站立，但心中的情愫已弥散在空气中。四目相对的一瞬间，即使不言不语，和煦的春风、融漾的春水已将温柔的情意、淡淡的忧伤传递到目光的另一边，不知姑娘是否收到，又将如何作答。全诗对人物不着一字，但春天的风物，花、柳、风，却道尽了邂逅美丽女子时温柔的心境。

张耒（1054—1114），字文潜，号柯山。苏门四学士之一。

襄邑道中

陈与义

飞花两岸照船红，百里榆堤半日风。
卧看满天云不动，不知云与我俱东。

【赏析】

二十七岁的诗人行船于襄邑道上，轻快闲适。这轻快由丰富的色彩可知，飞花的红，榆树的绿，满天的白云和天色的蓝，真可谓"光景明丽"，童趣盎然。

两岸飞花因船儿疾行而有些朦胧，色块的飞驰显出繁花的艳丽与浓密，照着船儿都泛出红光。诗人惬意地躺在船上，一抬眼便感到明媚与飞扬。

绿意盎然的榆树堤有百里之长，仅半日小船就疾驰而过了，不由让人想到李白的那句"千里江陵一日还"。与"百里榆堤半日风"一样，两句都以距离和时间对比来表现轻舟飞飏。而此诗的落点在"风"字，更多了一份触觉的想象。风吹满袖，皮肤感到簌簌舒爽。流水淙淙，风行水上，闭上眼，都能感到轻舞飞扬。

于是诗人童心乍起，满天的白云像在动，又不像在动。诗人揉揉眼睛，恍惚间云仿佛停了下来。"不知"二字充满了懵懂的妙趣，若换成"原来"，倒成了恍然大悟的清醒了。"不知"二字使读者明了实情，而诗人还沉醉在满天白云不动的孩童般的惊异中呢！

陈与义（1090—1138），字去非，号简斋居士。洛阳人。北宋南宋之交的著名诗人。

怀天经智老因访之

陈与义

今年二月冻初融，睡起苕溪绿向东。
客子光阴诗卷里，杏花消息雨声中。
西庵禅伯还多病，北栅儒先只固穷。
忽忆轻舟寻二子，纶巾鹤氅试春风。[1]

【赏析】

思念好友，来一场说走就走的旅行。"忽忆轻舟寻二子，纶巾鹤氅试春风。"诗中率真任性的潇洒不由让人想到《世说新语》里的王子猷："王子猷居山阴，夜大雪，眠觉……四望皎然……忽忆戴安道……即便夜乘小船就之。"

诗人大概也向往六朝文人的随性洒脱，于是想象自己身着六朝名士喜爱的"纶巾鹤氅"在船头迎风而立。"纶巾鹤氅"并非实指，只是以高雅的装束来表现内在高尚的人格。诗人欣赏淡泊平和的僧人和"君子固穷"的儒生。"君子固穷，小人穷斯滥矣。"君子在潦倒不遇的情况下，仍能有所坚守，保持气节不败，不像小人一样无所不用其极，这是诗人令人尊敬的品格。

在二月冻初融的季节，诗人一觉醒来，忽觉满溪春水，悠悠东流，绵延葱翠的绿意令人心旷神怡。诗人虽然客居异乡，却有诗书相伴，并不孤寂。在某个杏花飘落、春雨潇潇的日子里，收到来自好友的消息，更添了心神相契的愉悦。这两位人格高尚、淡泊名利的挚友，想想都觉美好，或者就出发去探访他们吧，正好只隔一条苕溪。高昂的兴致、恬然的诗意，想来三个君子的交谈一定风雅怡乐，"坐到更深都寂寂，雪花无数落天窗"。

---

1. 纶（guān）巾：丝带做的头巾。鹤氅（máo）：鸟羽制的外衣。

三衢道中[1]
曾几

梅子黄时日日晴，小溪泛尽却山行。[2]
绿阴不减来时路，添得黄鹂四五声。

【赏析】

江南的梅雨天是令人厌烦的，下起来没完没了，连绵不断。今年梅子黄时，居然日日放晴，实在难得。于是诗人兴致勃勃，前往三衢山中游玩。先乘船沿着一条小溪溯流而上，直到溪水变浅，船不能再往前行，舍船登岸，沿山路继续去往山的更深更高处。

山中植被茂盛，树木葱茏，虽是炎炎夏日，有树荫遮蔽，走在山道上，一定是凉爽的。诗人对于一路游玩的风景和心情没有明言，而是着眼于返回时的路程，与来时一样的绿树浓荫，比来时更有意趣的是，绿树荫中时不时传出几声清脆悦耳的黄鹂鸣叫。

人们记游时通常着重写去时路上的景色，对于返程很少再费笔墨，因为这时游兴已尽，身心俱疲。而曾几依然心情愉快，游兴不减，可见三衢山中的景色，实在美丽宜人。

曾几（1084—1166），字吉甫，号茶山居士。赣州（今江西赣州市）人。南宋诗人。
1. 三衢：即衢州，在今浙江省，因境内有三衢山而得名。
2. 梅子黄时：农历五月，梅子成熟的季节。却：再。

小池

杨万里

泉眼无声惜细流，树阴照水爱晴柔。
小荷才露尖尖角，早有蜻蜓立上头。

【赏析】

一幅非常可爱的画面。

画面的中心是一个小池，小池中一眼泉水，清澈平静的水面，池边树投下一片树阴。池中有荷叶荷花，一朵荷花的花苞刚刚冒出水面，还未开放，一只蜻蜓已停在上面。

诗人没有出现在画面里，可是他对这方景物的喜爱之情跃然纸上。"惜细流"的、"爱晴柔"的，都是诗人。发现立在小荷上的蜻蜓，诗人更是欣喜不已。他把他的情感投射到这些景物中，景物之间，景物与诗人之间，建立起了融洽亲密的联系。

诗人给我们呈现的，不单单是一个小池，更是一个有情的世界。

杨万里（1127—1206），字廷秀，号诚斋。吉州吉水（今江西吉水）人。南宋著名诗人，与陆游、尤袤、范成大并称"中兴四大诗人"。

晓出净慈寺送林子方
杨万里

毕竟西湖六月中，风光不与四时同。
接天莲叶无穷碧，映日荷花别样红。

【赏析】

净慈寺在西湖南岸，走出净慈寺，就能看到西湖，看到贯穿西湖南北的苏堤白堤，看到对岸的孤山北山，稍微侧下头，就能看到同在西湖南岸的雷峰塔。诗人没有写这些景色，不是它们不美，而是它们一年四季永远都在那里。这个六月夏日的清晨，诗人走出净慈寺，抬眼看到西湖时，占据他视野的是湖中挨挨挤挤向远处绵延伸展的莲叶，和一朵朵挺出水面盛开的荷花，在清晨阳光的照耀下，朵朵荷花显得别样红艳。

淡妆浓抹总相宜的西湖，在六月的夏日清晨，有别样的美丽。弥望的莲叶的碧绿，无数的荷花的红艳，让诗人目不暇给，目光实在没有空暇再去关照别的景物了，尽管也是极美的。

闲居初夏午睡起二绝句（其一）
杨万里

梅子留酸软齿牙，芭蕉分绿与窗纱。
日长睡起无情思，闲看儿童捉柳花。

【赏析】

当人忙碌到身不由己的时候，慵懒就会成为一种幸福的向往。杨万里这首诗就是在表达一种纯粹的慵懒状态。

在初夏的午后，天气还不十分炎热，午睡醒来的诗人无所事事，也不觉得需要做什么事。睡前吃的梅子，现在口中还留有余酸。他百无聊赖地坐在窗前，窗外的芭蕉叶清新碧绿，让暑热都减退了几分。将目光投向更远的地方，几个孩子正在跑来跑去，追逐随风飘浮的柳絮。

儿童一派天真，对于追逐柳絮这种事情也能玩得兴高采烈。而在大人眼中，儿童的这种行为无疑是毫无意义、十分好笑的。可是毫无意义同时意味没有功利目的，没有世俗心计。诗人看得津津有味，悄悄地分享着儿童的快乐。

诗人表面上在说：我很慵懒无聊。但他眉眼里的神情，却分明是在炫耀：我很悠闲自在。

游山西村
陆游

莫笑农家腊酒浑，丰年留客足鸡豚。[1]
山重水复疑无路，柳暗花明又一村。
箫鼓追随春社近，衣冠简朴古风存。[2]
从今若许闲乘月，拄杖无时夜叩门。[3]

【赏析】

陶渊明之后，田园诗在中国古典诗歌中蔚为大观。田园诗写农家生活、田园风光，其中固然有如陶渊明"晨兴理荒秽，带月荷锄归"这般辛劳的耕作体验，或如范成大"无力买田聊种水，近来湖面亦收租"这般揭示农民被剥削的痛苦现实，但大多数文人写田园，是将田园生活理想化，乃至作为自己精神家园的安放地。陆游的《游山西村》中，就有这种寄托。

诗中的"山西村"，风景优美，村周围柳暗花明；农人热情好客，用"腊酒""鸡豚"——一个农家所能提供的最好的饮食款待客人；生活快乐富足，箫鼓声声，村民们正在春社上欢歌笑语。如果要去"山西村"，需要走过一重重山水，不小心可能会迷路；村中人衣冠简朴，还保留着古风。

诗人来到这里便不想离去，这里有他理想的生活，没有纷争，没有烦恼，人情淳朴，生活简单悠闲。这里不正是陶渊明《桃花源记》中的世外桃源吗？

陆游（1125—1210），字务观，号放翁。越州山阴（今绍兴）人。南宋诗人，诗作存世有九千三百余首。与杨万里、尤袤、范成大并称"中兴四大诗人"。
1. 腊酒：腊月里酿造的酒。足鸡豚：指菜肴丰盛。豚，小猪，这里指猪肉。
2. 春社：立春后第五个戊日，人们在这一天拜祭土地神，祈求丰收，并有各种娱乐活动。
3. 闲乘月：悠闲地趁着月色前来。无时：随时。

书愤

陆游

早岁那知世事艰，中原北望气如山。[1]
楼船夜雪瓜洲渡，铁马秋风大散关。[2]
塞上长城空自许，镜中衰鬓已先斑。[3]
出师一表真名世，千载谁堪伯仲间。[4]

【赏析】

陆游身当南宋，一生都主张对金用兵，收复北方失地。但南宋的大多数时期都是主和派占上风，因而陆游的壮志终身不得实现。每当念及沦陷的国土，想到自己没有机会杀敌报国，他的内心就充满愤懑。

这首《书愤》，是陆游六十二岁时所作，这时他已是一位年过花甲的老人，退职居家也已长达六年。他回忆起青壮年时期，那时充满理想和豪情，立志收复中原。南宋的两场大胜仗也激励着他。一场发生在大散关，由南宋初期的名将吴玠指挥，以数千宋军击退十万金兵；另一场发生在采石矶，金国皇帝海陵王率领的金兵在此遭受重大失败，战船全部烧毁，移驻瓜洲渡后被臣下杀死，南宋取得了对金作

---

1. 那知：哪知。
2. 瓜洲渡：绍兴三十一年（1161），金国海陵王完颜亮对南宋发动全面进攻，被宋将虞允文大败于采石矶，战船全被烧毁，海陵王被迫移驻瓜洲渡。金国将领发动兵变，杀了海陵王。大散关：地处今陕西宝鸡，自古以来就是连通陕西和四川的交通要道，南宋在此多次击败来犯的金兵，最著名的一战是建炎四年（1130）由吴玠率数千宋军击退完颜宗弼（金兀术）率领的十万金兵。
3. 塞上长城：见《南史·檀道济传》，宋文帝忌惮当时名将檀道济，借故将其杀害，檀临刑前怒叱："乃坏汝万里长城！"斑：黑发中夹杂了白发。
4. 出师一表：指诸葛亮《出师表》。名世：名传后世。堪：能够。伯仲：本指兄弟排行的次第，伯是老大，仲是老二，这里比喻不相上下，难分高低。

战的最大一次胜利。

然而两次重大胜利并没有坚定南宋政府北伐的信心，在金兵退去后，偏安求和的心态又在执政者中成为主流。作为主战派，陆游的大部分时间都在投闲置散中度过。他以"塞上长城"自诩，他相信自己的才华，能为北伐贡献力量，可惜国家没有给他这个机会。在一年年的等待中，他已垂垂老矣。

陆游想到了诸葛亮，想到了诸葛亮的《出师表》，诸葛亮以益州一州之地，为了兴复汉室，尚且多次北伐，鞠躬尽瘁，死而后已，何况现在南宋拥有半壁江山！朝中执政者的软弱无能让他悲愤，年华流逝而壮志未酬让他悲愤，他把他的悲愤写入诗中。他的悲愤，他的忧国之情，足以当得起本诗的最后一句：千载谁堪伯仲间！

临安春雨初霁[1]
陆游

世味年来薄似纱，谁令骑马客京华。[2]
小楼一夜听春雨，深巷明朝卖杏花。
矮纸斜行闲作草，晴窗细乳戏分茶。[3]
素衣莫起风尘叹，犹及清明可到家。[4]

【赏析】

暂且收拾起杀敌报国的豪情，遮盖了恢复无望的悲愤，在杏花春雨的江南里，陆游也平和了许多。客居京城，尝够了世态炎凉，人情冷暖。满怀的落寞和愁绪，在"小楼一夜听春雨"中流露无遗。但陆游似乎已经懒得抱怨和指责，他听到了叫卖杏花的声音，即便独处小楼，即便僻居深巷之中，他也感到了春光的明媚，感到了江南春天的美好。白日无事，以写字品茶作为消遣，日子倒也悠闲。但自己来京城是为了什么呢？与其在京城无聊地消磨时光，不如早点回家吧。

这首诗语气平和，遣词平淡，但意旨含蓄，情感深沉。诗人其他诗作中常见的对朝廷偏安政策的失望和对恢复之志不能实现的悲愤，在这里都隐而不见了。但不论彻夜无眠卧听雨声，还是看似悠闲地白日消遣，都能感到诗人的欲说还休。毕竟，在无边春雨淅淅沥沥的夜里，想到有明艳的杏花正在绽放，沉郁的心情总会好一点。

---

1. 霁：雨后或雪后转晴。
2. 世味：指社会人情。京华：京城。
3. 矮纸：短纸，小纸，斜行：倾斜的行列。草：指草书。细乳：沏茶时水面呈白色的小泡沫。分茶：宋元时煎茶的方法，注汤后用箸搅茶乳，使汤水波纹变成种种形状，故而称"戏"。
4. 风尘叹：因风尘染污衣服而叹息。见陆机《为顾彦先赠妇》："京洛多风尘，素衣化为缁。"

十一月四日风雨大作二首（其二）

陆游

僵卧孤村不自哀，尚思为国戍轮台。[1]
夜阑卧听风吹雨，铁马冰河入梦来。[2]

【赏析】

梁启超曾作诗称赞陆游："诗界千年靡靡风，兵魂销尽国魂空。集中什九从军乐，亘古男儿一放翁。"的确，杀敌报国，收复失地，是陆游一生的信念，也是陆游一生的诗歌创作主题。创作《十一月四日风雨大作》时，陆游已是六十八岁的高龄，正退居在山阴老家。

尽管朝廷的消极主战、积极主和让陆游屡屡失望，但他从未绝望，他的报国之情至老也没有衰减。他不受重用，被弹劾罢官，凄凉的个人处境，他全然不介意。唯一让他念念不忘的，就是被重新起用，到边关前线，为国效力。半夜听到屋外风雨大作，都能让他心情激荡，联想到战场上千军万马的奔腾厮杀之声。

"铁马冰河"，大军北上，是陆游一生的梦想；如今虽僵卧孤村，而豪情依旧，梦想不灭。

---

1. 轮台：在今新疆境内，是汉唐时在西域的边防重地。这里代指边关。
2. 夜阑：夜深。铁马：披着铁甲的战马。冰河：河水封冻成冰，指北方的河流。

沈园二首
陆游

其一
城上斜阳画角哀，沈园非复旧池台。[1]
伤心桥下春波绿，曾是惊鸿照影来。[2]

其二
梦断香消四十年，沈园柳老不吹绵。[3]
此身行作稽山土，犹吊遗踪一泫然。[4]

【赏析】

与表妹唐琬的爱情悲剧，是陆游心头一生的痛。陆游二十岁时与唐琬结婚，夫妻恩爱，感情极深，无奈陆游的母亲不喜欢唐琬，这段婚姻只持续了三年就被迫结束，此后两人各自婚嫁。陆游三十一岁那年，到沈园游玩，偶遇唐琬夫妇，唐琬遣人送酒肴致意，陆游怅然良久，在墙壁上题《钗头凤》一词离去。唐琬读词后悲不自胜，不久郁郁而终。陆游在此后的五十多年里，曾多次返回沈园，并写有多首追忆、悼念唐琬的诗。《沈园二首》是其中最著名的两篇。

这两首诗作于陆游七十五岁时，唐琬已经逝去四十多年。第一首诗写故地重游，沈园内的亭台变化很大，可是陆游眼中看到的，仍是四十多年前，唐琬从这里走过。她就像一只翩然飞过的鸿雁，桥下池水映出了她美丽的身影。第二首诗写四十多年过去了，沈园的柳树都

---

1. 画角：古代乐器名，外有彩绘，故名"画角"，其声哀厉高亢。
2. 惊鸿：曹植《洛神赋》有"翩若惊鸿"之句，比喻美人体态轻盈。这里指唐琬。
3. 梦断香消：指唐琬亡故。不吹绵：指柳絮不飞。
4. 行：即将。稽山：会稽山，在今浙江绍兴。吊：凭吊。泫然：流泪貌。

已衰老得飘不出柳絮，自己的生命眼看也要走到尽头，唯一不变的是心中对唐琬的怀念和止不住的伤心落泪。

　　一位七十五岁的老人，站在沈园的小桥上，临风洒泪，泪水中有追忆，有愧悔，有哀婉，有此生不渝的爱恋，在中国文学史上，站成了一幅动人的画面。

示儿

陆游

死去元知万事空，但悲不见九州同。[1]
王师北定中原日，家祭无忘告乃翁。[2]

【赏析】

死后不论有知无知，生前的世界对死去的人都会失去意义。生前不论富贵显达，还是贫贱卑微，不论是处高位者费尽心机地争权夺利，还是居下位者辛辛苦苦地蝇营狗苟，在死亡面前都显得无足轻重。大概所有的人在面对死亡时都会幡然醒悟吧，放下心中的一切，去往另一个世界。

陆游在临终前也体悟到了一个"空"字，原来世界上的一切，人生中的种种，都是空幻虚无的，随着生命的终结，都将如过眼云烟，消逝不见。然而唯有一件事是陆游放不下的，那就是国家仍未统一，北方国土仍未收复。这是陆游为之奋斗了一生的信念，即使死亡也无法让它终止。于是留下遗嘱给自己的儿孙："王师北定中原日，家祭无忘告乃翁。"

南宋宁宗嘉定二年十二月，陆游逝世，享年八十五岁。临终前写下了这首《示儿》，他念念不忘的，仍然是收复中原，国家一统。这位伟大的诗人，用他的绝笔之作，也用他的一生，诠释了什么叫"爱国"。

---

1. 元知：原本知道。元，通"原"。
2. 王师：指南宋朝廷的军队。中原：淮河以北被金人侵占的地区。家祭：祭祀家中先人。乃翁：你们的父亲。

春日

朱熹

胜日寻芳泗水滨，无边光景一时新。
等闲识得东风面，万紫千红总是春。[1]

【赏析】

这首诗极易被误认为一首游春的诗，因为它的确写出了春光的绚烂、赏春的愉快心情，与任何吟咏春光的诗作相比，它都不失为是一篇佳作。

然而它并非实际写景之作，这从"泗水滨"三字即可读出。泗水在现在的山东，据说孔子曾讲学于洙、泗之间，故而后人以"洙泗之学"称孔子之学。朱熹在这里说自己"寻芳泗水滨"，其实是指自己游于圣人之门，求学问道于儒学；心有所悟后，再重新打量这个世界，所见就与以前有了不同："无边光景一时新。"一旦证悟，就会发现圣人之道并不是什么玄奥高深的东西，只要你体悟到了，便能从世间的万事万物上都看出儒家之道、万物之理。悟道后的愉快、喜悦、安详的心情，和信步春光中轻风拂面、百花盛开的感觉，一般无二。

朱熹（1130—1200），字元晦，又字仲晦，号晦庵，晚称晦翁。南宋哲学家、教育家、诗人，其思想上承北宋程颐程颢，为宋朝理学集大成者。
1. 等闲：平常，轻易。东风：春风。

观书有感二首（其一）

朱熹

半亩方塘一鉴开，天光云影共徘徊。[1]
问渠那得清如许，为有源头活水来。[2]

【赏析】

半亩方塘如一面镜子，可见塘中之水清澈平静。半亩方塘虽小，却能涵括天光云影；塘水虽然平静，却有天光云影在其中"共徘徊"，静中有动，整个方塘都是活泼泼的。为什么方塘能如此清澈呢？原来它有活水不断流入。如果是一塘死水，很快就会变得污浊恶臭了。

"半亩方塘"就是人的方寸之地，也就是心。"天光云影"就是宇宙间的森罗万象，能够现于人心。可是人心如何才能清楚有序地把握森罗万象，特别是察考推究出其背后之理呢？这就需要读书，不断地吸收、借鉴别人的知识、思想和智慧。

黄庭坚曾说：三日不读书，便觉言语无味，面目可憎。这说的是不读书的坏处。而朱熹这首《观书有感》则说的是读书的好处，读书可使自己心地清明。

---

1. 鉴：镜子。
2. 渠：它，指方塘之水。那得：怎么会。

题临安邸[1]

林升

山外青山楼外楼，西湖歌舞几时休？
暖风熏得游人醉，直把杭州作汴州。

【赏析】

杭州在北宋时就已被词人赞为"东南形胜，三吴都会"，"市列珠玑，户盈罗绮，竞豪奢"，其富庶繁华为其他城市所不及。宋室南渡，宋高宗将杭州改名临安，成为南宋事实上的都城。名虽曰"临安"，实际上打定了偏安的主意。上自皇帝贵臣，下至富室豪家，或在杭州城内，或在西湖边上，纷纷营建殿阁楼台，甲第宅邸。杭州的繁华，倍于从前。然而这样的繁华，危如累卵，沦陷的国土尚未收复，北方外敌入侵的威胁从未消除。所有的人都在追逐醉生梦死的生活，杭州做了安乐窝，西湖成了销金窟。

诗人怀着极大的忧虑，看着西湖边上的道道青山、重重楼阁，看着达官显宦们日日饮宴、夜夜笙歌，看着西湖边游人在暖风中陶醉于湖山美景。诗人不由沉痛地发问：你们什么时候才能从醉生梦死的生活中清醒过来？你们真的把杭州当作汴州了吗？

"直把杭州作汴州"一句犹有意味。一层意思是对"游人"的劈头发问，你们不思恢复，忘了真正的都城汴州还被金人占领着。更深一层的意思，则是警告"游人"：若只知歌舞作乐，追求豪奢，终将有一天，眼前的楼台歌舞，尽数化为灰烬。诗人的警告可谓沉痛悲愤，可惜无人理会，直到蒙古人兵临城下，南宋朝廷覆灭。汴州陷落的历史，在杭州重演。

林升（生卒年不详），字梦屏，约生活于宋孝宗年间，生平不详。
1. 邸：旅店。

游园不值

叶绍翁

应怜屐齿印苍苔，小扣柴扉久不开。
春色满园关不住，一枝红杏出墙来。

【赏析】

访友不遇，却被诗人写得温柔多情、诗意盎然。

春日里，诗人出门访友。一路春光融融，暖风熏人醉，温柔摇漾。走到友人家门口，薄薄的苍苔上有串屐痕，是主人出门时留下的吗？诗人没想主人不在，倒疼惜起柔嫩的苍苔来。春意如此美好，主人应该多加怜惜啊。于是诗人轻轻地叩柴门，像怕惊扰了这宁静的春色。只是叩了很久，也无人应门。

白跑一趟，失落总是有的。但对世界温柔以待的人总能发现惊喜与美好。此行没遇上主人，但满园的春色可是想我去看它们的，对苍苔都有"怜"意的人一定会惊叹于这满园的春色吧。于是它们在门后蓄势勃发，不安分地伸出一枝热烈的红杏，来与我打个热情的照面。主人无情，花草有意，春色的蓬勃、涌动、饱满与热情像是回应我对苍苔的"怜"惜。此行"不值"主人，却"值"了这满园春色的心意，诗人的惊喜之情油然而生。一枝红杏的优雅热情，红绿搭配的明快鲜艳，以少胜多的无尽想象，都让诗人兴致盎然。失落而惊喜的心理变化，更为诗歌带来跳脱的意趣。而这惊喜本身不正源于诗人心中对春色温柔的爱怜吗？

叶绍翁（生卒年不详），字嗣宗，号靖逸，被看作江湖派诗人。

约客

赵师秀

黄梅时节家家雨，青草池塘处处蛙。
有约不来过夜半，闲敲棋子落灯花。[1]

【赏析】

与人约会，久候不至，闲来敲棋，力道震落了灯花，可见灯芯燃了很久，诗人也颇有点无聊烦躁。何况黄梅时节，闷热潮湿，家家都落着不大不小的雨，滴滴答答的，连日都不放晴。青蛙聒噪地直鸣，此起彼伏，总不给人安静。诗人着意聆听着叩门声与脚步声，冲耳而入的却尽是雨声蛙鸣。夜越深，声越明，而客人却迟迟没有来。焦躁中，诗人下意识地拨弄棋子，仿佛要弄出一点声响来打破沉寂，然而连这声响都是那么单调无聊。

有趣的是，全诗读来并无烦躁的戾气。赵师秀所在的"江湖诗派"追求清空风雅、不着痕迹的诗风。诗人用它来摹写日常烦恼，于是生活与诗之间产生了一个奇妙的距离。写诗时，诗人用清空的心去审视烦躁的事件，于是浓浓的烟火气被赋予了另一种淡然的意义。换言之，诗歌将日常生活雅化了。生活的细节被当成客体审视、观察、表达。诗人将自己从日常中抽拔了出来，让作诗的自己去观察那个生活的自己，于是等候的焦躁中有了美和趣味，生活被筛选成了一首诗。

赵师秀（1170—1219），字紫芝。永嘉（今浙江温州）人，为"永嘉四灵"之一。
1. 灯花：灯芯燃焦后掉落下来的火星。

江阴浮远堂

戴复古

横冈下瞰大江流，浮远堂前万里愁。

最苦无山遮望眼，淮南极目尽神州。[1]

【赏析】

江阴地处长江南岸。从诗中来看，浮远堂建在长江边的一座高冈上。滚滚长江从浮远堂前经过，自西而东，流入大海。诗人俯瞰长江，心中的悲愁也如滔滔江水，奔流万里，无止无休。诗人的愁来自何处呢？

抬头极目远眺，视线越过长江，江北就是平旷的江淮平原，无遮无拦，可以看到极远处。然而那极远处是什么地方？现在的国土，到淮河就到了边界，更远处的淮河以北是曾经的国土，现在却被金人统治。看到了，只让人徒增心痛。

诗人的愁，原来是为国土沦丧而愁。在悲愁中，诗人突发奇想，如果有大山横亘在眼前，遮挡住视线，看不到逼近长江的防线，看不到沦陷的国土，应该就不会像现在这么愁苦了吧。

戴复古（1167—1248），字式之，自号石屏。天台黄岩（今属浙江台州）人。南宋江湖派诗人。

1. 淮南：指今江苏、安徽省长江以北、淮河以南之地。当时南宋与金划淮为界，淮北是金人统治区。

过零丁洋[1]

文天祥

辛苦遭逢起一经，干戈寥落四周星。[2]

山河破碎风飘絮，身世浮沉雨打萍。

惶恐滩头说惶恐，零丁洋里叹零丁。[3]

人生自古谁无死，留取丹心照汗青。[4]

【赏析】

文天祥第二次被俘后，被元军押解着乘船经过零丁洋时，写下了这首诗。

文天祥于二十一岁时考中状元，出仕为官，迭经宦海风波，后罢官闲居。当宋末蒙元大举入侵，一路长驱直入，直指南宋都城临安时，文天祥毁家纾难，起兵勤王。其间经历过惊心动魄的谈判被囚、九死一生的只身逃亡、艰苦卓绝的率军抵抗，最终再次兵败被俘。

当文天祥第二次被俘，南宋残余力量的抵抗正接近尾声，此时距文天祥起兵勤王已过去四年。回顾四年来的经历，蒙元入侵，山河破碎，南宋的江山如飘摇的柳絮，眼看就要随风而逝；他自己也屡战屡败，而今成为阶下囚，恰如雨打浮萍，飘零凄苦，命悬一线。

文天祥清楚地知道他面临的命运。如果投降，凭他的地位和声

文天祥（1236—1283），字履善，一字宋瑞，号文山。吉州庐陵（今江西吉安）人。南宋末坚持抵抗元军，兵败被俘，最终就义。

1. 零丁洋：即伶丁洋，在今广东省珠江口外。

2. 起一经：因为精通一种经书，通过科举考试而被朝廷起用做官。干戈寥落：指抗元战争接近尾声南宋抵抗力量大部被消灭。四周星：四周年。

3. 惶恐滩：在今江西省万安县，文天祥曾战败后经惶恐滩撤到福建。

4. 丹心：红心，比喻忠心。汗青：古代用竹简写字，先用火烤干其中的水分出汗，干后易写而且不受虫蛀，故称汗青。这里指史册。

望，必能在新朝廷里获得高官厚禄。如果坚持气节，则无异于选择了死亡。文天祥这里不存在"如果"，"舍生取义"是他必然的选择。正如孟子所说："所恶有甚于死者，故患有所不辟也。"所以他毅然吟唱出了"人生自古谁无死，留取丹心照汗青"这极其悲壮崇高的声音。

在后来被囚大都时所作的《正气歌》中，第一句就是"天地有正气"。文天祥的气节和诗作，岂不就是天地间的浩然正气？

论诗（选一）
元好问

一语天然万古新，豪华落尽见真淳。
南窗白日羲皇上，未害渊明是晋人。

【赏析】

"采菊东篱下，悠然见南山。山气日夕佳，飞鸟相与还。"陶渊明的诗句看似朴实无华，却风味醇厚，历久弥新，因而元好问称其"一语天然万古新"。这并非新论，却准确精练。支撑这天然浑成、不事雕琢文风的是陶渊明真诚淳朴的心。他的《桃花源记》表现的正是一个毫无机心、朴拙恬然的世界，"黄发垂髫，并怡然自乐"。渔父陶然"忘"机，才得入桃林，后来机心四起，便无缘再见桃源。可见诗人对"真淳"的看重。这真淳使简素的文风自有丰厚饱满的意蕴，故苏轼称之"质而实绮，癯而实腴"，如同一个不饰雍容而自然纯朴的姑娘，豪华落尽，反而更显其内美。这与元好问的文学主张"以诚为本"相似——"由心而诚，由诚而言，由言而诗"，"性情之外不知有文字"。

"豪华落尽见真淳"的渊明是性情中人，"夏月虚闲，高卧北窗之下，清风飒至，自谓羲皇上人"。如此惬意，让人忘记一切烦恼，晋宋之际的纷争统统抛诸脑后。然而究竟是惬意让人心空，还是心空让人惬意呢？也许是放下了济世的抱负，归隐田园，以独立的姿态远离苟且、谄媚与贪婪，方能尽享清风明月吧。而这并不代表陶渊明不问世事，对时代缺乏热诚与关切。"未害渊明是晋人"一句道出羲皇

元好问（1190—1257），字裕之，号遗山山人，世称元遗山。金代杰出诗人，金亡不仕。

上人背后的忠贞气节，龚自珍说"莫信诗人竟平淡，二分梁甫一分骚"，朱熹也以为陶渊明是"欲有为而不能者也"。

这四句诗勾勒了一个立体的陶渊明：天然、真淳、自在而忠正。二十八岁的元好问创作了三十首类似的绝句，纵论汉魏至赵宋的诗人、作品与流派。以诗评诗，写自己心中的文学史，而这评论本身也成为了后代文学史中一串闪耀的明珠。

岳鄂王墓[1]

赵孟頫

鄂王坟上草离离，秋日荒凉石兽危。
南渡君臣轻社稷，中原父老望旌旗。
英雄已死嗟何及，天下中分遂不支。
莫向西湖歌此曲，水光山色不胜悲。

【赏析】

欧颜柳赵，楷书四大家中的"赵"即赵孟頫。赵体遒丽圆转，秀逸纯熟，是为大家。只因赵孟頫身为宋宗室子孙而入元朝做官，其字未备受推崇。但赵孟頫是痛苦的，诗中的他借着岳飞墓唱尽了心中的悲哀、无奈和沉痛。

故国英雄的墓冢上荒草离离，似乎已被人忘却，但诗人没忘。秋风萧瑟，石兽高踞，肃穆冷峻的氛围让诗人倍感亡国之悲，也许还有些许惭愧。当年的南宋君臣渡过长江，偏安一隅，徒留中原百姓望穿秋水，渴盼着南宋反攻。绍兴十年，岳飞进兵河南，已打到了开封西南的朱仙镇，河南河北人们都纷纷响应，打起了"岳"字旗。此时，秦桧却将岳飞召回，以"莫须有"之罪将其杀害。从此，偏安局面形成，收复中原无望，"天下中分遂不支"，可以想见中原父老对抛弃自己的母国深深的失望。二、三联中，有对自家先祖的责备、对中原百姓的同情、对英雄已死的绝望和对偏安形势的不满。但现在的自己也只能像无奈的中原父老一样，寄人篱下，对已易主的山水低唱一首心中的悲歌。

赵孟頫（1254—1322），字子昂。吴兴（今浙江湖州）人。以书画著名，宋宗室，入元后为官。

1. 鄂王：宋宁宗时追封岳飞为鄂王。

墨梅

王冕

我家洗砚池头树，朵朵花开淡墨痕。
不要人夸颜色好，只留清气满乾坤。

【赏析】

全诗浅白，却自有高格，不媚俗的清华充满天地。

"新城之上，有池洼然而方以长，曰王羲之之墨池者……羲之尝慕张芝，临池学书，池水尽黑。""我家"原来语带双关，不仅指自家，还映带了书圣王羲之。墨池虽在江西临川，但王羲之是会稽人，与王冕所在的诸暨不远，且两人同姓，故王冕亲切地称之"我家"。在向本家先贤致敬的同时，王冕恐怕也有隐隐自比的意味。书圣以字扬名，同样勤勉且志存高远的自己能否以墨梅名垂千古呢？

答案是肯定的，这首题画诗的原作《墨梅图》已是中国艺术中的瑰宝。画面中一枝梅花横出，枝干劲挺，花朵秀雅清拔，自有一种超逸沉着的美，正合诗中一个"淡"字。不是平淡、寡淡，而是不阿世、不媚俗的清淡，是诗人人格的寄托。时值元末，王冕对天下纷乱洞若观火，而拒绝元人荐官。他不求当世之名，而将一腔济世之志化为清白简傲的梅花，寄托于未来，末句的"留"字正展现了诗人志向所在。"越有狂生，当天大雪，赤足上潜岳峰，四顾大呼曰：'遍天地间皆白玉合成，使人心胆澄澈，便欲仙去。'及入城，戴大帽如箕，穿曳地袍翩翩行，两袂轩翥，哗笑溢市中。"天地大雪中澄澈高洁的是梅花，更是诗人自己。

王冕（1287—1359），字元章，别号煮石山农。浙江诸暨人。元朝著名画家、诗人，擅画墨梅。

白燕

袁凯

故国飘零事已非，旧时王谢见应稀。
月明汉水初无影，雪满梁园尚未归。
柳絮池塘香入梦，梨花庭院冷侵衣。
赵家姊妹多相忌，莫向昭阳殿里飞。

【赏析】

此诗相传有个故事，尚未出仕的袁凯拜访诗坛领袖杨维桢，见茶几上有时太初的一首《白燕》诗，看完说"此诗写白燕尚未尽体物之妙"。杨维桢不以为然，袁凯回家连夜步其韵作《白燕》诗，杨维桢叹赏不已，袁凯一举成名，时称"袁白燕"。

又值元明迭代之际，天下纷乱，因而首句"故国飘零"为下句铺垫的同时（"旧时王谢堂前燕，飞入寻常百姓家"），也寄寓了身世之慨。于是诗歌开篇有了广阔沧桑的意味。颔联则极写"白燕"之"白"。皎洁的月光洒满汉水，白燕高翔，融化在一片银辉中，乍看都不见踪迹。雪满梁园之时，恐怕更难辨认。不过此时它在南方，尚未归来。到了初春，池塘柳絮纷飞，千树万树梨花飘落，白燕在其中轻鸢掠影，像一个清甜的梦。春寒料峭，白燕可别飞往看似繁华热闹的帝王家啊，昭阳殿里已有飞燕姐妹互相猜忌。

本诗巧用诸多典故，除了上文提到的，还有汉梁孝王与文士在梁园赋雪的雅事，以及晏殊的名句"梨花院落溶溶月，柳絮池塘淡淡风"，风调旖旎。而乱世感慨和不入帝王家的劝谏使本诗更显厚重。

袁凯（生卒年不详），字景文，号海叟。松江华亭（今属上海）人。明初诗人。

客中除夜
袁凯

今夕为何夕，他乡说故乡。
看人儿女大，为客岁年长。
戎马无休歇，关山正渺茫。
一杯椒叶酒，未敌泪千行。

【赏析】

诗歌起句新巧，以"他乡故乡"对《诗经·绸缪》中的"今夕何夕"，既点明"除夜"，又表示身在"客中"。妙手解题，不着痕迹。

颔联"看人儿女大，为客岁年长"令人激赏。每个字都稀松平常，组合起来却力道千钧。像《红楼梦》里香菱说的："圆字似太俗，合上书一想，倒像是见了这（情）景的。若说再找两个字换这两个，竟再找不出两个字来。"起首的"看"字拙朴家常，却有极大的包含。长辈看到孩子成长的欣慰，除夕之夜只能看他人儿女的酸楚，五味杂陈、难以名状的情感都包含在冷静的"看"字中，喜乐衬着哀凉。眼睁睁看着别家孩子成长，自家儿女却没有父亲注视的目光。然而在除夕之夜，这客居的忧伤全不能说，笑意不免有些怔怔，也不知自家的孩子冷暖如何，个儿长了多少，回家时是否还认得自己。孩子们的成长同时也是时间的刻度，印刻着父辈的羁旅与衰老。于是心情更闷塞沉重了。但叙述依然是平淡的，反而显出惆怅的钝重。这是中年人的惆怅，克制而不煽情。

颔联精彩如此，后两联却难以为继。颈联豪壮，却欠些含蓄。尾联则疲态尽露，有力竭之感。原本的深沉含蓄没沉住气，终于一泄而出了，隽永的情感顿时失了韵味，没了回味的可能。

兰溪棹歌[1]
汪广洋

凉月如眉挂柳湾，越中山色镜中看。
兰溪三日桃花雨，夜半鲤鱼来上滩。[2]

【赏析】

这首诗被很多人误认为是唐代诗人戴叔伦所作，而委屈了它的真正作者明朝诗人汪广洋。不过它的意境纯粹、语言明快，的确很有唐诗的韵味，也难怪至今仍有人执着地将它归于戴叔伦名下。

江南山水清丽婉约的特点，在本诗中被很传神地描画了出来。一钩新月，纤细如眉，半悬天空；月下一片河湾，沿河种着柳树，春天的柳树枝条轻柔，在月下轻轻飘拂。河水平静清澈，犹如一面镜子，河两岸群山的水中倒影，清晰妩媚。这是一个清新平静的江南春夜，却绝不死寂。桃花盛开的时令，刚刚下过三天的春雨，在险滩处，河水流得湍急；鱼群在夜半游上浅滩，泼剌有声。

"棹歌"是渔人唱的歌。唱这首歌的渔人，一定收获很多，心情大好。从这首诗中，我们能听出他的愉快活泼。

汪广洋（？—1379），字朝宗。江苏高邮人。明初政治家、文学家。
1. 兰溪：今浙江金华境内的兰溪江。棹歌：船家行船时唱的歌。
2. 桃花雨：江南春天桃花盛开时下的雨。

石灰吟
于谦

千锤万击出深山，烈火焚烧若等闲。
粉骨碎身浑不怕，要留清白在人间。[1]

【赏析】

这是一首托物言志的诗。只是作为有所寄托有所寓意的"石灰"，在传统文人看来，实难登大雅之堂。然而经于谦点染，"石灰"的气节比之于松、竹、梅等竟毫不逊色。

石灰是由石灰石经高温煅烧而成。为了得到石灰，人们首先要到山中采挖石灰石，然后这些石灰石被敲碎，放入窑中经一千度左右的高温烧制。从这样一个石灰烧制的过程中，于谦看到了仁人志士无所畏惧的凛然气节和崇高精神，他们经受了"千锤万击""烈火焚烧"的考验，即使"粉骨碎身"，也要坚持道德原则。

诗歌的情感极为激烈、坚定，是对一种理想人格的赞美，也是诗人自己的追求和自喻。

于谦（1398—1457），字廷益，号节庵，官至少保，世称于少保。杭州府钱塘县（今浙江杭州）人。明朝政治家。
1. 浑：全。

泛海

王守仁

险夷原不滞胸中，何异浮云过太空？[1]
夜静海涛三万里，月明飞锡下天风。[2]

【赏析】

王阳明是中国历史上的大儒，也是明朝最伟大的哲学家。他在三十五岁时遭遇了人生中最重大的挫折，由于得罪宦官刘瑾，被贬为贵州龙场驿丞。王阳明心中生出遁逃之念，于是没有前往贵州，而是在钱塘江搭商船欲往舟山，不料途中遇飓风，船被吹至福建。登岸后，王阳明心有所悟，在一山寺壁上题下此诗。

诗中的"险夷"，既是指泛海时遇到的惊涛骇浪，也指他当时仕途的风波险恶，他被贬龙场驿丞后，刘瑾仍未善罢甘休，甚至派刺客沿途追踪暗杀。他当时所经历的，可谓凶险已极。然而只要内心平静沉稳，不论身外的世界如何天翻地覆，自己都可以无畏无惧，安详从容，就像一片浮云在高空飘过。一旦明了这一点，波涛汹涌的大海就化作了开朗光明的世界，自己犹如一位高僧，在乘着锡杖御风而行。

写下这首诗后，王阳明接受了命运的安排，前往贵州龙场，由此发生了中国哲学史上著名的"龙场悟道"，王氏的心学体系于焉成立。

王守仁（1472—1529），字伯安，号阳明，世称"阳明先生"。余姚（今属浙江宁波）人。明代思想家，"心学"流派重要人物。

1. 险夷：危险与平安。

2. 飞锡：锡杖，即和尚的禅杖。隋朝智者大师到天台山，曾乘锡杖飞过两山之间。

宿金沙江
杨慎

往年曾向嘉陵宿，驿楼东畔阑干曲。[1]
江声彻夜搅离愁，月色中天照幽独。
岂意飘零瘴海头，嘉陵回首转悠悠。[2]
江声月色那堪说，肠断金沙万里楼！

【赏析】

杨慎是明代著名的大才子，状元及第，前半生仕途顺遂，后因忤皇帝意而被贬戍云南，他的后半生便是在云南度过，最终死于戍所。

杨慎的家在四川，这首诗是他被贬谪云南后，自云南往四川省亲，在金沙江畔借宿过夜时所作。诗歌首先忆及往年离开家乡时在嘉陵江畔的一次借宿，那一晚他心中充满离愁，在江声月色中辗转难眠。他以为那时的孤独忧伤就已经难以忍受了。哪里想到如今飘零到云南的瘴疠之地，相比于嘉陵夜宿之时的孤独忧伤，此时经历了宦海浮沉、人生起落，以戴罪之身，居生死不测之地，其处境可以用"悲惨"来形容。

同样的夜宿江畔，同样的江声月色，彼时彼地还能听江声，看月色，沉浸于离愁孤独之中；而如今内心充满凄苦沉痛，江声月色实足以令自己肠断。

杨慎（1488—1559），字用修，号升庵。新都(今属四川)人。明代文学家。
1. 嘉陵：嘉陵江，是长江的一条支流，流经四川境内，在重庆注入长江。
2. 瘴海头：南方有瘴气之地的尽头，这里指云南。

独坐

李贽

有客开青眼，无人问落花。

暖风熏细草，凉月照晴沙。

客久翻疑梦，朋来不忆家。

琴书犹未整，独坐送残霞。

【赏析】

李贽的独坐有一种悠远的意味。

"人散后，一钩淡月天如水"，但李贽的独坐不那么落寞。他问候花瓣离开花朵的忧伤，或在琴书未整理时，目送漫天绮霞。落花、晚霞都是生命将尽的绚烂，但诗人并不感伤。他"问"落花、"送"晚霞，平静地体会它们萧散的意趣，在对自然的观察和互动中获得陪伴与乐趣。他看融融的春风吹拂柔嫩的细草，凉月朗照平沙，体会自然中的冷暖变化、细微与深广。

当然友人的来访更令人愉悦，甚至让他忘了思乡的忧伤。但李贽和阮籍一样，只对性情高雅之人青眼有加，对庸人则白眼对之。《高洁说》中他说"住龙湖，虽不锁门，然至门而不得见，或见而不接礼者，纵有一二加礼之人，亦不久即厌弃"。可见，诗中"客"与"朋"是志同道合的知己，才能让他"开"眼对之。

但李贽的孤独与清高并不酸腐，而自有悠然的气息。"若为追欢悦世人，空劳皮骨损精神。年来寂寞随人漫，只有疏狂一老生。"他不愿媚悦世人，因有元气淋漓的思想支撑——"私者，人之心也。

李贽（1527—1602），字宏甫，号卓吾。福建泉州人。明代著名思想家，泰州学派的宗师。

人必有私而后其心乃见"，"穿衣吃饭，即是人伦物理，除却吃饭穿衣，无伦物矣"，"咸以孔子之是非为是非，故未尝有是非耳"。这些异端思想震怒当世之人，但即使被以"惑世诬民"之罪下狱，他也并不妥协。这是李贽的孤独，孤独而气壮。

杂言

王稚登

冻云寒树晓模糊，水上楼台似画图。

红袖谁家乘小艇，卷帘看雪过鸳湖。

【赏析】

云朵凝冻，寒树模糊。夜雪将湖心亭装点得皎洁清丽，在迷蒙的水雾中，如云上仙宫伫立。一幅静美的雪湖冬晓图如在目前，朦胧、清寒、高洁。

此时，一条小艇驶入画里。红袖格外醒目。是谁家女子在这凛冽的清晨泛舟看雪？如此清雅，想必有一颗雪湖般澄净的心。船上帘幕卷起，女子呼出的暖气消散于弥漫的水雾中。诗歌并未描摹她的样貌，但可以想见她的贞静与性灵。

王稚登（1535—1612），字伯谷，号松坛道士。苏州人。明朝后期的诗人、书法家。

秋日杂感客吴中作十首（选一）
陈子龙

行吟坐啸独悲秋，海雾江云引暮愁。

不信有天常似醉，最怜无地可埋忧。

荒荒葵井多新鬼，寂寂瓜田识故侯。[1]

见说五湖供饮马，沧浪何处着渔舟！[2]

【赏析】

诗作于顺治三年。苏州一带（吴中）已被清兵占领，故国沦丧的哀恸夹带着悲秋，如天风海雾般汹涌而来。于是激愤之言呼之欲出：苍天昏聩如醉，大地被践踏，无处埋忧。扬州十日、嘉定三屠，南明朝廷软弱无力，清兵铁蹄直下，江浙一带的水井都已荒枯，到处都是死亡；曾经的贵族像东陵侯邵平一样沦为平民，朝不保夕。听说各处均已沦陷，不知自己将归隐何处。

开头两联用天地海秋等意象，使亡国孤愤之情激荡在天地之间，强烈而浓郁。但颈联惨烈悲凉的描述让人心惊，情绪急转直下。"沧浪何处着渔舟"无论是疑问句还是反问句，答案都渺茫无依，飘散在风里。诗歌最后在无奈、迷茫和无力感的情绪中作结。整首诗由壮而悲，由悲而茫，勃郁之气无力支撑到底，也是亡国之音哀以思的表现吧。

陈子龙（1608—1647），字卧子，号大樽。松江华亭人，明末起兵抗清，诗风苍劲。

1. 葵井：长满野草的水井。瓜田识故侯：秦时东陵侯邵平，秦亡后靠种瓜谋生。此指沦为平民的明朝贵族。

2. 五湖：江湖。供饮马：给马喝水，补给清军。渔舟：喻指归隐。

白下[1]

顾炎武

白下西风落叶侵，重来此地一登临。

清笳皓月秋依垒，野烧寒星夜出林。

万古河山应有主，频年戈甲苦相寻。

从教一掬新亭泪，江水平添十丈深。

【赏析】

顺治十七年，郑成功率水师攻南京失败，清兵仍占领南京。志在反清复明的顾炎武眼见复国无望、战乱频仍、民生疾苦，心中倍感沉痛。

顺治十四年（1657），顾炎武曾晋谒明孝陵，以寄托故国之思，因而诗中说"重来此地一登临"。之后他返回故乡昆山，变卖家产，纵游天下。他曾远至山海关凭吊清兵入关的战场，次年又到达南京。南北万里的行走，使诗人看到各地逐步安稳下来的百姓和清政府的实际统治，年届五十的他也不复当年国破家亡时的忧愤难当了，毕竟"利民""生民""藏富于民"才是国家根本。"万古河山应有主，频年戈甲苦相寻。"战乱相继，苦的是百姓，万古河山，总要有人来管理，或者就算了吧。但诗人究竟是不甘的，萧瑟清冷的景物传递了心中悲凉，"白下西风落叶侵"，叶落侵袭人心，"清笳皓月秋依垒，野烧寒星夜出林"，胡笳音起，野火照寒星，秋月依着军垒升起，徒洒清晕。郑成功此败，复国已然无可奈何了，诗人只能像东晋南渡的臣子一样，在新亭慨叹："风景不殊，正自有山河之异。"山河易主，泪洒长江，以寄亡国哀思。

顾炎武（1613—1682），字宁人，号亭林。江苏昆山人。易代之际从事抗清活动，为明清之际大学者，开清代朴学之风。
1. 白下：南京。

客发苕溪[1]

叶燮

客心如水水如愁，容易归舟趁疾流。
忽讶船窗送吴语，故山月已挂船头。

【赏析】

把愁比作江水，在古典诗词里并不鲜见；尤其在李后主名句"问君能有几多愁，恰似一江春水向东流"之后，诗人通常都不敢再鲁莽地使用这个比喻了。但叶燮却知难而进，写出了新意。他将"客愁如水"拆成了两个相承接的比喻，"客心如水"和"水如愁"。既写出了客愁如水之绵长不断，又两个"水"字相接，有顶真之趣。同时节奏明快，照应了下句中的"疾流"。而第二句也让我们明白诗人已经在返乡的船上了。诗人归心似箭，但船行速度仍然出乎他的预料，突然听到船窗外有人在说家乡话，意识到船已进入家乡境内。向窗外望去，正看见月已升起。

诗的前两句写乘船返乡，一路思乡心切和急迫之情。后两句写进入家乡境内的喜悦与亲切心情。陶渊明辞彭泽令后乘舟回家，通过写恨船行之慢（《归去来辞》："问征夫以前路，恨晨光之熹微。"）来表达回家之急切。叶燮这首诗却恰相反，写船行之速甚至超出了自己的预料，以此表达突然到达家乡后的惊喜与见到家乡熟悉景物后的亲切。

叶燮（1627—1703），字星期，号己畦。吴江（今属江苏苏州）人。清初诗论家，世称横山先生。

1. 苕溪：在今浙江境内，发源于天目山，流入太湖。

秋柳四首（选一）

王士禛

秋来何处最销魂？残照西风白下门。[1]
他日差池春燕影，只今憔悴晚烟痕。[2]
愁生陌上黄骢曲，梦远江南乌夜村。[3]
莫听临风三弄笛，玉关哀怨总难论。[4]

【赏析】

从《诗经》开始，柳树就成为古典诗歌中最常见的意象之一。古今咏柳或涉及柳的作品不计其数，但大多是咏春天的柳、象征离别的柳，比如《诗经·小雅·采薇》中"昔我往矣，杨柳依依"，比如唐朝诗人郑谷《淮上与友人别》中"扬子江头杨柳春，杨花愁杀渡江人。数声风笛离亭晚，君向潇湘我向秦"，比如北宋词人周邦彦《兰陵王》中"柳阴直，烟里丝丝弄碧。隋堤上，曾见几番，拂水飘绵送行色"。而王士禛的《秋柳四首》却别辟蹊径，咏秋天之柳，而且赋予柳意象以更深广的历史蕴涵。

王士禛写作《秋柳四首》的缘起是在游济南大明湖时被湖畔秋柳触动，诗歌却是从南京的柳起笔。南京，是一座最能触动兴亡盛衰之叹的城市。远有六朝的更迭，近有南明的覆灭。柳亦如城，曾经春日

王士禛（1634—1711），字子真，一字贻上，号阮亭，晚号渔洋山人。济南府新城县（今山东省桓台县）人。清初著名文学家。

1. 销魂：指极度悲伤。白下：南京的别称。
2. 差池：参差不齐。《诗经·邶风·燕燕》："燕燕于飞，差池其羽。"
3. 黄骢曲：据《乐府杂录》："黄骢叠，唐太宗定中原所乘马，征辽马毙，上叹息，命乐工撰此曲。"乌夜村：在今江苏昆山东南，东晋何准之女在此出生，后成为晋穆帝皇后。但晋穆帝十九岁即驾崩，何皇后自此孤苦独居。
4. 玉关哀怨：王之涣《凉州词》："羌笛何须怨杨柳，春风不度玉门关。"

繁盛，如今憔悴枯萎。残照西风，故都衰柳，这一番景象怎能不令人感慨。而秋柳处处都有，大道两边，村庄内外，整个江南都是一片衰飒之意。至于边关塞外，本就是苦寒之地，春天时尚且"春风不度玉门关"，更何况秋天呢。

这首诗咏柳，除了诗题却无一柳字，而每一联又尽得"秋柳"神韵。诗中多处用典，却又不着痕迹，不觉晦涩雕琢。整首诗弥漫着挥之不去的历史的感伤，却又不是指向具体的历史事件。

王士禛这首诗作于顺治十四年（1657），明清易代的剧变刚刚过去，每个人都有深刻的王朝兴衰的体验。王士禛的《秋柳》诗恰好表达出了一种时代的心理，因而在当时引起巨大轰动，连顾炎武都来到济南，作有《和秋柳诗》。

竹石

郑燮

咬定青山不放松，立根原在破岩中。

千磨万击还坚劲，任尔东西南北风！

【赏析】

郑燮，以郑板桥这个名字更被人熟知，是清代著名画家和诗人。这首《竹石》便是他自己画作《竹石图》上的题画诗。

青青翠竹，笔直挺拔，有节而虚心，自古就被赋予了高洁清雅的品德。苏轼曾有诗表达对竹的喜爱："可使食无肉，不可使居无竹。无肉令人瘦，无竹令人俗。"郑燮这首诗中的竹又不同于普通之竹，它长在岩石缝隙里，生存环境十分险恶，可是它"咬定青山"，立根十分坚实。在它生长过程中，经受着狂风从不同方向的冲击，却始终刚强不屈。

一个人，也应具有如竹一样的品质，立根坚实，不畏磨难，顽强向上，傲然面对人生中的各种挫折困苦！

郑燮（1693—1765），字克柔，号板桥。江苏兴化人。清代中期著名文人画家，清代中期画派"扬州八怪"的重要代表人物。

马嵬四首（选一）[1]

袁枚

莫唱当年《长恨歌》，人间亦自有银河。[2]
石壕村里夫妻别，泪比长生殿上多。

【赏析】

诗中涉及了唐代两位伟大诗人的两篇伟大诗作：白居易的《长恨歌》和杜甫的《石壕吏》。《长恨歌》深情讴歌了唐明皇与杨贵妃的爱情悲剧，对他们的生死之别给予了无限同情。《石壕吏》则是写到官府驱使百姓服役给普通家庭造成的灾难，一家三个儿子被征去打仗，两个儿子已经战死，而官吏仍来捉人，老翁跳墙逃走，年老力衰的老妇人被捉去，为军队做饭。

两首诗本不相干，但袁枚敏锐地注意到了它们间的共同点，就是都写到了夫妻间的生离死别，只不过前者是帝妃，后者是民间夫妻。袁枚并非否定白居易的作品，也不是说帝妃之间的生离死别就不是悲剧，而是他更同情普通百姓的悲惨生活，他们没有做错什么事，却不得不承受政治、战争带来的灾难；他们的痛苦，远比帝妃更普遍、更深重。

袁枚（1716—1798），字子才，号简斋，又号随园老人。钱塘（今浙江杭州）人。清代诗人。主要著作有《小仓山房文集》《随园诗话》《随园食单》《子不语》等。

1. 马嵬：即马嵬坡。安史之乱中，杨贵妃被赐死之处。
2. 银河：民间传说中，牛郎织女被银河隔绝。这里指夫妻离别。

即事

袁枚

黄梅将去雨声稀，满径苔痕绿上衣。
风急小窗关不及，落花诗草一齐飞。[1]

【赏析】

这是一幅风雨小景。

黄梅雨季就要结束，雨不像此前那样连绵不断了，而是时有时无，稀稀疏疏。由于此前的阴雨连绵，院中小路上长满青苔，碧绿一片。诗人坐在屋中，隔窗看着清新湿润的庭院。突然一阵急风吹起，树上有花飘落，随风旋转，吹进窗内。诗人猝不及防，还未来得及关窗，桌上的一沓诗稿就被风吹起来，与落花一起满屋飞扬。

看来诗人心情不错，也许这样的天气是他所喜欢的，对于那阵弄乱了他的书斋的急风，他也并不责怪恼怒，而是像看待一个顽皮的孩子一样，突然跑来捣乱，却无意中给他制造了一个"落花诗草一齐飞"的美丽场景。

---

1. 诗草：诗的草稿；诗作。

题元遗山集

赵翼

身阅兴亡浩劫空，两朝文献一衰翁。
无官未害餐周粟，有史深愁失楚弓。[1]
行殿幽兰悲夜火，故都乔木泣秋风。[2]
国家不幸诗家幸，赋到沧桑句便工。

【赏析】

元好问是金末元初著名的文学家与史学家，亲历朝代更迭的战火与亡国被俘的屈辱和沉痛，因而赵翼称之"身阅兴亡浩劫空"，"行殿幽兰悲夜火，故都乔木泣秋风"。

金亡后，元世祖忽必烈的重臣耶律楚材曾倾心接纳元好问，但元好问无意做官，决心以一人之力修编《金史》，以国亡修史的方式纪念故国。五十岁时，他隐居家乡，潜心著述，积累金朝君臣的资料上百万字，后称"金源君臣言行录"。他还抱着"以诗存史"的目的，编定金代诗歌总集《中州集》，直至六十八岁过世。这些工作为后世修金史提供了大量一手资料。如此气节和远虑绝不逊于不食周粟、饿死首阳山的伯夷、叔齐，因而赵翼满怀敬意，称之"无官未害餐周粟""两朝文献一衰翁""有史深愁失楚弓"。

元好问不仅是一位兼具才华与情怀的史学家，还是一位优秀的诗人。他的"丧乱诗"真挚、壮阔、苍茫："百二关河草不横，十年戎

赵翼（1727—1814），字云崧，号瓯北。江苏阳湖（今常州）人。乾隆年间的史学家、诗人，论诗主"独创"。

1. 失楚弓：楚共王出游，失一良弓，随从要寻找，楚王说："楚王失弓，楚人得之，又何求之！"孔子则说："人遗弓，人得之而已，何必楚也。"这里以"楚弓"喻金代文献。
2. 行殿：金汴京的行宫。故都：金中都燕京。乔木：高大的树木，喻故国、故里，"观乔木，知旧都"。

马暗秦京。歧阳西望无来信，陇水东流闻哭声。野蔓有情萦战骨，残阳何意照空城。从谁细向苍苍问，争遣蚩尤作五兵。"国家覆灭固然哀恸，但情感激荡未尝不成就一代文宗，于是"国家不幸诗家幸，赋到沧桑句便工"。

论诗五首（其二）

赵翼

李杜诗篇万口传，至今已觉不新鲜。

江山代有才人出，各领风骚数百年。

【赏析】

当古往今来的人们匍匐于李杜诗歌的经典时，赵翼自信地喊出时代的呼声："江山代有才人出，各领风骚数百年。"

赵翼是乾隆年间著名的史学家。真正的史家放眼波澜壮阔的古今历史，俯视滔滔汹涌的时光之流，反倒通达而不泥古。他们能以发展的、积极的眼光看待新事物、新观点，并相信历史的活力在于每一个当代的创造与想象。若每一个当代都蓬勃自信地向前奔流，而非盘旋于过去，将曾经的辉煌奉若神明，历史定将鲜活饱满、活色生香。

赵翼所处的乾隆朝正当国力鼎盛、国运隆昌之时，文化上有一定的自信。赵翼与袁枚、张问陶并称"性灵派三大家"，他们强调创新，主张诗的内容和形式随时代而前进、发展，写自己的真性灵、时代的新内容。袁枚说："文章家所以少沿袭者，各序其事，各值其景，如烟云草木，随化工而运转，故日出而不穷。"因而即便面对诗歌的高峰李杜，赵翼也当仁不让，"至今已觉不新鲜"。有趣的是，这种以诗评诗的开创者——杜甫——在组诗《戏为六绝句》中也对"当时体"赞赏不已："王杨卢骆当时体，轻薄为文哂未休。尔曹身与名俱灭，不废江河万古流。"

癸巳除夕偶成（其一）

黄景仁

千家笑语漏迟迟，忧患潜从物外知。

悄立市桥人不识，一星如月看多时。

【赏析】

两年前，太白楼的文人雅集上，黄仲则文采飞扬，一举夺魁，"仲则年最少，着白袷，颀而长，风貌玉立，朗吟夕阳中，俯仰如鹤，神致超旷，学使目之曰：'黄君真神仙中人也。'俄诗成，学使击节叹赏，众皆搁笔。一时士大夫争购白袷少年太白楼诗，由是名益噪。"

然而，倾慕李白而才华横溢的仲则只能沉沦下僚，何况他性格孤傲，不广与人交，又体弱多病，不由感慨"十有九人堪白眼，百无一用是书生"。乾隆三十八年末，二十五岁的黄仲则辞官回家，万家灯火，千家笑语，他却只感到孤独，该何去何从呢？是否要放弃诗歌？同题第二首诗流露了心中纠结："汝辈何知吾自悔，枉抛心力作诗人。"

茫茫忧患从不知何处弥漫而来，他孤独地站在市桥上，无人理解。只有天上的那一颗星，如月一般明亮。他出神地望着，仿佛那就是自己：一颗孤独而明亮的星。

黄景仁（1749—1783），字仲则。常州武进人。清代著名诗人。

绮怀

黄景仁

几回花下坐吹箫，银汉红墙入望遥。
似此星辰非昨夜，为谁风露立中宵。[1]
缠绵思尽抽残茧，宛转心伤剥后蕉。
三五年时三五月，可怜杯酒不曾消！

【赏析】

黄仲则少年时与表妹有一段恋情，后偶然相见，她似仍未忘情，于是引发了诗人十六首"绮怀"的慨叹。

那个青春少年曾多少次坐在花下吹箫，做着萧史、弄玉一般浪漫绮丽的梦。但那时你我间的红墙如银河般横亘，我们只能痴痴遥望，终难逾越。

回溯往事，今夜的星辰恍惚如当年一样，一样温馨旖旎、清丽多情。我们也像当年，一样有欲说还休的情思与缠绵不断的顾虑。能否再回到当时呢，让时光回走，昨夜再现？哦，究竟是不同了。诗人恍然回过神来。今夜更深露重，我这是在为谁立于深夜的风中？是昨夜的你？还是今天的你？"似此星辰非昨夜，为谁风露立中宵。"这美妙的一联交叠着过去与现在、回忆与现实、自己和她，诗人如梦寐一般在时光之流中游走，沉浸在李商隐般绮丽而感伤的情愫中，遥问夜空。

这绵绵不尽的情思如同抽拽残茧，似有若无；千头万绪，百转千回，心像是被剥去一层层叶子的芭蕉，如凌迟般备受煎熬。十五岁那年的圆月你斟上的酒啊，到现在还让人醺然欲醉……

---

1. "似此"句：化用李商隐《无题》"昨夜星辰昨夜风，画楼西畔桂堂东"。

己亥杂诗（第五首）
龚自珍

浩荡离愁白日斜，吟鞭东指即天涯。
落红不是无情物，化作春泥更护花。

【赏析】

四十八岁时，龚自珍辞官离京。这对于三十八岁考上进士的诗人绝非易事。为官十年间，主张改革的龚自珍放言高论、辞采凌厉，却多遭打压，甚至以隐形手段陷害。道光十九年（己亥），龚自珍年近半百，仕途蹭蹬。孤独的诗人只能辞官离京，这意味着他将告别仕途，永远地离开朝廷。这对于科考多年、十年为官的自己毋宁说是个彻底的否定，这等离愁如何不"浩荡"、不汹涌？心中翻腾的不甘与无奈使他深深理解了归隐的陶渊明："陶潜诗喜说荆轲，想见停云发浩歌。吟到恩仇心事涌，江湖侠骨恐无多"，"陶潜酷似卧龙豪，万古浔阳松菊高。莫信诗人竟平淡，二分梁甫一分骚"。

夕阳西下，诗人孤独地策马前行，指鞭去向天涯，永别庙堂。暮春时节，满城飞花。自己不正像那委地的落花吗？但"落红不是无情物，化作春泥更护花"。诗人将自己从感伤中抽拔出来，抖擞精神，看向未来，"予赋侧艳则老矣，甄综人物，搜辑文献，仍以自任，固未老也"，积极地准备展开新的作为。

"浩荡离愁"固然伤感，但其中未尝没有新的意义。"化"字正展现了诗人将痛苦转化为价值的努力，这何尝不也是我们面对离散衰灭时可选的态度呢？

龚自珍（1792—1841），字璱人，号定庵。仁和（今属浙江杭州）人。清代文学家，近代诗歌的先驱。《己亥杂诗》是诗人于道光十九年（1839）辞官南归途中写下的三百十五首组诗。

己亥杂诗（第一二五首）
龚自珍

九州生气恃风雷，万马齐喑究可哀。

我劝天公重抖擞，不拘一格降人才。

（过镇江，见赛玉皇及风神、雷神者，祷祠万数。道士乞撰青词。）

【赏析】

一个社会最珍贵的是什么？活力！

1839年，中国正值鸦片战争前夕，诗人龚自珍敏锐地嗅到这个古老国家弥漫着的腐朽气息。到处是逢迎、卑弱、无趣、刻板，功利之徒只求媚上而不欲真理，正道直行、实事求是、耿介直言之人反受排挤。如果国家录取的尽是这等人，国家何以富强，何由昌盛？

诗人路经镇江时，恰逢当地百姓为祈雨举行声势浩大的迎神赛会，迎接玉皇、风神和雷神，道士请他写斋醮仪式上献给"天神"的诗（用朱笔写于青藤纸上，故称青词）。"生气"的缺乏使诗人痛心疾首，却又无计可施，只能借青词，一浇心中块垒，渴盼着风雷洪涛般的改革来唤醒社会的勃勃生气。

心怀苍生的诗人希望风神、雷神两位神灵施威，打破死气沉沉，使整个大地出现风雷激荡的生气。后两句则向玉皇大帝祷告：劝您重新打起精神，不拘一格选拔真正有志向有本领的人才，让他们降生人间，为这个古老国家开创生气盎然的新局面。

全诗简短，却发自肺腑，至情至性。孰知风雷正在酝酿。1841年诗人过世，中国开始了屈辱而峥嵘的近代历史进程，这大风雷激荡了百有余年。

陈引驰

复旦大学中文系主任，教授，博士生导师
复旦中国古代文学研究中心教授、副主任
主要研究领域为中国古代文学、道家思想与文学、
中古佛教文学、古典诗学及近现代学术史

著作
《庄学文艺观研究》
《无为与逍遥：庄子六章》
《佛教文学》
《隋唐佛学与中国文学》
《文学传统与中古道家佛教》等

你应该熟读的中国古诗

作者 _ 陈引驰

产品经理 _ 应凡　　装帧设计 _ 唐梦婷

技术编辑 _ 白咏明　　出品人 _ 吴畏

营销团队 _ 毛婷　李洋

果麦
www.guomai.cc

以 微 小 的 力 量 推 动 文 明

图书在版编目（CIP）数据

你应该熟读的中国古诗/陈引驰编著.--上海:上海文艺出版社，2017
ISBN 978-7-5321-6306-9

Ⅰ．①你… Ⅱ．①陈… Ⅲ．①古典诗歌-中国-青少年读物
Ⅳ．①I222

中国版本图书馆CIP数据核字(2017)第079953号

出 版 人：毕　胜
责任编辑：陈　蕾
特约编辑：应　凡
封面设计：唐梦婷

书　　名：你应该熟读的中国古诗
作　　者：陈引驰
出　　版：上海世纪出版集团　上海文艺出版社
地　　址：上海市闵行区号景路159弄A座2楼　201101
发　　行：果麦文化传媒股份有限公司
印　　刷：河北鹏润印刷有限公司
开　　本：890mm×1280mm　1/32
印　　张：11.5
插　　页：4
字　　数：298千字
印　　次：2017年5月第1版　2022年7月第27次印刷
印　　数：175,001—180,000
I S B N：978-7-5321-6306-9 / I·5034
定　　价：42.00元

如发现印装质量问题，影响阅读，请联系021—64386496调换。